À PROPOS DE L'AUTRICE

Avant de se lancer dans l'écriture, Jenni Fletcher a étudié la littérature à Cambridge et Hull University. Passionnée par le Moyen Âge et l'époque victorienne, elle les choisit généralement comme cadre de ses romans. Elle vit aujourd'hui dans le nord de l'Angleterre, où elle concilie sa vie d'autrice et sa vie de maman.

Au secours du Viking

JENNI FLETCHER

Au secours du Viking

Traduction française de
MARINE DEPRET

Les Historiques

HARLEQUIN

Collection : LES HISTORIQUES

Titre original :
REDEEMING HER VIKING WARRIOR

HARPERCOLLINS FRANCE
83-85, boulevard Vincent-Auriol, 75646 PARIS CEDEX 13
Service Lectrices — Tél. : 01 45 82 47 47 - www.harlequin.fr
ISBN 978-2-2804-5420-9 — ISSN 1159-5981

Composé et édité par HarperCollins France. Achevé d'imprimer en juin 2021.
par CPI Black Print - Barcelone - Espagne
Dépôt légal : juillet 2021.

FSC
www.fsc.org
MIXTE
Papier issu de sources responsables
FSC® C159065

Pour limiter l'empreinte environnementale de ses livres, HarperCollins France s'engage à n'utiliser que du papier fabriqué à partir de bois provenant de forêts gérées durablement et de manière responsable.

Pour les Carnforth Rowlinson, et en particulier
pour ma maman, qui possède la force, le stoïcisme et le courage des antiques héroïnes vikings…
les câlins en plus !

Un immense merci également à Rachel pour tous ses bons conseils et livres de recettes.

Prologue

Île de Skíð[1] (Écosse moderne) – An 877

L'étrange *alfe*[2] claire parut sortir de nulle part. Un instant, Danr Sigurdsson était seul, le corps recroquevillé au milieu d'un amas de racines au pied d'un vieux chêne ; le suivant, elle était penchée sur lui, une lance à la main. La pointe de l'arme posée contre sa gorge.

Il leva la tête vers elle et s'interrogea vaguement sur son identité, avant d'abandonner cet effort futile et de laisser ses paupières pesantes retomber sur ses yeux. Des battements désagréables faisaient palpiter ses tempes et sa poitrine. Il pouvait sentir son pouls cogner à ses oreilles, si puissant et rapide qu'il avait l'impression que son cœur tentait de s'arracher à sa cage thoracique.

Étant donné la quantité de sang qu'il avait perdue au cours des dernières heures, Danr était même surpris qu'il trouve encore la force d'être aussi bruyant. Par chance, la douleur dans son bras commençait à s'estomper doucement. En demeurant parfaitement immobile, il aurait presque pu oublier la furieuse entaille rouge que la lame avait laissée

1. Île de Skye, en vieux norrois. (Toutes les notes sont de l'autrice.)

2. *Alfes* clairs, ou elfes blancs, êtres de la mythologie nordique et habitants d'Álfheim, l'un des neuf royaumes « divins » d'Yggdrasil.

dans sa chair, transperçant sa peau, ses muscles et ses tendons. En demeurant parfaitement immobile, s'autorisant à peine à respirer, il aurait presque pu *tout* oublier.

Le frémissement des feuilles dans la canopée, loin au-dessus de sa tête, n'était déjà plus qu'un doux murmure, et la lumière du jour qui pressait contre ses paupières abandonnait progressivement la lutte. Les ténèbres se refermaient lentement sur lui, tel un tunnel qui s'effondre.

Il eut alors l'impression qu'un aiguillon s'enfonçait dans son cou et il s'efforça de rouvrir les yeux. C'était à nouveau cette étrange *alfe* qui appuyait le plat de sa lance contre sa peau. Que lui voulait-elle ? Était-ce une menace ? Si tel était le cas, elle perdait son temps. En cet instant, il n'aurait pas gagné un combat contre un chaton malingre.

L'air lui-même lui semblait lourd, épais, l'écrasant contre le sol avec le poids d'un tronc d'arbre tombé en travers de son torse. Qu'elle décide ou non de l'empaler, il mourrait. Et il n'avait aucune intention de protester. Peut-être même serait-il plus clément de sa part de l'embrocher et de mettre un terme rapide à ses souffrances. Il aurait failli à son devoir envers ses frères, *encore*, mais au moins il quitterait ce monde dans une tentative d'accomplir son serment.

Il referma les doigts de son bras valide sur la poignée de son épée, Aigrelame, bien décidé à mourir comme un guerrier, bien qu'il ne puisse plus se défendre. Pourtant, l'*alfe* ne bougea pas d'un pouce. Il n'était même pas certain de l'avoir vue ciller. Un soudain malaise l'envahit. Cette femme n'était pas *vraiment* une créature divine, si ? Était-elle une apparition ? Ou le simple fruit de son imagination ? Il tenta de se concentrer sur elle. Elle ressemblait bel et bien aux *alfes* clairs du légendaire royaume d'Álfheim, avec son visage ascétique et impavide barré de lignes argentées, encadré d'une cascade désordonnée de cheveux d'or, à moitié tressée et à moitié en bataille, qui donnait l'impression qu'une cape de paille ambrée lui couvrait le dos. Elle ressemblait à sa lance, en vérité, élancée, la poitrine plate et les épaules aussi larges que les hanches, même si Danr se morigéna intérieurement de l'avoir remarqué. De toute évidence, ce que Rurik n'avait cessé de lui répéter était vrai : Danr lorgnerait le beau sexe jusque sur son lit de mort… Eh bien, il s'y trouvait aujourd'hui, et cette situation était sans doute idoine. Une femme l'avait fait venir au monde, bien qu'à contrecœur, et à présent une femme allait l'en ôter. Une vengeance idéale pour toutes celles qu'il avait connues puis rejetées tout au long de sa vie.

Il attendit donc, de plus en plus embarrassé par cette vigie silencieuse. Même allongé sur le sol, Danr pouvait voir les prunelles pâles et saisissantes de l'*alfe*, telles deux perles qui reflétaient l'éclat du ciel derrière sa tête, un gris iridescent parsemé de mouchetures argentées semblables à… *de la neige* ?

Un rire étranglé se fraya un chemin de sa poitrine jusqu'à sa gorge. C'était bel et bien la fin. Il ne s'était même pas rendu compte qu'il faisait assez froid ni que l'année était suffisamment avancée pour qu'il neige. Mais, maintenant qu'il en prenait conscience, il remarqua les volutes blanches qui émergeaient de sa bouche. Et de celle de la créature, songea-t-il, ce qui prouvait au moins qu'elle était bien humaine, en dépit de son apparence spectrale. Le duvet gelé emplissait l'air autour d'eux, couvrant son corps brisé et ensanglanté de flocons diaphanes. Après tout ce que ses frères et lui avaient traversé au cours de leur existence et de leurs voyages, après avoir combattu tant d'ennemis du royaume de Maerr à l'Eireann, de Constantinople jusqu'en Alba, voilà qu'il allait mourir abandonné de tous, enseveli sous la poudreuse. Son corps reposerait sans doute là pendant des mois, prisonnier d'un linceul de glace, refusant de se décomposer avant l'arrivée du printemps. Peut-être Hilda serait-elle la première à le trouver et à savoir qu'elle avait gagné.

Il poussa un grognement de dégoût et se figea quand un grondement lui répondit. Un son qui lui fit dresser les cheveux sur la nuque. Avec un douloureux effort, il leva la tête, les battements de son cœur redoublant de vitesse lorsqu'il découvrit non pas un, mais *deux* loups, rôdant dans le sous-bois et avançant dans sa direction. Ils dévoilaient leurs crocs dans un rictus grondant, sans doute appâtés par l'odeur du sang.

Rapidement, il reporta le regard vers la femme pour lui transmettre un avertissement silencieux, puisque sa gorge refusait de lui obéir, mais elle ne parut pas le remarquer. Son visage ne trahit pas la moindre frayeur lorsque les deux prédateurs vinrent se tenir à ses côtés, telle une paire de sentinelles ténébreuses. Peut-être était-elle bien une apparition, après tout, songea Danr avec un frisson. Une de ces implacables vierges des glaces dont sa mère avait narré l'existence à Rurik et lui lorsqu'ils étaient enfants. Ou une chasseresse divine des *alfes* capable de dompter les créatures sauvages et de commander aux éléments. Si tel était le cas, il était entièrement à sa merci. Elle pourrait lui infliger mille tourments sans qu'il puisse opposer la moindre résistance.

Il déglutit, attendant qu'elle décide de son sort. Au moins, la lance aurait été une mort rapide, mais se faire dévorer par des loups… Même *lui* ne méritait pas une telle fin, n'est-ce pas ?

N'est-ce pas ?

Il laissa retomber la tête contre le sol et ferma les yeux quelques instants, les flocons chutant sur ses paupières comme autant de baisers gelés. Mais, lorsqu'il les ouvrit à nouveau, l'*alfe* et ses loups avaient disparu. Il ne restait plus que la neige.

Chapitre 1

Six heures plus tôt

C'était *bien trop* facile.

Danr se terrait sous le couvert des arbres, à l'orée de la forêt, et observait une silhouette solitaire qui arpentait la lande pierreuse du loch marin en contrebas. Il ne la voyait que de profil, mais l'identifia sans le moindre doute : Hilda. Même sans l'interminable tresse de cheveux noirs qui tombait jusqu'à ses genoux, il aurait reconnu entre mille cette posture sévère, cette inclinaison suffisante de la tête et ce menton impérieusement levé. Il n'avait pas besoin de voir son expression pour savoir comment elle l'accueillerait. Elle s'en était servie comme d'une arme pendant vingt-deux ans : un regard arrogant proclamant qu'elle était la seule femme importante de Maerr, *la seule* qui avait jamais compté. Elle était l'épouse du Jarl Sigurd, cent fois supérieure à la défunte mère de Danr, qui n'avait été que sa concubine.

Mais cette époque-là était révolue.

Trois ans plus tôt, tout avait changé. Le massacre sanglant, le jour du mariage de son demi-frère Alarr, avait provoqué l'irrémédiable chute du monde qu'ils avaient toujours connu. Leur foyer, leur sécurité, jusqu'à la réputation de leur famille, tout leur avait été arraché en quelques minutes.

Leur père, le puissant Sigurd, avait été tué, de même que Gilla, la fiancée d'Alarr, et Ingrid, la femme de son aîné, Brandt. Sans oublier un grand nombre de valeureux Vikings qui avaient tenté de les défendre. Depuis ce jour, tout avait changé, en particulier pour Danr et Rurik, et leurs demi-frères Brandt, Alarr et Sandulf. Bien vite, un irrépressible besoin de réponses et de vengeance avait pris le pas sur leurs autres responsabilités, y compris la défense du royaume de leur père. Ils avaient tous fini par quitter leurs terres pour se lancer à la poursuite des assassins, tandis qu'Hilda, devenue veuve, avait fui vers l'île de Skíð, sur la côte Ouest d'Alba, avec Joarr, l'ancien barreur de leur père.

Au début, leur mariage hâtif moins d'un an après le meurtre de son époux avait semblé une solution raisonnable aux troubles politiques qui avaient ébranlé Maerr. Mais, à présent, des questions gênantes étaient soulevées. Des questions importantes qui appelaient une réponse. C'était pour cela qu'il se trouvait sur Skíð, *simplement* pour obtenir des réponses. C'était l'accord auquel Sandulf et lui étaient parvenus avant de se séparer. Il devait montrer à Hilda les preuves qu'ils avaient découvertes et exiger une explication. Il ne devait en aucun cas rendre justice lui-même, *quoi qu'elle lui réponde*. Bien entendu, Sandulf cherchait toujours des solutions alternatives, incapable de croire sa mère coupable d'avoir pris part au massacre, mais l'intuition de Danr lui soufflait tout l'inverse. Les cinq fils de Sigurd ne tarderaient plus à coincer le commanditaire des assassins, et Danr était *persuadé* qu'Hilda était impliquée, d'une manière ou d'une autre. Il ne lui restait plus qu'à en apporter la preuve.

Mais ça ne pouvait pas être aussi simple. Cela faisait moins d'une journée qu'il avait débarqué sur l'île, et voilà qu'il tombait sur elle, seule et apparemment sans arme, la première personne qu'il croisait depuis son arrivée ici. C'était bien trop facile. Danr était connu pour son sens tactique, pour ses plans soigneusement ficelés et ses stratagèmes retors pendant les batailles. Il ne fonçait jamais tête baissée sans d'abord étudier la situation sous tous les angles, mais en cet instant il négligea toute prudence. À la simple vue de cette femme, il sentit la colère l'embraser comme une torche plongée dans l'huile. Il voulait des réponses et les obtiendrait quoi qu'il en coûte. *Tout de suite.*

Il jeta un dernier regard le long de la plage pour s'assurer qu'ils étaient seuls avant de traverser l'étendue de galets à furieuses enjambées. Le loch marin, long et étroit, s'étirait au cœur de collines vallonnées jusqu'à une épaisse forêt qui recouvrait le sud-ouest de l'île. Au nord, tels des géants de pierre dressés vers les cieux, d'imposantes montagnes crevaient l'horizon, offrant une vue spectaculaire. En toute autre occasion, il se serait arrêté pour admirer les crêtes en dents de scie et les sommets capitonnés, mais aujourd'hui sa vision était embrumée de rouge.

Hilda fit volte-face au dernier moment, alertée par le crissement des pierres sous ses bottes, et son sourire chaleureux se transforma aussitôt en expression de surprise et d'hostilité. Un autre aspect de sa personne qui lui était familier, songea Danr. De toute évidence, son opinion peu flatteuse de lui n'avait pas évolué depuis son départ de Maerr, trois ans plus tôt, mais peu lui importait : le sentiment était plus que réciproque.

— Toi ?

Elle releva le menton, hautaine.

— Moi.

Danr retroussa la lèvre en un sourire hypocrite.

— Cela faisait longtemps, chère marâtre. T'ai-je manqué ?

S'il n'avait pas été si furieux, il aurait sans doute ri à la façon dont Hilda se raidit, comme si tout son corps se changeait en pierre sous ses yeux. Elle avait toujours détesté qu'il l'appelle ainsi ; il ne s'était donc pas privé de l'affubler de ce sobriquet. Son existence entière et celle de son frère jumeau, Rurik, étaient source d'une profonde amertume pour elle, un sentiment qui n'avait fait que croître à la mort de leur mère, lorsque Sigurd les avait invités à vivre avec eux dans sa propre forteresse. Aussi loin que remontaient ses souvenirs, Danr avait toujours vu Hilda faire de son mieux pour ignorer les deux petits garçons qu'ils étaient, comme si cela pouvait l'aider à oublier l'infidélité de son mari. Son jumeau, plus doux, l'avait traitée avec la même indifférence, mais Danr avait choisi l'option inverse : la provoquer vertement à chaque occasion. Et il n'avait aucune raison d'arrêter maintenant.

— Qu'est-ce que tu fais ici ?

La voix d'Hilda suintait le mépris.

— Allons, n'ai-je pas le droit de vous rendre visite ?

Il écarta les bras comme s'il s'attendait à une étreinte maternelle, parfaitement conscient qu'elle aurait plutôt marché sur des charbons ardents. Lui-même aurait préféré embrasser un serpent.

— En souvenir du bon vieux temps ?

— Non !

— Voilà qui n'est guère charitable.

— Je ne me sens pas d'humeur charitable, rétorqua-t-elle.

Hilda fouilla du regard la plage derrière lui, un soupçon d'espoir se dessinant soudain sur son visage.

— Brandt est avec toi ? Alarr ? Sandulf ?

— Non, répondit-il, se délectant de son évidente déception. Je suis venu seul.

— Pourquoi ? Qu'est-ce que tu veux, Danr ?

— Toujours aussi directe, à ce que je vois, commenta-t-il en posant négligemment une main sur le pommeau de son épée et en le tapotant distraitement du bout des doigts. Je veux la même chose que mes frères : la vérité sur le meurtre de notre père.

— C'est ce que nous voulons tous ! riposta-t-elle d'un

ton qui trahissait son impatience et son agacement. Cela ne m'explique toujours pas ce que tu fais ici.

— Ah non ?

Il laissa ses doigts retomber silencieusement et baissa dangereusement la voix, son sourire s'évanouissant.

— Tu ne vois aucune raison qui pourrait justifier ma présence ?

— Quoi ?

L'air entre eux se chargea d'une brusque tension orageuse. Hilda écarquilla les yeux, puis se détourna et prit la direction du village situé à l'autre bout de la plage.

— Nous devrions nous asseoir au chaud et en discuter.

— Moi qui croyais ne pas être le bienvenu, déclara-t-il en haussant un sourcil moqueur.

— Tu ne l'es pas, mais le temps fraîchit. Le vent a tourné.

— Dans ce cas, autant en terminer au plus vite. Avoue pourquoi tu as fait assassiner mon père, et je m'en irai.

Il avait prononcé ces mots sur le ton de la conversation, comme s'il avait parlé de la pluie et du beau temps, mais l'accuser ouvertement lui apporta une profonde satisfaction, tout comme le fait de voir la mâchoire d'Hilda tomber de stupeur ou son exclamation outrée.

— Je n'ai pas tué Sigurd !

— Pas de tes propres mains, mais *quelqu'un* a orchestré cette attaque.

— Ce n'était pas moi ! Pourquoi aurais-je fait une chose pareille ?

— Parce que tu ne l'aimais pas.

— Non, c'est vrai.

Elle ne prit même pas la peine d'essayer de le nier.

— Plus depuis longtemps, mais cela ne signifie pas que je souhaitais sa mort.

— Mais tu ne voulais plus de lui pour époux, affirma Danr en faisant un pas vers elle dans une tentative délibérée de l'intimider. Tu ne voulais plus de lui dans ta couche.

— Lui non plus ! Il désertait notre lit, contra Hilda, ses yeux verts le foudroyant de rage. Tout ça ne prouve rien ! Combien de femmes as-tu aimées parmi la myriade que tu as séduite, Danr ? Pas la moindre, j'en suis sûre. Mais tu ne les as pas tuées pour te débarrasser d'elles !

— C'est différent, répliqua-t-il en sentant la colère enfler brusquement en lui. Tu as trahi mon père avec son propre barreur, et il l'a découvert. Brandt les a entendus se disputer quelques jours avant l'attaque.

— Sigurd n'avait que de vagues soupçons, répondit Hilda en reniflant d'un air dédaigneux. Il ne savait rien.

— Tu avais donc une excellente raison de le tuer. Tu as ordonné son meurtre pour l'empêcher de rassembler des preuves et de châtier ton amant.

— Non !

— C'est pour cette raison que tu as fui avec Joarr si tôt après le massacre.

— Si *tôt* ?

Elle rejeta sa tresse en arrière et carra les épaules pour encaisser l'accusation.

— Je suis restée à Maerr pendant des mois pour soutenir Alarr et aider Brandt à garder la main sur son héritage, rétorqua-t-elle, mais ils étaient tous les deux si déterminés à se venger… Tout notre monde s'écroulait autour de nous, et ma sœur…

Mais Hilda se mordit la lèvre, comme pour se retenir de poursuivre. Finalement, elle ajouta :

— Joarr m'a convaincue qu'il était devenu trop dangereux pour nous de rester. C'est pourquoi nous sommes venus ici chercher refuge parmi son clan.

— Tu veux dire, au cas où quelqu'un découvrirait ce que tu as fait ?

— Assez ! s'écria-t-elle avec hargne, le regard plus noir qu'une nuit en mer. Comment oses-tu m'imputer une telle perfidie ? Quand mes fils apprendront que tu me soupçonnes de…

— Ah mais, à ton avis, qui m'a envoyé ici ? rétorqua Danr en étirant lentement les lèvres en un sourire carnassier. Seulement, ce sont de bons garçons, vois-tu ? Ils ne souhaitaient pas accuser leur propre mère, en particulier quand un frère bâtard était plus que ravi de se charger de cette sale besogne pour eux. Sandulf et moi nous sommes quittés il y a à peine quelques jours.

Danr s'interrompit pour lui laisser le temps d'assimiler ces informations, prenant plaisir à la voir pâlir sous le choc. Hélas, il n'avait toujours pas obtenu le moindre bout de confession. Finalement, l'accuser bille en tête n'était peut-être pas la meilleure tactique. Sans doute aurait-il dû prendre son temps et lui présenter d'abord les preuves ou, mieux encore, discuter avec Joarr au préalable comme il l'avait initialement prévu, mais il avait laissé sa rancœur l'emporter sur la raison. S'il ne parvenait pas à la provoquer pour qu'elle avoue sa culpabilité, alors il ne lui restait qu'une seule option. Ce serait un coup de bluff, bien sûr, mais il savait qu'elle le méprisait suffisamment pour le croire capable de ce genre de bassesse…

— Admets que tu as orchestré ce meurtre, reprit-il en tirant Aigrelame de son fourreau d'un geste fluide et assuré, et je laisserai tes fils décider de ton châtiment. Sinon, ce sera entre toi et moi.

— Je n'admettrai rien du tout.

Hilda ne tressaillit même pas, et son regard d'acier se durcit encore. Je t'ai dit que je n'avais rien à voir avec ça.

— Je ne te crois pas.

— Dans ce cas, tue-moi, mais je refuse de laisser quelqu'un comme *toi* me juger. Tu es peut-être capable de charmer ton monde, Danr, mais sous tes beaux atours tu restes un moins que rien. Tu mets une femme différente dans ton lit tous les soirs parce que tu crois que cela fait de toi un homme, mais tu ne fais que t'avilir. Tu as hérité de tous les pires défauts de ton père. Je te regarde et je ne vois qu'une coquille vide, sans cœur, sans honneur et sans la moindre décence.

— Tu peux m'outrager tant que tu veux, mais je ne te laisserai pas insulter mon père !

Danr fit un pas de plus vers Hilda et pointa son épée vers sa poitrine.

— Et pourquoi pas ? Il m'a insultée chaque jour de notre mariage. Il m'a insultée avec ta mère… avec toi !

— Peut-être était-ce tout ce que tu méritais !

— Écarte-toi d'elle !

Danr sursauta au cri de Joarr et fit volte-face, furieux contre lui-même de s'être ainsi laissé surprendre. Hilda s'était montrée particulièrement fine. Rien dans son comportement n'avait trahi l'arrivée de son nouvel époux, pas même un battement de cils. Sa marâtre avait également su comment détourner son attention, embrasant sa colère en répondant à ses provocations. À présent, l'immense guerrier ne se trouvait plus qu'à quelques pieds et il se dirigeait vers eux à grandes foulées, épée et bouclier au clair, son visage bourru assombri d'une fureur meurtrière. Et rien d'étonnant à cela : de loin, Joarr avait dû le voir pointer son arme vers Hilda comme pour l'abattre de sang-froid.

— T'a-t-il touchée ?

Joarr étudia son épouse du coin de l'œil.

— Non.

À la grande surprise de Danr, il y avait une note apaisante dans la voix d'Hilda.

— Il est ici au nom de Sandulf, expliqua-t-elle. Il semblerait que mes fils nourrissent des soupçons à mon égard.

— Quel genre de soupçons ?

— Des soupçons quant à la mort de Sigurd. Ils croient que je suis impliquée.

— Toi ?

Joarr s'arrêta à une longueur d'épée de Danr, ses yeux bleus aussi froids que deux éclats de glace.

— Elle n'a rien à voir dans cette histoire, déclara-t-il aussitôt. *Voilà*, tu as ta réponse.

— C'est elle qui te l'a dit ?

— C'est ce que je sais.

— Mais ton jugement est loin d'être impartial, en ce qui la concerne.

— Je crois mon épouse.

Danr siffla entre ses dents avec mépris :

— Quand je pense que tu ne cessais de me rabâcher de ne pas laisser l'attrait de la luxure guider mes actes. Il semble que nous ayons la même faiblesse, en fin de compte.

— J'aime Hilda, et cet amour est réciproque, rétorqua Joarr en fronçant ses épais sourcils qui se rejoignirent en une ligne menaçante. Est-ce là un concept si difficile à saisir pour toi, mon garçon ?

— Oui ! s'écria Danr sans réfléchir, car c'était la vérité.

Il aimait ses frères et comprenait cet attachement, mais s'éprendre d'une femme, comme Alarr avec Breanne, Rurik avec Annis ou Sandulf avec Ceanna, cela n'avait aucun sens à ses yeux, et n'en aurait jamais. L'amour de sa mère pour son père ne lui avait apporté que malheur et regret. Le simple fait d'y penser l'emplissait de colère et d'amertume.

— Elle doit payer pour ce qu'elle a fait, reprit-il en désignant rageusement Hilda du menton, sa fureur engloutissant peu à peu sa raison sous un voile rouge.

— Elle n'a *rien* fait de mal !

— Dans ce cas, pourquoi les assassins avaient-ils en leur possession certains de ses bijoux… Trois pendentifs !

— Des pendentifs ?

La voix d'Hilda sembla se briser sur le mot.

— *Aye*[1]. Ceux dont tu t'es servie pour les payer.

— Quel genre de…

— Elle n'a pas à se justifier ! hurla Joarr, et son rugissement retentit tel un coup de tonnerre. Tu as toujours été trop bavard, Danr. Tu aurais dû devenir scalde[2] plutôt que guerrier.

— Attendez ! lança Hilda en levant les mains comme pour apaiser deux enfants chahuteurs. Peut-être devrions-nous en discuter calmement.

— C'est trop tard pour cela, gronda Joarr en agitant son bouclier vers elle pour l'obliger à se mettre hors de portée. Il t'a menacée. C'est une offense suffisante pour que je le tue.

— Tu peux toujours essayer ! s'exclama Danr avec un rire dur en déplaçant son poids sur son pied droit, prêt à accueillir la première attaque du vieux guerrier.

Il n'eut pas à attendre longtemps. À peine eut-il lancé sa provocation que Joarr le chargea tel un taureau furieux, bouclier en avant pour le projeter au sol. Mais Danr était plus rapide ; d'un bond léger sur la gauche, il para le gros de l'attaque, puis sauta vers son adversaire et laissa son épée glisser le long de la cotte de mailles du guerrier.

Le vieux barreur grogna de rage et pivota sur ses talons, son bouclier fendant l'air avec une telle hargne que Danr dut s'accroupir afin d'éviter un coup qui lui aurait brisé le crâne. Il profita de sa position pour frapper Joarr aux jambes et lui infligea un violent revers de botte dans les rotules, qui le fit tituber en arrière. Mais le vieil homme récupéra plus vite que Danr ne l'avait escompté et fondit à nouveau sur lui, le bousculant sur le côté. Mais c'était une attaque imprudente, car elle exposait à présent son flanc droit. Danr n'avait qu'à lever son épée pour la plonger sans

1. « Oui » en norrois et, plus tard, en écossais.

2. Poète scandinave.

effort sous son aisselle, à travers l'ouverture de sa cotte de mailles. Il pouvait la voir presque au ralenti : une cible nette et précise, une fenêtre idéale. S'il le décidait, il pourrait tuer Joarr sur le coup, puis frapper Hilda à l'endroit même où elle se tenait. Il avait l'occasion de les achever tous les deux en un battement de cœur. Joarr venait de lui servir le coup de grâce sur un plateau. *Si...*

Il hésita. Une vague de souvenirs s'imposait à son esprit : Joarr lui enseignant comment empoigner sa première épée en bois, comment la manier, comment exploiter les faiblesses de son adversaire... Joarr lui offrant cent fois plus d'attention et de gentillesse que son propre père. Comment pourrait-il retourner les leçons de cet homme contre lui ? Comment pourrait-il le tuer ?

Danr prit brusquement conscience qu'il en était incapable. Il bondit sur le côté de justesse et évita un coup d'épée qui envoya une volée de galets dans les airs. Tout ce qu'il souhaitait, c'était entraver Joarr suffisamment longtemps pour discuter, lui expliquer pourquoi il était certain de la culpabilité d'Hilda.

Il se déplaça en cercle, conscient que s'il cédait le moindre pouce de terrain Joarr lui ferait mordre la poussière. L'ancien barreur était une véritable montagne et un combattant hors pair, même si sa taille et son âge avaient commencé à le ralentir. Heureusement pour Danr, leurs nombreuses années d'entraînement ensemble lui avaient enseigné toutes les tactiques du vieil homme, tandis que sa propre technique n'avait cessé de s'étoffer et de s'améliorer au fil des années, pour répondre aux besoins du clan. S'il n'avait pas été blessé au côté en Alba, il aurait sans doute déjà trouvé le moyen de finir ce combat, mais il tenait à y parvenir sans estropier son ancien mentor. Il n'avait pas voulu l'affronter. S'ils pouvaient seulement déposer leurs armes et parler comme les amis qu'ils étaient autrefois...

Un cri retentit alors, et Danr tourna vivement la tête pour

découvrir avec une grimace qu'une dizaine de guerriers avait quitté le village, à l'extrémité opposée de la plage, et courait au secours d'Hilda et de Joarr. Il serra les dents et marmonna une litanie de jurons parmi les plus colorés qui lui passèrent par la tête. Il avait manqué cette occasion de faire avouer Hilda et n'avait plus le temps désormais. Il ne lui restait plus qu'à prendre la fuite vers la forêt tant qu'il le pouvait encore, puis à réfléchir à une nouvelle approche. C'était du moins sa meilleure option mais, lorsqu'il tenta de bouger, quelque chose lui parut bizarre.

Il baissa les yeux avec stupeur. Son bras droit lui semblait étrangement engourdi, et ses doigts peinaient à agripper son épée… Au moment où son esprit formula cette pensée, la lame lui échappa et tomba sur les cailloux dans un bruyant cliquetis de métal. C'est alors qu'il remarqua le trou dans sa cotte de mailles tandis qu'une explosion de douleur lui embrasait l'épaule. Les anneaux avaient sans doute lâché au moment où Joarr avait chargé, permettant à l'épée du vieil homme de trouver leur cible un court instant. Il ne se souvenait même pas d'avoir senti la lame le toucher, mais c'était pourtant bien le cas.

Du bout des doigts, il effleura le long filet de sang chaud qui gouttait de son bras, puis tourna les yeux vers Hilda. Étrangement, il la trouva en train de ceinturer Joarr, comme pour le retenir, tandis que les guerriers du village approchaient. Si Danr restait là, il serait capturé et exécuté, ce qui n'avait rien de grave en soi, mais empêcherait ses frères d'obtenir les réponses dont ils avaient si désespérément besoin. C'était la raison même de sa présence ici et un motif suffisant pour qu'il se soucie de sa propre survie. Pour eux.

Il ramassa Aigrelame avec son bras valide, recula de quelques pas vers la forêt et prit la fuite.

Chapitre 2

Sissa rassembla les quelques objets dont elle avait besoin dans un baluchon, drapa ses épaules de deux fourrures parmi les plus chaudes qu'elle possédait, puis retraversa la forêt en direction de l'endroit où elle avait trouvé le blessé. La neige avait déjà cessé de tomber, mais elle ne nourrissait que peu d'espoir quant à sa survie. À en juger par la quantité de sang répandu sur le sol autour de son corps, il ne resterait guère plus qu'une dépouille à son arrivée. Mais si elle se trompait… Eh bien, elle ferait son possible pour le sauver, qu'il le veuille ou non. Une curieuse expression avait détendu ses traits lorsqu'elle avait posé le plat de sa lance contre sa gorge, pour voir s'il était encore en vie. Une espèce d'indifférence, de résignation, comme s'il était prêt à rejoindre son créateur. Mais Sissa était une guérisseuse, pas une tueuse, et elle avait déjà bien assez côtoyé la mort.

Lorsqu'elle le retrouva, il était étendu dans la même position, la tête appuyée contre les racines d'un chêne. De loin, il avait l'air bel et bien mort, mais en se penchant sur lui elle perçut le soupçon d'un pouls au niveau de sa gorge. Plaçant son baluchon près d'elle, elle appuya deux doigts sur sa jugulaire. Les battements étaient faibles, mais ils avaient le mérite d'exister. Le cou de l'homme était musclé et élancé, comme le reste de sa personne, remarqua-t-elle, sans la moindre trace de gras, en particulier son visage dont les pommettes proéminentes semblaient taillées à la serpe. Sissa fit glisser sa paume plus haut et la pressa contre sa joue. Sa peau était gelée, rien de surprenant puisqu'il était à moitié enseveli sous la neige, mais aussi d'une pâleur cireuse. Entre sa blessure et la rigueur du temps, impossible de savoir lequel des deux le tuerait en premier. Sissa devrait trouver le moyen de retirer ses vêtements trempés plus tard, mais pour l'instant…

Fronçant les sourcils, elle ôta l'une des fourrures de son épaule et en couvrit les jambes et le torse de l'inconnu avant de se concentrer sur sa blessure. Visiblement, il avait arraché un morceau de son épaisse blouse et l'avait noué autour de son bras pour juguler l'afflux de sang, mais le tissu était désormais gorgé de rouge et inutile. Elle défit le nœud et examina sa peau de plus près. Sissa ne nota aucun signe d'infection, ce qui signifiait que la blessure était encore fraîche, quelques heures tout au plus, et à l'évidence provoquée par une lame. Seule une épée ou une dague aurait pu couper la chair de façon si propre, mais par chance l'entaille, plus longue que profonde, n'était pas aussi grave qu'elle l'avait cru de prime abord. L'homme s'agita faiblement tandis qu'elle versait l'eau d'une outre sur la coupure pour la nettoyer, puis elle frotta un mélange d'ail des ours et de poudre d'écorce de chêne à la surface de la blessure pour arrêter le saignement. Ensuite, elle appliqua une couche de mousse de sphaigne séchée en guise de cataplasme avant de nouer le tout en place avec une bande de tissu. La respiration de l'homme faiblissait et semblait devenir plus difficile à mesure qu'elle travaillait, mais elle continua néanmoins, s'affairant à le soigner comme s'il s'agissait de la seule tâche importante au monde. Enfin, elle se redressa, assise sur les chevilles, et examina son œuvre. Pas mal. Il avait survécu à ces dernières minutes, ce qui était plutôt bon signe, mais à présent il lui fallait de la chaleur, de la nourriture et un abri pour passer la nuit.

Se mordant la lèvre, Sissa leva les yeux vers le ciel. Le soir n'allait pas tarder à tomber ; la température chutait déjà dangereusement, et le blessé était bien trop lourd et faible pour qu'elle le traîne où que ce soit. Cependant, allumer un feu lui paraissait plus périlleux encore. Si des gens le cherchaient, ce qui était probable à en juger par la nature de sa blessure, des flammes attireraient l'attention. Mais, sans chaleur, le froid de la nuit se chargerait de l'achever aussi sûrement qu'un nouveau coup d'épée. En cet instant, Sissa prit conscience que des deux maux le premier était sans doute le moindre.

Elle tendit la main vers son baluchon et en tira les bûches sèches qu'elle avait apportées, au cas où, avant de les utiliser pour allumer un feu de camp à une longueur de bras du blessé. Le sol était humide, et la tâche lui prit plus longtemps que d'ordinaire, mais enfin son silex produisit une étincelle qui embrasa le petit bois. Lorsque les flammes furent assez chaudes, elle retira la fourrure qui couvrait l'homme et l'étudia du regard. La plupart de ses vêtements étaient constitués de cuir et de mailles et paraissaient raisonnablement résistants aux éléments, mais les anneaux lui semblaient également lourds et risquaient de le gêner pour respirer. Par ailleurs, son col était visiblement trempé. Heureusement, son haubert métallique était noué par le devant, ce qui lui permit de défaire prudemment sa boucle de ceinture et les attaches afin de le libérer de cette couche de trop. Puis elle saisit son couteau et découpa soigneusement sa blouse à manches longues pour le mettre torse nu. Une petite bourse en cuir pendait à une cordelette autour de son cou.

La vue de sa morphologie masculine ainsi exposée lui coupa le souffle pendant quelques instants, la laissant presque haletante, la poitrine agitée de frissons. En tant que guérisseuse, elle avait pourtant déjà contemplé de nombreux corps, mais celui-ci était différent. Magnifique, sculpté, comme taillé dans la pierre. Sans doute était-il mince de nature, devina-t-elle en glissant la langue sur ses lèvres anormalement sèches, mais il avait tant de muscles qu'il lui était impossible d'en être sûre. Il en avait même à des endroits où elle n'aurait jamais imaginé en trouver. L'entaille sur son bras n'était pas la seule preuve visible de batailles récentes : Sissa nota plusieurs longues cicatrices en travers de ses côtes et une affreuse marque violette sur son estomac. Elle se demanda soudain ce qui avait pu déclencher cet ultime affrontement et comment son adversaire s'en était sorti. De toute évidence, cet homme n'était pas du genre à encaisser les coups passivement. À en juger par l'épaisseur de ses bras cerclés d'une collection d'anneaux de bronze et d'argent, il n'était pas étranger au maniement de l'épée.

Cette idée la mit soudain mal à l'aise. Le blessé était de toute évidence un guerrier, de cette engeance d'hommes persuadés que la vie n'était qu'un éternel combat et qu'ils pouvaient prendre tout ce qu'ils désiraient par la force aux gens préférant vivre en paix. Les guerriers étaient les humains que Sissa méprisait le plus, car elle était depuis longtemps convaincue qu'on ne pouvait leur faire confiance. Elle fut presque tentée de le laisser se débrouiller seul, mais c'était impossible. En cet instant, il n'était qu'un homme blessé et vulnérable, et Sissa son unique espoir de survie.

Replaçant la fourrure sur son torse, elle examina son visage. Les profondes ridules de douleur et de tension qui cernaient sa bouche semblaient s'être légèrement relâchées, lui donnant une apparence plus jeune… et terriblement séduisante. Il n'avait pas du tout l'air d'un guerrier. Sissa était certaine de ne pas l'avoir vu parmi les nouveaux arrivants, elle n'aurait pas oublié un visage aussi marquant ni une si belle crinière d'épais cheveux blonds, ce qui signifiait qu'il avait débarqué sur l'île récemment. Il lui rappelait Birger, un garçon du village de son enfance, un peu plus âgé qu'elle. Dix-sept étés quand elle-même n'en avait que treize, et si beau que toutes les filles s'étaient disputé son attention. Sissa aussi l'avait admiré de loin, espérant qu'à un moment ou un autre il la remarquerait, mais ce n'était jamais arrivé. Pas vraiment. Puis un jour on avait ôté à Birger la capacité de remarquer quoi que ce soit, comme au reste de son village à l'exception de Tove et d'elle-même, les deux seules survivantes.

Sissa tendit la main vers la louve, qui trotta aussitôt vers elle pour lui lécher la paume avec affection. C'était son père qui avait trouvé Tove - à l'époque elle n'était qu'un petit louveteau émacié - et l'avait ramenée au village. Ils l'avaient nourrie et en avaient fait une sorte de chien de garde. Sissa s'était chargée d'une grande partie de son éducation et, en retour, l'animal s'était attaché à elle, devenant son plus fidèle compagnon. Son ombre bienveillante. Elle ignorait si Tove la considérait comme une sœur ou une mère, mais il ne faisait aucun doute que la louve la voyait comme un membre de sa famille. De sa meute. Le lien qui les unissait avait sauvé sa vie d'innombrables fois, à commencer par la nuit du pillage.

Elle sentit une sueur froide familière couvrir sa peau à ce souvenir et le refoula avec force, préférant tendre la main vers l'outre d'eau. Elle y ajouta méticuleusement plusieurs plantes broyées avant de verser le liquide dans la gorge de l'homme, lui maintenant la bouche fermée tandis qu'il toussotait. *Voilà.* Elle s'assit sur les talons, satisfaite. Elle ne pourrait guère faire plus dans la lueur déclinante du jour. Au matin, s'il était encore en vie, elle bâtirait un abri autour de lui.

Sissa s'enroula dans la seconde fourrure et s'allongea près du feu, Tove serrée contre elle, Halvar étendu de l'autre côté des flammes, distant mais toujours vigilant. Lui aussi faisait partie de sa famille, mais elle le soupçonnait de ne tolérer sa présence que par respect pour sa compagne.

Ensemble, ils attendraient que la nuit passe et décideraient quoi faire au matin.

Derrière elle, le guerrier marmonna dans son sommeil. Les mots étaient à peine compréhensibles, un mélange épars de noms et d'adjectifs, mais il semblait anxieux… presque tourmenté. À l'entendre, il rêvait de lutte. Songeait-il à la personne qui lui avait porté ce coup de lame ? Quoi qu'il se passe dans la tête du guerrier, le ton de sa voix lui tira un frisson qui courut le long de son échine.

Elle se retourna pour s'assurer qu'il n'avait pas repoussé sa fourrure et sursauta en le trouvant les yeux grands ouverts. Il l'observait avec un regard si profondément blessé et affligé que Sissa sentit son cœur se serrer brusquement. Puis les paupières du guerrier retombèrent avec lourdeur.

Un autre frisson, plus glacé encore que le précédent, la parcourut de la tête aux pieds comme un flocon de neige glissant le long de sa peau. L'espace d'un instant, elle avait eu la terrible sensation de regarder dans un miroir. Expirant profondément, Sissa enfouit son visage dans la fourrure de Tove et se demanda soudain si elle avait eu raison de sauver la vie de cet homme.

Chapitre 3

Était-il mort ?

Danr s'efforça de soulever les paupières. Il reconnaissait la dureté des racines sous sa tête, mais pas la vue au-dessus de lui. Au lieu du ciel gris et des flocons de neige dont il se souvenait, un écran de branches bloquait sa vision, assemblées étroitement avec des brindilles et de la mousse et entrelacées pour former une sorte d'arche.

Était-il *vraiment* mort ? Si tel était le cas, il avait de nouveau failli à son devoir envers ses frères, à son serment. Cette pensée l'horrifiait bien assez comme cela, mais le fait qu'il puisse s'en souvenir était pire que tout… tout ce qu'il avait fait et ressenti au cours des trois dernières années. La culpabilité, l'échec, le déshonneur, le mépris de lui-même… Était-il possible que ses vieux démons l'aient suivi jusque dans le trépas, toujours aussi cruels et lucides ? Danr tenta de s'asseoir pour leur échapper, mais retomba lourdement lorsque le monde autour de lui se mit à tourner si vite qu'il en eut la nausée. Un vague de frissons le secoua de la tête aux pieds. Pas de Valhalla pour lui, apparemment. Non pas qu'il se soit attendu à mériter de siéger parmi les braves.

Ses oreilles perçurent le son feutré et léger d'un pas, et Danr tourna les yeux juste à temps pour voir la fille aux prunelles pâles et à l'allure spectrale qu'il avait contemplée dans ses rêves se glisser sous l'arche. Il réalisa toutefois qu'il s'agissait davantage d'un tunnel plutôt que d'une arche ; un abri de fortune savamment construit protégeait son corps des éléments… Était-ce l'œuvre de cette femme ? Il fronça les sourcils, tentant de trouver un sens à cette scène. Peut-être n'était-il pas mort, finalement ? Ni en train de rêver ? Mais, si cette créature était bel et bien réelle, elle possédait une apparence presque éthérée, avec sa crinière de cheveux d'or blanc obscurcissant la moitié de son visage tandis qu'elle s'accroupissait à son chevet. Était-elle une Viking ou une Gaëlle ? Il remarqua alors un torque en forme de spirale autour de son cou, moulé dans du bronze et ouvert au niveau de la gorge, mais sans la moindre gravure pour offrir un indice quant à l'identité de sa porteuse…

— Avez-vous construit ceci ? lâcha-t-il avec difficulté, soulagé de découvrir qu'il pouvait à nouveau parler.

La femme ne jeta même pas un coup d'œil dans sa direction et demeura muette, se contentant de se pencher sur lui pour défaire une sorte de bandage en tissu et retirer ce qui ressemblait à un carré de mousse de son bras. Danr se tendit, intensément conscient de son souffle chaud sur sa peau tandis qu'elle examinait sa blessure quelques instants avant de la couvrir à nouveau.

— Est-ce qu'il neige toujours ? demanda-t-il dans l'espoir de susciter une réaction.

Rien.

— Qui êtes-vous ?

Il répéta sa question en passant du norrois au gaélique, mais n'éveilla pas la moindre étincelle d'intérêt sur le visage de l'inconnue.

Danr haussa les sourcils de surprise. Même si elle ne pouvait le comprendre ou l'entendre, elle avait forcément remarqué que ses lèvres bougeaient, mais elle semblait simplement ne pas s'en soucier. Voilà qui était très étrange.

Étant donné les efforts qu'elle avait fournis pour lui sauver la vie, pourquoi le traitait-elle avec tant d'indifférence ?

— Danr.

Il leva son bras valide vers son torse en prononçant son nom.

— Je suis Da…

Il s'interrompit en apercevant l'un des loups derrière elle. La bête l'avait suivie dans le tunnel et l'observait à présent comme si elle envisageait de faire de lui son prochain repas. Instinctivement, il tendit la main vers Aigrelame, mais vit alors la femme se tourner et poser la paume sur la tête de l'animal en émettant un son doux et apaisant avec la gorge avant de reconduire le prédateur dehors.

Danr poussa un profond soupir de soulagement, mais eut à peine le temps de se détendre que la fille aux loups revint avec une coupe contenant un liquide à l'odeur douteuse. Il en reconnut l'arôme sans parvenir à l'identifier, comme si cette coupe avait fait partie de ses rêves. Enfin, « rêves » n'était peut-être pas le terme approprié pour ce qu'il avait vécu. « Des cauchemars peuplés de souvenirs d'agonie » était une description qui convenait mieux. Son esprit tourmenté l'avait ramené, encore et encore, à cette terrible journée, trois ans plus tôt.

La femme porta la coupe à ses lèvres, et Danr but, heureux de se distraire de ces noires pensées. Le goût n'était guère plaisant mais tolérable, et le liquide apaisa sa gorge et soulagea sa tension.

— Merci.

Il tenta de capter son regard tandis qu'elle récupérait la coupe, espérant toujours obtenir une forme de réponse, mais elle refusa de lui faire ce plaisir. Cette impossibilité de communiquer le troublait, de même que son incapacité à deviner ses pensées. Il n'était guère habitué à se faire ignorer de la sorte, en particulier par la gent féminine. Au contraire, d'ordinaire la plupart des femmes convoitaient son attention, mais celle-ci… était un véritable mystère. Elle prenait soin de lui comme une mère, mais ne lui adressait pas un regard ni même un murmure.

Qui est-elle ?

Mais ce fut la dernière pensée à hanter son esprit avant qu'il sombre à nouveau dans le sommeil.

Que m'arrive-t-il à présent ?

Danr leva une fois de plus les yeux vers les branches en se demandant quel pouvait bien être ce vacarme. Cette fois, il était presque certain de ne pas être mort, bien qu'il ait la vague impression d'avoir navigué entre conscience et inconscience au cours des dernières heures… ou journées ? Il ignorait depuis combien de temps il était allongé dans cet abri, mais au moins se sentait-il un peu mieux, davantage lui-même… à l'exception d'un terrible bourdonnement à ses oreilles.

Il roula sur son côté valide pour fuir ce bruit agaçant et trouva la femme à l'allure spectrale allongée à côté de lui, recroquevillée sous une fourrure, l'arrière de sa tête à seulement quelques pouces de son visage. Il se raidit sous le choc. Non, ils n'avaient tout de même pas… ? Non, son corps et son esprit se révoltaient à cette simple idée. Dans son état, il n'en aurait jamais été capable et, même s'il l'avait été, il avait fait un serment solennel après le massacre de Maerr. Plus aucune femme ne partagerait son lit, et encore moins de cette façon-*là*, tant qu'il n'aurait pas trouvé la rédemption pour ses fautes et obtenu le pardon de ses frères, en particulier de Brandt et d'Alarr. S'il y parvenait, alors peut-être envisagerait-il de prendre à nouveau une partenaire pour une nuit de volupté, mais pour rien au monde il ne redeviendrait celui qu'il avait été. Plus jamais il ne considérerait les plaisirs charnels comme un simple sport. Danr n'avait plus lorgné la moindre femme depuis trois ans, pourtant il devait bien admettre que la vue de celle-ci avait quelque chose d'anormalement attirant.

Que faisait-elle ici ?

Il se tordit le cou pour jeter un œil dehors. Apparemment, le jour pointait, mais il était difficile d'en être certain d'un simple regard à travers le tunnel. Par l'ouverture, le monde ressemblait à un voile gris ardoise émaillé des ombres cendrées de la forêt. À la neige avait succédé un incessant torrent de pluie qui parsemait le sol d'un réseau de vifs ruisselets d'argent et tambourinait sur le toit de leur abri à un rythme effréné. Au moins, cela expliquait le bourdonnement à ses oreilles… Il aperçut également les restes détrempés d'un petit feu de camp. C'était donc pour cela que la fille aux loups avait cherché refuge à l'intérieur et consenti à partager la chaleur des fourrures et de son corps masculin pour survivre au froid. C'était la réaction la plus censée à adopter, mais une partie de Danr aurait préféré qu'elle s'abstienne… Une partie qui ne cessait de grossir et de durcir. Cela n'avait rien à voir avec *elle*, se dit-il aussitôt pour se convaincre en s'efforçant de se débarrasser de cet inconfort. Avec sa poitrine plate et son aspect d'*alfe* d'un autre monde, sans même mentionner sa nature taciturne, elle ne mettait même pas un orteil dans la catégorie de femmes qui pouvaient attirer son regard. Peut-être était-ce son odeur qui l'affectait de la sorte, légèrement musquée avec quelques effluves suaves, et lui donnait l'envie d'approcher et de presser les lèvres sur la courbe de sa nuque à l'aspect si doux, ou de nicher le visage dans la peau délicate derrière son oreille…

Quel goût aurait-elle ?

Par toutes les étoiles des cieux ! Il déglutit avec un long grognement. Ces trois années sans toucher une femme lui avaient visiblement laissé des séquelles.

Il s'arracha à sa contemplation et s'obligea à se rappeler la dernière fois où il avait passé du bon temps avec une demoiselle. Il ne lui avait jamais demandé son nom, et les années avaient obscurci le souvenir de son visage, ce qui était particulièrement ironique quand il songeait à quelle vitesse sa beauté lui avait fait tourner la tête. Leurs ébats s'étaient révélés féroces et énergiques, et si bruyants qu'il n'avait capté les cris au loin qu'après avoir terminé son affaire. Le temps de se rhabiller en hâte et de charger les attaquants, les assassins avaient déjà accompli leur sombre besogne. Son foyer avait pris l'aspect d'une scène cauchemardesque, celle d'un village brûlé jonché de corps. Un tableau d'effroi qui n'avait pas semblé surprendre sa partenaire de jeux, mais cette pensée ne l'avait pas effleuré sur le moment, et la demoiselle avait disparu bien avant que quiconque songe à la rechercher. C'était comme si elle était entrée à Maerr dans le simple but de le séduire… et sans doute était-ce le cas. La belle était probablement arrivée et repartie avec les assassins et avait joué son rôle à la perfection. Mais Danr ne pouvait guère se vanter de lui avoir compliqué la tâche. Quelques ondulations provocatrices des hanches, un ou deux regards lascifs et il l'avait suivie, la langue pendante tel un chien en rut, jusqu'à une grange aux abords du village.

« Tu as hérité de tous les pires défauts de ton père… »

Les paroles méprisantes d'Hilda lui revinrent à l'esprit. Sa marâtre n'avait jamais dissimulé son dédain pour son comportement de séducteur, et il devait bien admettre qu'elle n'avait pas eu tort de le juger si durement. Il s'était bel et bien avili… Ses frères étaient de meilleurs hommes qu'il ne le serait jamais. Si son amour des femmes n'avait pas été si célèbre, les assassins n'auraient jamais pu le berner si facilement. S'il ne s'était pas laissé distraire, il aurait été présent au mariage, et son père, Ingrid et Gilla seraient peut-être encore en vie. Ou, au moins, il serait mort en tentant de les protéger. Au lieu de cela, il devait à présent vivre avec la honte d'avoir survécu.

La fille aux loups toussa dans son sommeil et roula

sur le dos, étirant les bras au-dessus de sa tête avec la souplesse d'un chat avant d'ouvrir les yeux et de regarder directement dans les siens. Il l'observa en retour avec la soudaine impression de l'avoir déjà croisée par le passé, sans parvenir à se rappeler quand. Une fugace expression de surprise peignit ses traits, puis... plus rien. Elle avait délibérément chassé toute émotion de son visage.

Mais il avait *vu* sa stupeur. L'espace d'un instant, elle avait entrouvert les lèvres, comme si elle s'apprêtait à dire quelque chose. Ce qui signifiait sans doute qu'elle *pouvait* parler et le comprendre. Il en eut brusquement la certitude.

Danr ouvrit la bouche, puis la referma. Toutes les paroles charmeuses qu'il était habitué à servir aux femmes auprès desquelles il se réveillait ne lui paraissaient absolument pas appropriées. Cette situation était à la fois bien trop familière et totalement inconnue. Il patienta donc et examina son visage tandis que les yeux d'argent pâle de l'*alfe* fouillaient son regard. Il y avait quelque chose de curieusement intime à se tenir ainsi allongé près de quelqu'un, leurs souffles entremêlés, avec pour seule compagnie le martèlement de la pluie... Danr eut soudain la sensation que le temps lui-même ralentissait. Il n'était pas certain d'avoir jamais *vraiment* regardé le visage d'une femme par le passé, mais il se surprit à examiner chaque détail de celle-ci, comme s'il espérait apprendre quelque chose de nouveau à son sujet. Elle avait un front étroit et un menton légèrement pointu, de petits yeux et des sourcils arqués et sévères d'une teinte plus sombre que sa crinière, laquelle avait la couleur d'un champ de blé scintillant au soleil. Ses joues portaient encore ces mystérieuses marques grises, et il dut résister à la tentation de tendre la main pour les nettoyer. Sous les taches et la masse de cheveux enchevêtrés, l'inconnue n'était pas exactement jolie mais intéressante. Unique. Différente. Il laissa le regard descendre plus bas. Ses lèvres étaient sans doute son aspect le plus distinctif : plus pulpeuses que le reste de son corps, elles étaient aussi pleines l'une que l'autre. Sans comprendre pourquoi, Danr réalisa que le simple fait de les examiner lui asséchait la bouche.

Il ignorait combien de temps s'était écoulé quand elle s'assit brusquement et se faufila à travers le tunnel avant de rassembler ses jambes sous elle pour observer dehors. L'averse battante était si forte qu'au lieu de gouttes Danr eut l'impression que des grêlons tombaient du ciel.

— Belle journée pour dormir, commenta-t-il en se redressant.

À sa grande surprise, il y parvint sans mal. En vérité, il se sentait dix fois mieux maintenant que quelques minutes plus tôt, lorsqu'il s'était réveillé, comme si le simple fait de la regarder l'avait soigné. À l'exception évidente de son bras blessé et de quelques raideurs dans le corps, il avait presque la sensation d'être entièrement rétabli. Quoi qu'elle lui ait fait, cela avait fonctionné à merveille. Comme elle ne répondait pas, il se traîna vers elle et s'assit à ses côtés.

— Je déteste ce genre de déluge. J'ai l'impression qu'un froid humide m'envahit rien qu'en regardant la pluie tomber. Sans parler des nuages qui obscurcissent le ciel pendant des jours.

Il leva les yeux vers les parcelles de dôme gris visibles à travers les frondaisons.

— Mais je suis heureux d'être en vie pour le voir, conclut-il.

Rien.

— Combien de temps ai-je dormi ?

Rien.

— Vous êtes une guérisseuse, dit-il.

Cette fois, ce n'était pas une question.

— J'ai une dette envers vous puisque vous m'avez sauvé.

Face à son mutisme, il lança un regard à la dérobée vers son visage. Maintenant qu'ils n'étaient plus face à face, il prit conscience que l'observer lui manquait.

— J'aimerais vous témoigner ma reconnaissance.

Rien.

— Mais cela simplifierait les choses si je pouvais connaître votre nom, ajouta-t-il en haussant un sourcil plein d'espoir.

Rien.

— Je suppose que je pourrais me contenter de vous en choisir un.

Il se servit de cette idée pour se pencher un peu plus en avant et tenter de capter son regard.

— Yrsa ? Lofn ? Gunilla ? Astrid ? Non, j'ai connu une Astrid. Ce prénom ne vous sied guère. Marta ? Ingri…

Danr se mordit la langue avant de reprendre :

— Non, pas Ingrid. C'était le nom de l'épouse de mon frère, mais elle…

Il secoua la tête, incapable de terminer sa phrase. Puis, lorsqu'il leva à nouveau les yeux, il réalisa qu'elle s'était légèrement tournée vers lui. C'était à peine apparent, mais juste assez pour suggérer qu'elle lui prêtait davantage d'attention que ne le laissait croire son silence.

— Que diriez-vous de Bersa ? continua Danr en faisant mine de ne pas avoir remarqué. Je n'ai jamais rencontré de Bersa.

Il avait abandonné l'idée de recevoir la moindre réponse, aussi sursauta-t-il lorsqu'elle se tourna brusquement vers lui et se pencha pour retirer le bandage autour de son bras et étudier à nouveau la blessure. Danr se figea à ce contact. Son visage était si proche de sa peau qu'il pouvait sentir sa masse de cheveux emmêlés effleurer doucement son biceps. Cela pouvait à peine être qualifié de contact, pourtant tous ses muscles se tendirent à l'unisson.

— Va pour Bersa, dans ce cas, dit-il en s'éclaircissant la gorge pour tenter de se concentrer sur autre chose. J'imagine que vous vous demandez comment tout cela est arrivé. C'était une erreur. Je me suis comporté comme un idiot. Au lieu de me contenir, j'ai foncé tête baissée dans une dispute et…

Il inspira brusquement entre ses dents lorsque les doigts de la fille aux loups frôlèrent la peau intacte en dessous de sa plaie avec une telle douceur qu'elle lui embrasa les sangs. Non, pas embraser. Elle avait allumé un véritable incendie dans tout son corps. C'était si inattendu que, pendant un court instant, Danr fut incapable de formuler une pensée cohérente. Trois années d'abstinence avaient réellement dû laisser des séquelles pour que le simple contact avec la peau d'une femme puisse faire naître en lui un tel désir, en particulier avec cette étrange *alfe* pâle et silencieuse.

L'inconnue se leva si vite qu'il craignit soudain d'avoir parlé à haute voix. L'espace d'un instant, elle renouait le bandage autour de son bras, le suivant elle jetait une cape sur sa tête et s'éloignait à grandes enjambées à travers les arbres, les deux loups sur les talons.

— Où allez-vous ? lança-t-il, perplexe.

Il ne comprenait pas ce qui venait de se passer et se demandait s'il l'avait offensée sans s'en rendre compte. Il était certain de n'avoir rien dit de mal, pourtant quelque chose l'avait fait bondir et filer sans se retourner…

Que venait-il de se produire ?

Plusieurs heures s'écoulèrent avant qu'il comprenne qu'elle ne reviendrait pas.

Chapitre 4

Sissa encocha une flèche, banda son arc et la libéra. Dans un sifflement, le projectile fila se planter dans un arbre juste derrière la biche, qui bondit aussitôt dans la direction opposée. Par les étoiles ! Elle leva les yeux au ciel et se sermonna intérieurement pour son frustrant manque de concentration. Ça aurait dû être un tir facile, mais Sissa n'avait pas pu partir à la chasse pendant qu'elle soignait l'étranger, et à présent les protestations de son propre estomac ne cessaient de la distraire.

C'était d'ailleurs l'unique raison de son déficit d'attention, se convainquit-elle. La faim. Rien à voir avec un certain guerrier blessé aux épais cheveux blonds et aux bras aussi larges que sa taille…

Elle secoua la tête en pataugeant dans les sous-bois détrempés en direction de la rivière, soulagée de découvrir qu'un de ses filets retenait une proie. Au moins, elle aurait un repas conséquent ce soir. Avec adresse, elle vida le contenu du piège et regagna sa maison ronde au cœur d'une clairière en fredonnant une vieille mélodie dont elle ne se souvenait qu'à moitié. Se trouver en compagnie du guerrier, Danr avait-il dit s'appeler, semblait lui avoir quelque peu délié la langue… jusqu'à lui donner envie de chantonner à nouveau. C'était une sensation étrange, mais étonnamment plaisante, que d'emplir ses poumons de l'air frais des montagnes, plus savoureux encore après la pluie, léger, pur et revigorant.

Elle déposa son saumon près du feu, puis s'engouffra dans la maison ronde afin d'y récupérer son chaudron et gagna le ruisseau pour le remplir d'eau, sans cesser de fredonner. Elle se demanda distraitement où pouvait bien se trouver le guerrier à présent. Sissa lui avait laissé son épée et des vivres pour lui permettre de reprendre sa route dès qu'il se sentirait suffisamment fort ; autrement dit, sans doute peu de temps après qu'elle était partie. Il avait paru beaucoup plus fort lorsqu'elle l'avait quitté ce matin et ne souffrait d'aucune blessure aux jambes. Ni à la langue, d'ailleurs. Cela faisait des années qu'elle n'avait plus entendu un tel flot de paroles. Les personnes qui cherchaient son aide ou ses remèdes n'en disaient jamais plus que nécessaire, comme si son silence avait quelque chose de contagieux, et cet arrangement lui convenait parfaitement. Le mutisme était sa meilleure protection. Allié à son apparence, il effrayait suffisamment les habitants des alentours pour qu'ils la laissent en paix, et cette existence répondait à ses besoins. Elle les aidait et les soignait, mais cela s'arrêtait là. Plus jamais elle ne vivrait parmi eux ni ne serait l'une d'entre eux. Sissa avait fait une croix définitive sur son ancienne vie.

Du moins jusqu'à ce qu'elle *le* rencontre. Ce guerrier lui avait parlé comme s'il ne la craignait pas, comme s'il ne voyait en elle qu'une femme *normale.* Inconscient, Sissa l'avait trouvé séduisant mais, les yeux ouverts, il l'avait hypnotisée de ses prunelles azur, la piégeant dans son regard tel un insecte dans le miel. La façon dont il l'avait contemplée à son réveil, lorsqu'elle était entrée s'abriter de la pluie, avait suffi à lui couper le souffle, la laissant comme enivrée. C'était une sensation nouvelle, presque agréable, mais que Sissa ne pouvait se permettre. C'était bien trop déconcertant. *Il* était bien trop déconcertant.

Après avoir vérifié une dernière fois que sa blessure était en voie de guérison, elle l'avait donc abandonné sans un regard en arrière.

Au moins, elle était chez elle, à présent, en sécurité dans ce lieu familier, songea-t-elle avec un soupir en suspendant le chaudron au-dessus du feu avant de découper quelques navets et de les jeter dans l'eau. Un peu d'ail des ours relèverait son ragoût, décida-t-elle en se tournant vers la maison ronde.

Tove se mit soudain à gronder, et Sissa se raidit. Elle fit immédiatement volte-face et suivit le regard de la louve qui scrutait intensément le couvert des arbres. Des branches remuaient en faisant bruisser leurs feuilles, signe que quelque chose de gros approchait. Quelle que soit cette créature, elle se déplaçait sans discrétion.

Rapidement, Sissa saisit la lance qu'elle gardait toujours à portée de main et leva le bras, prête à frapper. Sans doute s'agissait-il d'un ours ou d'un loup rival… Ou de *lui* ?

La jeune femme manqua de lâcher son arme et en oublia de masquer ses émotions pendant un battement de cœur, bouche bée de surprise, puis d'horreur, devant l'irruption du guerrier. Il avait rattaché son fourreau à sa ceinture et avait drapé ses épaules de la fourrure qu'elle lui avait offerte, ce qui accentuait son apparence primale et hirsute. Mais plus déboussolant encore fut le sourire qui s'élargit sur son visage jusqu'à toucher ses oreilles, dévoilant une splendide dentition, comme s'il était véritablement heureux de la revoir.

Que faisait-il ici ? Pourquoi n'était-il pas parti ? Et comment l'avait-il retrouvée ?

— Ah, vous voilà ! lança-t-il d'une voix presque triomphante. Je ne serai sans doute pas en état de me battre avant un long moment, mais je sais encore lire une piste !

Tremblante, elle leva une main en pointant du doigt la direction dont il provenait. Comment osait-il faire ainsi irruption dans sa clairière ? Cet endroit était son *foyer*, son sanctuaire, celui de Tove et d'Halvar. Personne n'avait l'audace de pénétrer ici ! Les villageois en quête de son aide savaient qu'il leur était interdit d'approcher. Sissa ne voulait de personne ici, et *surtout pas* d'un guerrier qui paraissait deux fois plus grand maintenant qu'il était de nouveau sur pied. Les guerriers détruisaient tout sur leur passage. Ils n'étaient guère plus que des monstres, toujours prêts à tuer, à brûler et à piller ! De toute son âme, Sissa aurait voulu lui hurler de déguerpir, mais elle ne put que pointer du doigt.

— Je crains de ne pas pouvoir repartir, répondit l'homme sur un ton d'excuse en s'agenouillant devant elle dans une posture de supplique. Vous m'avez sauvé la vie, et j'ai une dette envers vous qu'il me faut rembourser. Il me reste un bras valide : je ferai tout ce que vous me demanderez. Je suis prêt à accomplir n'importe quelle tâche dont je pourrai vous soulager. J'irai même chasser si vous le souhaitez.

Il baissa les yeux vers son bandage avant de lui offrir un sourire en coin.

— Mais peut-être pas un cerf. Pas encore. Est-ce que des souris seraient acceptables ?

Sissa le fixait toujours, atterrée. Suggérait-il réellement qu'il avait l'intention de rester avec elle pendant un temps ? Mais en quoi cela rembourserait-il sa dette alors que tout ce qu'elle attendait de lui, c'était qu'il fiche le camp ?

— Je ne vous dérangerai pas, s'empressa-t-il de promettre. Je me construirai un autre abri.

Il s'approcha de quelques pas, ignorant le grognement d'avertissement de Tove. Où était Halvar ? Sissa jeta un œil alentour et repéra le loup, tranquillement allongé sur le flanc et visiblement peu concerné par la scène. L'espace d'un instant, elle envisagea de siffler Tove pour lui donner l'ordre d'attaquer seule, mais le guerrier possédait toujours une épée, et Sissa ne pouvait pas prendre le risque de blesser sa compagne.

— Je suis aussi bon cuisinier, poursuivit-il en désignant le feu et le saumon d'un geste. Je peux préparer ce plat pour vous, si vous le souhaitez. De quoi s'agit-il ? D'un ragoût de poisson ?

Sissa serra les poings à s'en enfoncer les ongles dans la paume, consciente de devoir absolument retrouver l'attitude passive qu'elle adoptait habituellement en compagnie d'autres personnes, mais c'était impossible. Son corps tout entier tremblait de rage et de frustration, et le besoin de lui hurler de déguerpir s'apprêtait à la submerger. Sissa pouvait sentir son propre pouls palpiter dans son cou, et sa tête lui donnait la sensation d'être à deux doigts d'exploser. Elle pouvait presque entendre son sang bouillonner à grands torrents dans ses veines. Sans doute son visage flamboyait-il d'une teinte écarlate, à présent, et elle ne serait pas surprise que tout son corps vire de la même couleur.

La jeune femme le foudroya d'un dernier regard bestial, puis s'engouffra à grands pas dans sa maison ronde.

Danr scruta les alentours, à la recherche de bols. Dire qu'il avait eu du mal à cuisiner ce poisson aurait été un doux euphémisme. Retirer la peau et les arêtes du saumon avec un seul bras valide avait constitué un sacré défi, en particulier sous la vigilance menaçante de deux gros loups, mais il avait fini par y arriver. Et son ragoût ne lui paraissait pas trop mal. Sans doute aurait-il pu lui donner davantage de saveur, avec quelques herbes, mais si la fille aux loups possédait ce genre d'ingrédients elle devait les garder à l'abri dans sa maison ronde… et il avait la conviction qu'oser s'aventurer à l'intérieur la ferait entrer dans une colère noire.

Son arrivée avait enfin brisé le masque de profond détachement qu'elle s'évertuait à porter face à lui. L'expression outrée sur son visage lorsqu'il avait pénétré dans la clairière l'avait même pris de court. Elle aurait au moins pu paraître soulagée de le voir sur pied, mais il avait eu l'impression qu'elle rêvait d'arracher son bandage et de planter sa lance en plein dans sa blessure. Sa tentative de la charmer n'avait pas eu plus de succès. Son sourire en coin séducteur, qu'il avait aiguisé au fil des années, échouait rarement à convaincre une femme de faire quelque chose, mais de toute évidence cette femme-*là* était différente. Elle ne bondirait pas sur l'occasion de passer plus de temps avec lui. Au lieu de cela, elle paraissait déterminée à le voir partir.

Hélas pour elle, ce n'était pas une option. Même si Danr parvenait à rejoindre son bateau, qu'il avait savamment dissimulé sur la côte, il ne pourrait jamais regagner le continent à la rame avec un seul bras. Et, quand bien même il réussirait un tel exploit, Sandulf se trouvait en Eireann désormais, plus en Alba. Il avait besoin d'un endroit sûr où reprendre des forces, si possible un lieu chaud et sec pour permettre à sa blessure de guérir rapidement avant de retourner affronter Hilda. Que cette sauvageonne le veuille ou non, même s'il était évident que la réponse était *non*, Danr avait besoin d'elle. Il n'avait plus qu'à la convaincre qu'elle aussi avait besoin de lui.

Cependant, y parvenir s'annonçait difficile. Elle n'avait pas réagi de façon très positive à sa proposition de travailler pour elle, et ce n'était sans doute pas le genre de personne qu'une bourse de pièces intéresserait. Pourtant, il devait bien exister *quelque chose* qu'il puisse lui offrir en contrepartie ? Si seulement elle acceptait de sortir de sa maison ronde pour discuter, cela simplifierait grandement les négociations. Il pourrait ainsi lui expliquer qu'il ne lui voulait aucun mal, et peut-être parviendraient-ils à un semblant d'accord ? Elle avait paru sur le point de dire quelque chose tout à l'heure, tout son corps tremblant sous l'effort de devoir garder le silence. Mais pourquoi ? Pourquoi *refusait*-elle de lui parler ? Il ne tenait pas à l'irriter davantage, mais il craignait que, s'il lui laissait le temps de recouvrer son calme, elle se contente de l'ignorer à nouveau. Peut-être la provocation était-elle le seul moyen de l'obliger à discuter…

— Le poisson est prêt ! lança-t-il en direction de la maison ronde.

L'édifice était de curieuse facture, nota-t-il, tout de bois et de tourbe, il paraissait ancien et d'un style qu'il n'avait jamais eu l'occasion d'étudier jusqu'à ce jour. Sans doute la bâtisse était-elle d'origine gaélique ou picte ? Pourtant, cette drôle de femme avait tout l'air d'une Viking.

— J'espère que vous avez faim ?

En l'absence de réponse, Danr s'assit sur le sol et s'adossa contre une souche, profitant de la quiétude de l'instant pour se détendre. Il pouvait se montrer patient. Qu'elle se cloître là-dedans, si cela lui chantait ! Ce n'était pas lui qui mourrait de faim. Tout bien considéré, il se sentait étonnamment à son aise.

— Vous savez, il y a d'autres choses que je pourrais faire pour vous, à part chasser, poursuivit-il.

Danr décida alors de mesurer l'étendue de son vocabulaire norrois.

— Je suis très doué avec mes mains. Demandez à n'importe quelle femme qui m'a déjà rencontré. Elles seront toutes d'accord : mes mains sont pratiquement célèbres, à Maerr.

Il fixa du regard le rideau de cuir qui masquait l'entrée, dans l'attente d'une réaction.

— Et ma bouche également. Je crois même qu'elle est encore *plus* célèbre. Je suis capable de choses avec ma langue que vous ne pourriez imaginer.

Là. Un imperceptible mais immanquable bruissement du rideau suivi par… le silence à nouveau. Il soupira et bascula la tête en arrière pour mieux laisser son esprit s'emplir d'une tapisserie d'images sensuelles. Hélas, il devrait se contenter de rêveries tant qu'il n'aurait pas accompli son serment mais, même s'il ne pouvait pas partager sa couche avec une femme, il existait des choses qu'il pouvait faire *pour* elle… En dépit de l'apparence spectrale de sa bienfaitrice, cette idée lui parut curieusement tentante.

— Vous savez, si vous acceptiez de me laisser faire, je pourrais trouver des centaines de façons de payer ma dette envers vous, poursuivit-il en sentant son sang bouillir à ces possibilités. J'adore explorer le corps d'une femme. Je pense que je commencerais par vos seins.

Il ferma les yeux et n'eut aucun mal à imaginer les bourgeons roses de ses mamelons durcir sous ses doigts, et l'image lui donna l'impression que son pantalon se resserrait autour de son entrejambe.

— J'y déposerais des baisers avant de laisser ma bouche descendre vers votre ventre, puis vos hanches. Je prendrais le temps de connaître chaque pouce de votre corps. En détail. Puis je glisserais mes lèvres entre vos cuisses. Je goûterais alors à votre…

— Assez !

Danr sursauta en ouvrant grands les yeux, aussi surpris par le son de sa voix que par la virulence de son ton. Il avait été si absorbé par ses propres rêveries qu'il lui fallut quelques instants pour revenir à la réalité et se concentrer sur le visage livide qui le foudroyait d'un regard noir depuis l'entrée de la maison ronde.

— Ah, vous parlez donc norrois ! s'exclama-t-il, ravi de cette petite victoire.

— Je *comprends* le norrois, le corrigea-t-elle en se ruant rageusement vers lui. Je ne parle *rien du tout* !

— Maintenant, vous parlez.

— Seulement parce que vous refusiez d'arrêter !

Danr remarqua trop tard l'éclat d'une dague dans sa main. Il leva son bras valide pour la bloquer à l'instant où elle s'accroupissait pour poser la lame froide contre sa gorge. Il croisa son regard et comprit qu'elle était mortellement sérieuse : dans ses yeux de cendre tourbillonnait un orage prêt à déchaîner le tonnerre et l'éclair.

— Je suis désolé.

Il baissa à nouveau le bras, brusquement conscient d'être allé trop loin.

— J'avais besoin de savoir si vous pouviez me comprendre.

— Pourquoi ? gronda-t-elle sans desserrer les dents, comme si chaque mot prononcé était un effort surhumain. En quoi aviez-vous *besoin* de savoir ? Je vous ai sauvé la vie ! Et en retour vous profanez mon foyer, vous m'imposez votre présence et vous *m'insultez* !

— Ce n'était pas mon intention.

Danr baissa les yeux vers la dague, puis affronta à nouveau la tempête de son regard.

— Je suis désolé ! Je n'aurais jamais dû dire de telles choses. Pardonnez-moi.

— Non.

L'expression de la fille aux loups était implacable.

— Je veux que vous partiez ! hurla-t-elle.

— Ce n'est pas si simple.

— Partez !

— Pouvez-vous au moins me dire votre nom ?

Mais la question ne fit qu'embraser encore davantage sa fureur. Avant qu'il puisse réagir, elle retourna la dague et, de la garde, frappa de toutes ses forces contre son bras blessé.

— Partez ! répéta-t-elle avec hargne, ignorant son cri de douleur.

— Je suis désolé…

— Vous croyez que présenter de pitoyables excuses est suffisant ?

Elle bondit, le dominant de la même façon que la première fois où il l'avait vue, sauf que cette fois tout son corps était raide de colère : de sa mâchoire à ses poings, en passant par ses muscles.

— Je ne…, commença Danr sans parvenir à poursuivre,

car le claquement de ses dents rendait l'élocution de plus en plus difficile. Des mouchetures blanches se mirent à danser devant ses yeux, et il prit soudain conscience d'une tache de sang frais qui se propageait sur le bandage de son bras. Je vous en prie… Aidez-moi.

— Soignez-vous tout seul, cette fois, lança-t-elle d'un ton glacial et inflexible avant de lui tourner le dos. Débrouillez-vous sans moi, Viking.

Chapitre 5

Sissa jeta la dague sur le sol de toutes ses forces et regagna la maison ronde, la gorge nouée de fureur tandis qu'elle écartait le rideau d'un mouvement ulcéré et se laissait choir la tête la première dans la pile de fourrures qui lui servaient de lit. Elle réalisa alors avec horreur que ses yeux étaient emplis de larmes.

Comment *osait*-il ? Elle l'avait abrité, nourri et ramené des portes de la mort et, malgré tout ce qu'elle avait fait pour lui, c'était *ainsi* qu'il la remerciait ? Avec des paroles qui lui enflammaient et lui glaçaient le sang en même temps ? Tant d'émotions conflictuelles tourbillonnaient dans sa poitrine qu'elle peinait à définir laquelle dominait les autres. La colère, la confusion, l'envie, le désir… Tout son être était aussi tendu que la corde d'un arc et vibrait sous leur puissance combinée. Elle refusait de penser à toutes les choses qu'il avait proposé de faire à son corps, car lorsqu'elle songeait à ses paroles… une terrible douleur s'éveillait au creux de son ventre et entre ses cuisses, comme si ses entrailles se liquéfiaient.

Sissa roula sur le dos, luttant pour reprendre le contrôle de cet assaut émotionnel. Cela faisait si longtemps que personne ne l'avait touchée que la simple idée d'un contact lui serrait le cœur. En dépit de tous les bienfaits dont elle lui avait fait présent, Coblaith ne l'avait jamais tenue ni étreinte, pas même au cours des innombrables nuits que Sissa avait passées à pleurer. La dernière caresse dont elle se souvenait était celle de la main de sa mère sur sa joue…

Des larmes lui piquèrent les yeux avant de rouler comme de grosses perles sur son visage et de tomber sur les fourrures. La cruauté des paroles de ce guerrier l'avait poignardée en plein cœur, car elles évoquaient un lien humain qu'elle n'aurait et ne *pourrait* plus jamais avoir avec qui que ce soit. Mais, pire que tout, les provocations de ce malandrin avaient balayé ses défenses comme des fétus de paille, l'obligeant à parler pour la première fois depuis cinq longues années. Ses hurlements de colère, combinés aux quelques notes qu'elle avait osé fredonner plus tôt, lui donnaient à présent la sensation d'avoir la gorge sèche et douloureuse, et la langue engourdie.

— Je suis désolé ! l'entendit-elle à nouveau crier à son intention.

Elle avait espéré l'avoir mené au bord de l'inconscience, mais de toute évidence elle n'avait pas frappé assez fort. Cet homme ne se taisait donc *jamais* ?

— Je n'aurais vraiment pas dû dire de telles choses. J'ai eu tort, poursuivit-il, comme s'il pensait réellement que de maigres excuses pourraient suffire.

Sissa roula sur le côté pour mieux observer le rideau de cuir, jurant intérieurement que si ce guerrier avait l'audace d'en toucher le moindre pan elle attraperait l'objet adéquat le plus proche, en l'occurrence un tisonnier en fer près de l'âtre, et l'abattrait sur sa tête.

— Que puis-je faire pour arranger les choses ?

Heureusement pour lui, le rideau ne bougea pas. Sissa espérait presque qu'il essayerait : l'idée de frapper son gros crâne blond à coups de tisonnier lui procurait une immense satisfaction.

— Je vous l'ai déjà dit : partez ! hurla-t-elle en retour. Je ne veux *rien* de vous !

— Ce n'est pas la seule raison.

La voix du guerrier lui parut soudain faible.

— Je veux dire, je *tiens* à payer ma dette envers vous, mais ce n'est pas la seule raison qui me retient ici.

— De quoi parlez-vous ? répliqua Sissa en sentant le désespoir l'envahir. Pourquoi refusez-vous de me laisser tranquille ?

— Parce que je n'ai nulle part où aller.

Elle fronça les sourcils et frotta ses joues de ses paumes tandis qu'elle réfléchissait à ses allégations. Nulle part où aller… Ce sentiment ne lui était que trop familier, mais elle peinait à imaginer qu'un guerrier comme lui n'ait pas un foyer. À en juger par la qualité de sa cotte de mailles et de ses armes, sans parler des anneaux qui cerclaient ses bras, c'était un homme possédant une certaine fortune et un rang élevé dans la société. Il devait forcément appartenir à un clan.

Sissa se redressa, inspira profondément pour apaiser le tourbillon de ses émotions, se leva et fit un pas dehors. Le guerrier était assis à quelques pieds de distance, comme s'il avait chancelé jusque-là avant de s'écrouler. Il avait le teint cireux et semblait pris de nausées, ce qui aurait pu lui tirer un sourire satisfait s'il ne s'était pas trouvé si près de sa maison.

— Tenez.

Elle saisit un pot vide et le lui tendit en ajoutant :

— Mettez votre tête entre vos jambes.

— Merci, gémit-il.

Il suivit son conseil et drapa ses genoux de ses avant-bras.

— Ne me remerciez pas, j'ai encore envie de vous frapper, répliqua-t-elle en fronçant les sourcils d'un air menaçant. Que voulez-vous dire : nulle part où aller ? Vous ne faites pas partie des nouveaux arrivants sur l'île ?

— Non, je suis venu d'Alba pour trouver quelqu'un.

L'homme eut un gloussement empli d'amertume avant de poursuivre :

— Comme vous pouvez le constater, cette personne n'était pas très heureuse de me voir.

— Parce que vous n'arrêtiez pas de parler ?

— Quelque chose comme ça…

Le guerrier releva lentement la tête, ses lèvres formant un sourire crispé de douleur.

— Vous avez raison, j'aurais peut-être mieux fait de tenir ma langue, mais je suis venu ici pour lui poser des questions, pour découvrir la vérité sur un événement survenu il y a trois ans.

— Quel événement ?

Une ombre passa sur son visage.

— C'est une longue histoire.

— J'ai tout mon temps, Viking.

— Non, rétorqua-t-il en secouant la tête obstinément. Je ne peux pas en parler, mais je ne peux pas non plus m'en aller avant d'être en capacité d'accomplir cette mission. C'est important.

— Vraiment ? fit Sissa en retroussant les lèvres.

Au moins, elle avait enfin trouvé le moyen de le faire taire mais, s'il refusait de partager les détails de son histoire avec elle, elle n'avait aucune raison d'accepter sa présence ici. Toutefois, peut-être les mots qu'il avait marmonnés dans son sommeil lui en révélaient-ils suffisamment…

— Comment puis-je être sûre que vous ne tenterez pas de me soumettre ? demanda-t-elle en plissant les yeux avec méfiance. J'ignore tout de vous.

— Je ne vous ferai aucun mal, je le jure sur mon honneur. Je suis Danr Sigurdsson, fils bâtard du Jarl Sigurd, de Maerr.

— Du *Jarl* ?

— Je vous l'ai dit, c'est une longue histoire. Tenez.

Il détacha son épée de ses hanches et la posa dans l'herbe avant de la pousser vers elle.

— Prenez mes armes. Si je fais quoi que ce soit qui vous déplaît, vous n'aurez qu'à lancer vos loups sur moi.

— Ne craignez-vous pas que je le fasse malgré tout ?

— Non. Vous m'avez sauvé la vie. C'est le genre d'action qui suscite la confiance.

Elle renifla avec scepticisme, s'efforçant d'endurcir son cœur face à ces paroles charmeuses.

— Êtes-vous venu seul sur Skíð ?

— Oui. J'ai caché mon bateau, mais je ne pourrai pas ramer jusqu'au continent avec un bras en moins et, si je m'approche du village, la personne qui m'a fait ça me retrouvera et terminera le travail. Ils sont sans doute déjà à ma recherche. J'ai besoin d'un abri en attendant d'être à nouveau capable de me défendre.

Il tressaillit et inspira entre ses dents serrées ; la douleur semblait être difficilement tolérable.

— Par la lune, femme, vous avez la force d'une Valkyrie.

— Je vous ai à peine touché.

Sissa jeta un regard dédaigneux au tissu qui emmaillotait le cataplasme. Une tache rouge s'y était formée, mais rien d'inquiétant. Le sang avait déjà coagulé, ce qui signifiait que le peu de dégâts qu'elle lui avait infligés ne lui causerait aucun tort. En revanche, s'il disait vrai, le renvoyer reviendrait à le condamner à mort. S'il ne pouvait trouver refuge dans l'un des villages alentour, lesquels étaient rares et éloignés les uns des autres, il ne pourrait survivre seul dans la nature. Alors tous ses efforts pour le sauver ces derniers jours n'auraient servi à rien. Mais elle était encore en colère et ne voulait toujours pas de lui ici ! Parmi toutes les personnes qu'elle aurait pu trouver et soigner, pourquoi avait-il fallu qu'elle tombe sur un guerrier ?

— Je dis la vérité, je vous le jure, ajouta-t-il, comme s'il percevait son hésitation.

Sissa leva les yeux au ciel, puis huma l'air et haussa les sourcils lorsque ses narines captèrent le délicieux fumet de son ragoût. Elle en eut aussitôt l'eau à la bouche. Peut-être n'avait-il pas menti sur ses talents de cuisinier, finalement.

Si tel était le cas, elle pourrait au moins trouver une consolation à la longue convalescence de cet étranger chez elle…

— Nous devrions manger, déclara-t-elle alors avant de verser du ragoût dans un bol et de s'asseoir près du feu, du côté opposé au guerrier.

— Vous acceptez donc de me laisser rester ?

Sissa le jaugea du regard avant de répondre :

— Seulement cette nuit. Parce que vous avez cuisiné.

— Merci. Et demain, si vous me laissez rester encore un peu, je me rendrai utile. Je me ferai tout petit et je ne dirai plus rien de déplacé, je vous le promets.

— Vous avez intérêt, gronda-t-elle, ou la prochaine fois vous pourriez bien perdre votre bras.

Sissa avala une gorgée de ragoût et lui adressa un regard surpris. Le goût était encore plus fantastique que le fumet ! Les morceaux de saumon fondaient sur sa langue. Elle ne parvenait pas à comprendre comment il avait accompli un tel exploit, en particulier avec si peu d'ingrédients, mais Sissa n'avait plus rien dégusté d'aussi bon depuis… elle ne s'en rappelait même plus.

— Qu'en pensez-vous ?

Il l'observait d'un air anxieux, réalisa-t-elle, comme s'il avait hâte de connaître son opinion.

— Pas mal.

Elle refusait catégoriquement de le complimenter.

— Mais ça ne change rien au fait que votre présence ici m'incommode, Viking.

— Je le sais.

— Je n'aime pas vivre en communauté et je fuis tout particulièrement la compagnie des guerriers. C'est pour cela que j'habite seule.

— Je comprends mais…, supplia-t-il en écartant les mains dans un appel à sa clémence. S'il vous plaît ?

— Je vais y réfléchir, répondit-elle.

Sissa finit son bol, puis ramassa l'épée et le baudrier de l'homme et s'apprêta à regagner sa maison ronde.

— Vous pouvez dormir près du feu ce soir. Il ne pleuvra pas.

— Merci. C'est très généreux de votre part.

— Hum, maugréa-t-elle.

Puis elle siffla Tove et Halvar pour les inviter à l'intérieur. La louve la suivit docilement, mais son compagnon se contenta de lever la tête un instant, avant de la reposer nonchalamment sur ses grosses pattes.

— Va-t-il dormir dehors aussi ? s'enquit le guerrier d'une voix légèrement inquiète.

— Il semblerait.

Sissa s'arrêta dans l'encadrement de la porte et haussa les épaules.

— Si ça ne vous plaît pas, vous pouvez encore partir.

— J'ai besoin de bûches.

Sissa laissa tomber une hache sur le sol juste à côté de la tête du guerrier, laquelle atterrit dans un bruit sourd qui le réveilla en sursaut, à la plus grande satisfaction de la jeune femme.

— Hein ? Quoi ? Qu'est-ce que c'est ? bredouilla-t-il en se redressant brusquement avant de tendre instinctivement la main pour saisir son épée disparue, ce qui lui tira un grognement de douleur.

— Il me faut des bûches, répéta-t-elle sans la moindre trace de compassion.

Puisqu'il tenait tant que cela à rester, Sissa n'avait aucune intention de lui faciliter la vie, bien au contraire. Elle ne laisserait pas son séduisant visage, ses cheveux dorés en bataille et ses pommettes si ridiculement bien sculptées l'émouvoir. Et comment était-il possible d'avoir des yeux aussi bleus et perçants ?

— Vous voyez cette pile de branches, là-bas ? Il faut les couper pour en faire des bûches. Vous pensez pouvoir y arriver ?

— Si c'est ce que vous souhaitez, répondit-il en clignant plusieurs fois des yeux pour chasser le sommeil. Ça me prendra peut-être un peu plus longtemps que d'ordinaire, mais ce sera fait.

— Bien. Mais d'abord, allez vous laver. Vous empestez.

— Et bonjour à vous aussi, marmonna-t-il avant de lever l'épaule gauche pour renifler son aisselle. Hum, mais vous n'avez peut-être pas tort.

— Je suis surprise qu'Halvar ait supporté de dormir si près de vous, lança-t-elle d'un ton acerbe en adressant un regard trahi au loup qui se leva et bâilla à s'en décrocher la mâchoire avant de s'étirer paresseusement.

— C'est ainsi que vous l'appelez, Halvar ?

— Oui. Ça signifie « gardien du rocher ». Il est descendu de la montagne pour venir à notre rencontre, il y a un an, ce nom m'a semblé approprié.

— Eh bien, si j'empeste, lui est affreusement bruyant, gloussa Danr. J'ignorais que les loups ronflaient.

— Vous n'avez pas peur de lui ? s'étonna Sissa en examinant l'étrange duo qu'ils formaient. La plupart des humains sont terrifiés par sa taille.

— C'était aussi mon cas, puis je me suis dit que s'il avait voulu me manger il l'aurait fait depuis longtemps.

— Peut-être n'a-t-il pas encore assez faim.

— Nous verrons bien, je suppose.

Sissa haussa un sourcil, irritée par son enthousiasme.

— Vous savez, il ne fait que se servir de vous pour prouver quelque chose.

— Vraiment ? s'étonna Danr, l'air intéressé. Que veut-il prouver ?

— Qu'il n'est pas content d'être ici. Tove est sa compagne.

Si ça ne tenait qu'à lui, ils partiraient vivre au cœur de la forêt tous les deux.

En entendant son nom, la louve émergea de la maison ronde, scruta les alentours d'un air méfiant pendant quelques instants, puis trotta gentiment à travers la clairière pour nicher le nez dans le cou d'Halvar.

— Je vois ce que vous voulez dire, répondit Danr avec un large sourire. Pourquoi ne part-elle pas avec lui ?

— Parce que je l'élève depuis que c'est un bébé et qu'elle m'est fidèle. Elle sait que sans elle je serais perdue.

Sissa se mordit la lèvre, frustrée d'en avoir tant dit. Elle en dévoilait bien plus sur elle qu'elle ne l'avait souhaité.

— Il éprouve donc de la jalousie envers vous ?

— Peut-être.

Sissa haussa le menton avant d'ajouter :

— Je pense plutôt qu'il me fait la tête. C'est la seule raison pour laquelle il est resté avec vous cette nuit. Et c'est sans doute pour cela qu'il ne vous a pas dévoré.

Danr tendit le bras et posa avec hésitation la main sur le cou duveteux d'Halvar avant de le gratter derrière les oreilles.

— Ah, ne t'en fais pas pour ça, mon vieux. Je suis sûr qu'on peut devenir amis, pas vrai ?

Sissa serra les dents, agacée que le loup ne réponde pas en lui arrachant le bras. Halvar ne la laissait pas souvent le toucher, et aucun étranger jusqu'ici n'avait pu s'approcher du prédateur d'aussi près, mais voilà que le grand mâle fermait à demi les paupières comme s'il appréciait les attentions du guerrier.

— Pourquoi vos cheveux sont-ils mouillés ? s'enquit brusquement Danr, comme s'il venait de remarquer son apparence.

— Parce que je me suis baignée. Il y a un bassin naturel de l'autre côté de ces arbres, où plusieurs ruisseaux se rejoignent.

— L'eau n'est-elle pas froide ?

— Elle descend des montagnes. Bien sûr qu'elle est froide ! s'exclama Sissa en lui jetant une couverture accompagnée d'un regard peu amène. Vous pouvez vous sécher avec ça. Pensez bien à la suspendre quand vous aurez fini.

Elle lui pointa du doigt une corde tendue entre deux troncs avant d'ajouter :

— Vous devrez également laver vos vêtements.

— J'aimerais bien, répondit-il en levant un regard dubitatif vers le ciel. Mais je doute qu'ils sèchent par ce temps et je n'ai rien d'autre à me mettre. J'ai perdu mon paquetage quelque part en forêt.

Il grimaça.

— Je crains que vous ne deviez choisir entre de mauvaises odeurs ou la vue d'un guerrier nu coupant votre bois, ce qui me semble dangereux avec un bras blessé. Une erreur est si vite arrivée.

— Oh ! par les étoiles…

Sissa leva les yeux au ciel avant de regagner sa maison ronde et de fouiller dans l'un de ses coffres jusqu'à dénicher un vieux pantalon et une tunique. Les vêtements n'avaient plus été portés depuis si longtemps qu'une légère odeur de renfermé s'attachait au tissu, mais cela restait amplement préférable à sa puanteur actuelle. Quant à le voir nu… Elle secoua la tête avant que son imagination s'emballe.

— Tenez, dit-elle en rapportant les vêtements et en les déposant en face de lui. Vous pouvez porter ça. Ils appartenaient à quelqu'un que j'ai connu, ajouta-t-elle en réponse à son regard inquisiteur.

— Je vois.

De toute évidence, il se retenait de l'interroger plus avant.

— Dans ce cas, merci de m'autoriser à vous les emprunter.

— Hum. Essayez de ne pas mouiller votre épaule.

— Tout ce que vous voudrez. Me laver, me changer, nettoyer mes vêtements, couper du bois, résuma-t-il avant de lui lancer un regard plein d'espoir. Est-ce que cela me permettra de rester quelque temps ?

— Cela vous permettra de rester aujourd'hui. Et, quand vous aurez fini, vous pourrez ramasser de nouvelles branches, mais pas dans cette partie de la forêt. Vous devrez vous aventurer plus profondément.

Sissa prit un panier et saisit sa lance :

— Je reviendrai bientôt avec de la nourriture. Vous pourrez cuisiner à nouveau.

— Avec plaisir.

Danr jeta sa couverture en fourrure par-dessus son épaule et se leva.

— Que faites-vous des loups ?

— Ils iront à leur guise, répondit-elle avant de hausser un sourcil, cela ne vous dérangera pas, n'est-ce pas ? Puisque vous êtes déjà *de si bons amis*…

— Non, bien sûr.

Il inclina la tête, conscient qu'il ne pouvait pas reculer.

— Mais vous pouvez récupérer votre épée, si vous le souhaitez, reprit Sissa en désignant l'endroit où elle avait laissé le baudrier et son arme, à l'extérieur de la maison ronde. La forêt est peuplée de nombreux dangers. Mais sachez que, si vous levez votre lame contre l'un de mes loups, je vous tuerai de mes mains.

— Compris, acquiesça-t-il. Au fait, vous ne m'avez toujours pas dit votre nom…

Elle hésita, fouillant son visage du regard pendant quelques instants. Il lui servit une nouvelle fois son étrange sourire en coin, qui lui comprimait la poitrine et lui tirait des frissons comme si cette simple vision lui bloquait la respiration… mais Sissa avait aussi l'impression que ce sourire était un peu trop travaillé. Il savait probablement quel effet il procurait à une femme. Sa tunique entrouverte sur son torse nu ne l'aidait pas vraiment à réfléchir posément non plus. Sans doute aurait-elle trouvé cela plus simple si son visage ou son corps avaient été un peu moins séduisants, mais les deux étaient aussi impressionnants l'un que l'autre. Même à bonne distance, elle demeurait bien trop consciente de sa présence, de ses larges épaules, de son parfum musqué, de ses puissants abdominaux, des quelques poils dorés couvrant la partie visible de son torse… Mais il lui avait posé une question. Quelque chose au sujet de son nom ?

Non, elle ne le lui avait pas révélé. Elle n'avait plus prononcé son prénom à voix haute depuis si longtemps qu'il semblait appartenir à une autre vie. La dernière personne à l'avoir appelée par son nom était sa mère, une femme gracieuse aux yeux cendrés qui l'avait serrée contre elle et lui avait ordonné de courir quelques minutes avant qu'un guerrier l'abatte de sang-froid… *Un guerrier !* L'étrange frisson qui l'avait saisie disparut aussitôt, remplacé par un bloc de glace.

— Non, en effet.

Elle lui tourna le dos et se dirigea vers la forêt avant d'ajouter :

— Vous n'avez qu'à en choisir un. Cela m'est égal.

Chapitre 6

— Erika !

Danr frottait le bas de son dos tout en adressant un autre de ses sourires en coin à la fille aux loups lorsque cette dernière regagna la clairière, quelques heures plus tard. Le soleil avait depuis longtemps dépassé son zénith, et le guerrier avait commencé à se demander s'il lui était arrivé quelque chose. Outre cette inquiétude, il avait passé une journée épuisante mais étonnamment plaisante. La tâche n'avait pas été simple, mais constituait un rafraîchissant changement de routine. Ces derniers jours, seul un brûlant désir de vengeance avait consumé son esprit, mais aujourd'hui l'air mordant et l'activité physique étaient parvenus à le distraire de telles pensées. Danr ressentait un profond bien-être ; ne plus songer à Hilda et Joarr pendant plusieurs heures l'avait soulagé, tout comme l'agréable sensation d'être en vie. C'était la première fois en trois ans qu'une telle chose lui arrivait, et une raison de plus d'espérer que l'inconnue lui permettrait de rester. Il était même surpris de constater *à quel point* il y tenait…

— Erika ? répéta la fille aux loups, l'air perplexe, en inclinant gracieusement la tête sur le côté.

— C'est ainsi que j'ai décidé de vous appeler. Vous n'aimez pas ? J'hésite encore avec Bersa.

— Hum.

La jeune femme grimaça et déposa une paire de truites sur le sol.

— Voici le dîner.

— Ah, le poisson est ma spécialité. Et qu'est-ce que tout cela ? s'enquit-il en jetant un œil au contenu de son panier, intrigué par l'assortiment de plantes et de champignons. Des remèdes ou de la nourriture ?

— Un peu des deux. Où sont mes bûches ?

— Là-bas, répondit-il non sans fierté en désignant une pile de bois si haute qu'elle chancelait presque, avant de se délecter de la surprise dans son regard.

— C'est bien plus que je n'en demandais.

— Tant mieux.

Il s'était pratiquement cassé l'autre bras, si désireux qu'il était de lui prouver son utilité.

— Puis-je réclamer un sourire en récompense ?

— Non, riposta-t-elle en plissant les yeux d'un air méfiant. Nous ferions mieux de les entreposer au sec tant que nous le pouvons.

— Dans la maison ronde ?

— Non.

Sans offrir la moindre explication, elle s'engouffra dans la bâtisse avec son panier et en ressortit avec une large peau. Danr la regarda déposer quelques bûches sur le cuir, puis en plier les extrémités avant de tirer l'ensemble derrière elle à travers les arbres.

Confus, Danr cala quelques rondins supplémentaires sous son bras valide et la suivit, Tove et Halvar trottinant joyeusement devant eux en direction du flanc le plus escarpé de la montagne. En dépit des récentes chutes de neige, le temps s'était réchauffé pendant la journée, et l'air lui semblait presque doux à présent. De nombreux signes témoignaient de l'approche de l'hiver, mais Danr aurait presque pu se croire à nouveau en été. Le ciel céruléen se teintait lentement de safran à mesure que l'après-midi touchait à sa fin et recouvrait d'or la cime des arbres, dont les feuilles scintillaient au gré de la bise. En y regardant de plus près, il remarqua que de nombreuses variétés cohabitaient : des pins, principalement, mais aussi des bouleaux, des aunes et quelques chênes. Ils avaient un aspect noble et majestueux, bien moins sinistre et menaçant que lorsqu'il s'était perdu en forêt la première fois. Tout lui paraissait également plus paisible, du pépiement des oiseaux au sifflement du vent dans la canopée, en passant par le crissement des bûches traînées sur le sol tapissé d'aiguilles. En cet instant, il aurait presque pu oublier la raison de sa venue sur l'île de Skíð.

Danr suivit la fille aux loups pendant quelques minutes jusqu'au sommet d'une côte, puis la regarda tirer de toutes ses forces sur ce qui ressemblait à d'épaisses broussailles, avant de comprendre qu'il s'agissait d'un écran constitué de branches et de fougères entrelacées masquant une cavité au pied d'un à-pic.

— C'est ici que j'entrepose ce que je ne peux pas ranger dans la maison ronde, lui confia-t-elle avant de baisser la tête pour franchir un surplomb rocheux et de s'engouffrer dans les ténèbres.

— Impressionnant.

Danr lui emboîta le pas et entendit sa voix se répercuter en écho dans une large chambre de granit. La mâchoire lui tomba lorsqu'il découvrit l'intérieur : d'autres ouvertures dans la pierre, situées plus haut, offraient juste assez de lumière pour dévoiler une multitude de possessions diverses empilées le long des murs. Des collections de fourrures et de peaux, des récipients et des marmites… et même une paire de coffres et un atelier de tissage dans un coin. Danr se demanda où elle avait bien pu obtenir tout cela, puisqu'elle vivait seule dans la nature. Avait-elle volé ces objets ? Ou s'agissait-il d'un héritage familial ?

Les vêtements qu'elle lui avait prêtés avaient, selon ses dires, appartenu à quelqu'un qu'elle avait connu… Elle pouvait parler ; c'était donc qu'elle avait passé une partie de sa vie en communauté. Parmi d'autres Vikings, sans doute, puisqu'elle s'exprimait avec un accent natif de leur peuple. Mais que leur était-il arrivé ? Et pourquoi vivait-elle seule désormais ? Plus Danr en apprenait sur elle, et plus le mystère semblait s'épaissir.

— Toutes ces choses vous appartiennent-elles ?

— Oui.

La fille aux loups tira les bûches jusque dans un coin, puis les fit glisser sur le sol, libérant le carré de peau. À son grand désarroi, Danr découvrit un stock déjà très confortable de bois pour le feu. Lui qui avait cru se rendre indispensable ! De toute évidence, la jeune femme était bien équipée pour l'hiver. Danr commençait à comprendre que la jouvencelle s'en sortirait parfaitement sans lui.

— Et vous laissez tous ces trésors ici ? l'interrogea-t-il.

Il remarqua plusieurs épées et boucliers posés contre une paroi de pierre. Ces armes étaient indubitablement d'origine viking.

— Vous ne craignez pas que quelqu'un les trouve ?

— Non. L'entrée est dissimulée, et la plupart des habitants de l'île ne s'aventurent pas dans les hauteurs. Ils ont peur de Tove et d'Halvar.

La fille aux loups se redressa, frotta vivement ses mains l'une contre l'autre, puis s'approcha lentement de lui.

— Et de moi.

— De vous ? s'étonna-t-il en soutenant son regard dans la mi-pénombre. Êtes-vous dangereuse ?

— Certaines personnes semblent le croire. La rumeur prétend que je peux conjurer des tempêtes, quand l'humeur m'en prend.

Elle s'arrêta en face de lui avant d'ajouter :

— Peut-être seriez-vous avisé de les écouter et de garder vos distances ?

— Peut-être, mais j'ai toujours été bien trop téméraire pour mon propre bien.

Danr s'efforçait de masquer son trouble derrière l'humour, mais il devait bien admettre qu'en cet instant il émanait d'elle une force élémentaire et brute. Ses cheveux pâles chatoyaient doucement dans le clair-obscur, comme s'ils s'apprêtaient à se changer en éclairs argentés. Il eut de nouveau l'impression de se tenir à quelques pouces d'une *alfe* divine, sibylline et insaisissable, venue d'un autre monde ; si près qu'il aurait pu la toucher. Et il en mourait d'envie, réalisa-t-il avec un sursaut.

— D'autres croient simplement que je suis folle, poursuivit-elle comme s'il n'avait rien dit. Peut-être ont-ils raison ? Si je l'étais, comment le saurais-je ?

Danr déglutit bruyamment avant de prendre une profonde inspiration, sidéré par l'intensité de son expression. Elle scrutait son visage comme si elle attendait sincèrement une réponse, comme si elle dépendait de *lui* pour l'obtenir, mais qu'aurait-il pu dire ? Il ignorait tout d'elle. Il se demandait même si la connaître était de l'ordre du possible. Cette femme était la créature la plus impénétrable et mystérieuse qu'il n'ait jamais rencontrée. Et elle ne le quittait pas des yeux…

— Vous ne pourriez pas le savoir, finit-il par répondre d'un ton hésitant. Peut-être qu'aucun d'entre nous ne se connaît vraiment.

Il frotta son menton du bout des doigts avant de désigner l'ensemble de la grotte.

— Mais, personnellement, je ne crois pas qu'une femme aussi organisée puisse être folle.

— Peut-être devrais-je conjurer une tempête pour vous en convaincre ?

— Ah, mais vous l'avez déjà fait, rappelez-vous. Le jour où vous m'avez trouvé, il neigeait à gros flocons. Je sais que c'était vous…

Il se pencha légèrement vers elle et murmura :

— Vous êtes un mystère, Erika ou Bersa, ou quel que soit votre nom, cela ne fait aucun doute. Mais vous n'êtes pas folle. Je pense que vous êtes juste très douée pour faire semblant.

L'espace d'un instant, elle le jaugea comme si elle le voyait pour la première fois, les yeux écarquillés.

— Danr Sigurdsson…

Elle avait prononcé son nom dans un souffle, mais il eut l'impression de l'entendre se répercuter dans toute la grotte.

— Vous êtes différent des autres guerriers.

— Vraiment ?

Ses paroles tiraient sur une corde bien trop sensible.

— Vous en connaissez donc tant que cela ?

Sa question lui fit brièvement baisser le regard.

— Je vis peut-être en solitaire, mais j'ai des yeux, des oreilles, et je connais leurs habitudes.

— Parlez-vous des Vikings du village ou des Gaëls ?

— Les Gaëls sont partis sur le continent. Il ne reste plus que des Vikings de ce côté de l'île, désormais.

— Et un seul village viking dans cette partie de Skíð.

— Exactement. Vous ressemblez à ces hommes, mais vous êtes différent.

— Peut-être parce que je suis un guerrier qui ne peut pas se battre, pour encore quelques semaines au moins. J'ignore ce que cela fait de moi.

Il sourit et haussa les épaules pour tenter de chasser ces sombres pensées.

— À part votre serviteur et votre cuisinier, ajouta-t-il avec une pointe d'humour.

— Non, répondit-elle sans réagir à son brutal changement d'humeur, mais en l'examinant d'un regard pénétrant. Je crois que vous avez toujours été différent.

Danr sentit son sourire s'effacer brusquement. *Différent.*

Un étranger. Le bâtard d'un roi possédant déjà trois fils légitimes, honorables et robustes…

Cette bonne vieille amertume le cueillit au ventre avec encore plus de force que d'ordinaire. Bien que la vie l'ait béni d'un frère, Rurik, Danr avait toujours été douloureusement conscient de la différence qui existait entre eux et leurs demi-frères. Ils avaient dû se battre pour la moindre miette d'attention de la part de leur père, pour prouver qu'ils méritaient leur place dans sa forteresse, aux côtés de guerriers comme Brandt et Alarr. Il avait fait de son mieux pour étouffer ses émotions, pour masquer ce sentiment d'ostracisme derrière une attitude insouciante et moqueuse… Et voilà que cette fille venait de lire en lui comme dans un livre ouvert. Jamais il ne s'était senti aussi nu face à une femme… Une sensation parfaitement déconcertante pour un homme comme lui ! Au fond, toutes ses conquêtes s'étaient rarement souciées de voir au-delà de son beau minois…

— C'est simplement que je suis plus bavard que la plupart des guerriers ! s'exclama-t-il en s'efforçant de plaquer un nouveau sourire plein d'entrain sur son visage. Mes frères me le répétaient souvent.

— Hum.

La jeune femme eut soudain l'air pensive.

— C'est une sensation étrange, de parler à nouveau. Cela faisait si longtemps.

— Depuis quand vivez-vous à l'écart du monde ? l'interrogea-t-il en haussant un sourcil, soulagé qu'elle change de sujet.

— Assez longtemps.

— Sans personne avec qui discuter ? s'étonna Danr, qui peinait à imaginer que quiconque puisse décider de vivre ainsi. Cela me semble terriblement solitaire.

— Ça l'est parfois.

— N'avez-vous jamais peur ? Isolée dans la nature

avec des animaux pour seule compagnie ? Pourquoi ne pas vous installer dans un des villages ? Avec vos talents de guérisseuse, vous y seriez accueillie à bras ouverts.

— Parce que ce ne sont pas les personnes avec lesquelles j'ai *envie* de vivre, répliqua-t-elle tandis que son regard, plus intense encore que tout à l'heure, affrontait à nouveau le sien. Ces personnes-là sont parties, et je ne veux rien avoir à faire avec qui que ce soit d'autre. Par ailleurs, je trouve les villages bien moins sûrs que la forêt. La nature, elle, est prévisible. J'ai vu des hommes se conduire bien plus mal que des animaux, sans aucune raison. Les humains sont dangereux, on ne peut pas leur faire confiance. Et encore moins aux guerriers.

— Vous voulez dire que votre village…

— Alors, Danr Sigurdsson, le coupa-t-elle avant qu'il puisse finir sa question, vous débarquez sur Skíð de votre propre chef, manquez de vous faire tuer, puis vous refusez de partir. Soit c'est vous qui êtes fou, soit vous êtes le plus grand âne bâté que j'aie jamais rencontré ! Lequel est-ce ?

— Un peu des deux, peut-être, admit Danr en redressant les épaules. Tout ce que je sais, c'est que je suis venu ici dans un but précis et que je l'accomplirai, quoi qu'il m'en coûte.

Elle fit un nouveau pas en avant, jusqu'à se tenir si près de lui que sa poitrine n'était plus séparée de son torse que par un filet d'air si saturé de tension qu'il en était presque palpable.

— Cela a-t-il donc tant d'importance à vos yeux ? Cette vérité que vous êtes venu chercher ?

— C'est tout ce qui compte désormais.

— Plus encore que votre vie ?

— Ma vie…

Danr fronça les sourcils. Ce n'était pas un sujet qu'il tenait à aborder… Surtout pas avec une étrangère, et une femme de surcroît ! Pourtant les mots glissèrent de sa bouche comme mues par leur propre volonté.

— Ma vie n'a jamais réellement compté, souffla-t-il. Accomplir ma mission ici est la seule chose qui pourrait lui donner un semblant de valeur.

Un interminable silence suivit son aveu, durant lequel l'*alfe* claire à l'apparence mystique le dévisagea de ses prunelles si vaporeuses que Danr eut la sensation qu'elle contemplait l'intérieur de son esprit. Il n'était pas loin de la croire capable d'une telle sorcellerie. Pour quelqu'un qui avait tant évité le contact visuel au début, elle possédait un regard extrêmement déconcertant. Une fois encore, il eut la désobligeante impression de se tenir devant elle aussi nu qu'un ver…

— Très bien, finit-elle par acquiescer. Vous pouvez rester jusqu'à ce que votre bras soit remis, mais vous m'obéirez, vous construirez votre propre abri et ne poserez pas un orteil dans ma maison.

— Compris.

— Et, *lorsque* vous partirez, vous ne soufflerez pas un mot de tout cela à quiconque. Vous ne mentionnerez mon existence à *personne*. Ne me faites pas regretter de vous avoir sauvé.

— Je serai muet comme une carpe.

— Dans ce cas, Danr Sigurdsson, nous avons un accord.

— Et vous avez toute ma reconnaissance.

Elle acquiesça d'un très léger signe de la tête.

— À présent, rentrons. Vous avez besoin de repos. Vous pourrez transporter le reste des bûches demain.

— Je peux le faire ce soir.

— Non, vous avez promis de m'obéir, et je dis que vous avez besoin de vous reposer pour guérir.

Elle plissa une fois de plus les yeux avant d'ajouter :

— Plus vite vous irez mieux, plus vite je retrouverai la paix.

— Dans ce cas, vos désirs sont des ordres, milady, répondit-il avec enthousiasme, curieusement touché par ses paroles.

Puis il conclut avec sérieux :

— Merci.

Chapitre 7

Sissa noua de la laine au bout de son fuseau et commença à la filer, relevant la tête de temps à autre pour regarder Danr ajouter de nouveaux ingrédients dans le chaudron face à lui. Ils avaient eu une journée bien remplie. Elle avait passé plusieurs heures sur son métier à tisser, tandis que le guerrier portait le reste des bûches à la grotte, lavait quelques habits et accomplissait une demi-douzaine d'autres petites tâches qu'elle lui avait confiées. Sissa avait volontairement omis de l'aider à préserver son bras, pourtant il avait obéi sans se plaindre, allant jusqu'à la divertir tandis qu'ils cardaient la laine en lui relatant l'histoire d'un dragon et d'une belle jouvencelle sauvée par un courageux guerrier.

Le temps s'était écoulé si vite qu'elle doutait qu'un scalde l'aurait narrée avec plus de talent. Après tous ces efforts, Sissa s'était attendue à le trouver maussade et fourbu, mais il semblait disposer d'infinies réserves d'énergie et de bonne humeur. Plus il lui parlait, plus Sissa retrouvait ses mots, comme si une part d'elle-même, longtemps en sommeil, s'éveillait progressivement à son contact. Elle avait dû se retenir de l'applaudir à la fin de son histoire, pour ne pas le laisser croire qu'elle appréciait sa compagnie. Néanmoins, elle devait bien admettre qu'il n'avait rien du guerrier dont elle s'était fait l'idée. Danr était également plus qu'un joli minois ; Sissa découvrit qu'il était drôle, charmant et très versé dans les arts culinaires. Elle n'avait jamais vu quelqu'un faire tant d'histoires pour une vulgaire soupe d'orties. D'ailleurs, en cet instant, le guerrier ne parlait même plus, tout à son chaudron.

— Combien d'ingrédients comptez-vous encore ajouter ? finit-elle par l'interroger en peinant à masquer une pointe d'amusement. Le principe, avec la nourriture, c'est de la manger, vous savez ?

— Patience, Erika-Bersa ! répondit-il avec enthousiasme. Ce sera prêt quand ce sera prêt.

Il claqua la langue et plongea sa cuillère dans le liquide bouillonnant avant de lui adresser un clin d'œil par-dessus les flammes.

— *Maintenant*, elle est prête.

— Il était temps !

Sissa baissa le regard, inquiète de sentir son estomac faire un bond dans son abdomen. Cela s'était également produit dans la matinée, lorsqu'il lui avait fait un autre clin d'œil, mais elle ignorait pourquoi. Ce n'était pas une sensation désagréable, mais elle semblait épaissir la tension qui régnait déjà dans l'air autour d'eux. À moins qu'elle ne soit la seule à la percevoir ?

— Nous devons juste la laisser refroidir un instant.

L'homme retira le chaudron du feu et le déposa dans l'herbe avant d'écraser un petit insecte volant sur son bras tandis qu'il s'asseyait par terre.

— J'espère que vous avez faim ?

— Comme un loup. Tenez.

Sissa rangea son fuseau, saisit un paquet en tissu dans son panier et le lança au guerrier, qui l'attrapa aussitôt.

— Du myrte ?

— Ça aide à éloigner les insectes. Coincez-en derrière votre oreille, sans quoi ils viseront votre cou.

— Vous voulez que je mette des plantes dans mes cheveux ? questionna-t-il, l'air sceptique, avant de suivre ses recommandations. Je suppose qu'essayer ne me fera pas de mal. Je suis las de me faire dévorer.

Soudain, il sourit de toutes ses dents.

— Au moins, je sais que vous ne le répéterez à personne.

— Très amusant, répliqua-t-elle en s'efforçant de ne pas rire.

Avec ses brindilles vertes derrière les oreilles, il n'avait plus rien d'un guerrier.

— Vous aimez *vraiment* cuisiner, n'est-ce pas ?

— Oui. J'aime la bonne chère, le beau linge et, de temps à autre, une bonne b…

Mais il s'interrompit brusquement en se mordant la langue.

— Une bonne bataille ? suggéra Sissa en faisant la moue ; elle ne devait pas oublier que malgré son apparence il n'en demeurait pas moins un guerrier. À combien de batailles avez-vous participé, Viking ?

— Appelez-moi Danr, je vous prie. Et plus que je ne souhaite m'en souvenir.

— Vous *aimez* combattre ?

— J'aime l'art de manier l'épée. J'aime la discipline, le talent…

— Les tueries ?

— Non !

Son visage s'assombrit brutalement.

— Je n'ai jamais pris plaisir à cela. Certains hommes aiment le goût du sang, mais ce n'est pas mon cas.

— Alors, pourquoi tuer ? Pour le pouvoir ? Pour des terres ?

Il poussa un long soupir.

— Il existe des milliers de raisons pour lesquelles les hommes se battent, certaines plus justes ou légitimes que d'autres. Parfois, c'est une simple question de survie, parfois, c'est une question de justice et d'honneur, dans certains cas, c'est pour protéger ce qui nous est précieux… Mais prendre la vie d'un homme est un acte terrible.

— Et celle d'une femme ? Ou d'un enfant ?

— Non ! s'exclama-t-il, la mâchoire crispée de colère. Je ne ferais jamais de mal à des innocents !

— Certains guerriers ne s'en privent pas.

— Dans ce cas, peut-être suis-je *effectivement* différent des autres guerriers.

Sissa soutint son regard pendant quelques instants, puis tendit le bras pour saisir son bol. Il avait répondu avec tant de ferveur… comme si ses paroles étaient sincères. Comme si certains guerriers étaient bel et bien différents des autres, comme s'il était… Elle prit une cuillère de potage et cligna des yeux de surprise.

— Mais c'est délicieux !

— Vous n'êtes pas obligée d'avoir l'air aussi étonnée. N'avez-vous pas apprécié tout ce que je vous ai cuisiné ?

— Si, mais ce n'est qu'une soupe d'orties. J'en ai préparé des centaines de fois, et elle n'a jamais eu si bon goût.

Sissa inclina la tête sur le côté et le dévisagea comme si elle venait de découvrir une toute nouvelle espèce animale.

— Où avez-vous appris à cuisiner de la sorte ?

— Une vieille femme vivait avec nous lorsque j'étais petit. J'étais déjà affreusement bavard à cette époque, mais elle m'écoutait toujours. Un jour, je lui ai demandé de m'apprendre la cuisine, et elle l'a fait.

Il haussa les épaules avant d'ajouter :

— J'ai pris l'habitude de cuisiner pour ma mère. C'était l'un des rares talents chez moi qui trouvait grâce à ses yeux.

— Votre mère ?

Sissa ne pouvait s'empêcher de poser la question. Il avait déjà mentionné être un enfant bâtard…

— Où est-elle à présent ?

— Elle vivait à Maerr, mais elle nous a quittés. Il y a seize ans.

— Je suis désolée, s'excusa-t-elle brièvement avant que sa curiosité l'emporte sur sa prudence. À quoi ressemblait-elle ?

— Elle avait une splendide chevelure de jais, et c'était une très belle femme.

Sissa vit de la douceur réchauffer les traits du guerrier, mais elle devina également une légère trace d'angoisse dans son regard.

— Elle s'appelait Saorla, et c'était la sœur d'un roi irlandais… même si nous ne l'avons découvert que récemment. Mon père l'a rencontrée lorsqu'il n'était qu'un jeune homme et l'a emmenée quand il est parti. Évidemment, il lui avait promis le monde… son amour et son éternelle dévotion ainsi qu'une vie d'opulence dans son royaume de Maerr. Ce qu'il ne lui avait pas dit, en revanche, c'était qu'il possédait déjà une femme.

— Vous voulez dire qu'il lui a menti ?

— Éhontément, oui, admit Danr en serrant les dents. Après l'avoir compromise et humiliée, il a fait d'elle sa concubine au lieu de l'épouser.

Il saisit une brindille sur le sol et se mit à dessiner des formes imprécises dans la terre.

— Mon père était un grand guerrier et un Jarl apprécié, mais avec les femmes il se comportait comme un vaurien. Il ne pensait qu'à lui. Ma mère l'a découvert de la pire des façons.

— Pourquoi n'est-elle pas rentrée en Eireann ?

— Au début, parce qu'elle n'avait aucun moyen d'atteindre sa destination. Puis mon frère Rurik et moi sommes nés et nous l'avons enchaînée à Maerr aussi sûrement qu'une prison.

Danr jeta la brindille dans les flammes avec une grimace de dégoût.

— Elle a donc tenté de faire contre mauvaise fortune bon cœur.

Sissa cligna des paupières.

— « Mauvaise fortune » ? C'est une étrange façon de vous considérer.

— C'est pourtant la vérité. Elle a fait tout ce qu'elle a

pu pour nous rendre heureux, mais le bonheur n'a cessé de lui glisser entre les doigts. Quant à notre père, je crois qu'elle le haïssait *autant* qu'elle l'aimait, et qui pourrait l'en blâmer ? Le plus souvent, ils se querellaient.

— J'en déduis que votre mère et vous n'étiez pas très proches ?

— Rurik a toujours été plus proche d'elle, en caractère comme en apparence, tandis que moi, eh bien… je ressemblais à mon père. Cela rendait nos interactions difficiles. La fièvre l'a emportée alors que Rurik et moi n'avions que huit ans, à la suite de quoi nous avons emménagé dans la forteresse du Jarl.

— Rurik…, murmura Sissa, songeuse. Vous avez mentionné son nom.

— Comment ? s'étonna Danr, ses sourcils bondissant vers le sommet de son crâne. Quand ?

— Lorsque vous étiez inconscient. Vous avez prononcé d'autres noms, mais Rurik est celui que vous répétiez le plus.

— Rurik est mon jumeau. Nous sommes proches de nos trois demi-frères, mais Rurik et moi, c'est particulier.

Il prit son propre bol de soupe en fronçant les sourcils.

— Enfin… Ça l'était.

— Que voulez-vous dire ?

— Il s'est marié l'hiver dernier. À présent, il vit à Glannoventa et semble croire que le soleil se lève et se couche dans les yeux de son épouse.

— Est-ce si terrible que cela ?

— Non. Annis et lui sont parfaits l'un pour l'autre et ils méritent d'être heureux après tout ce qu'ils ont traversé. C'est juste que je trouve cela difficile de ne pas être…

— Jaloux ?

— Non ! répondit-il bien trop vite, avant de grimacer. Peut-être un peu… Rurik était la seule personne à qui je pouvais me confier, sur tout. Le seul qui comprenait ce que l'on ressent de vivre dans un endroit où l'on n'a pas sa place. Notre père nous a reconnus comme ses fils, mais nous étions toujours ses bâtards. Aucun de nos deux parents n'avait particulièrement souhaité notre naissance. Mais désormais Rurik a trouvé sa place. Il a trouvé quelqu'un à qui se confier. Avec qui tout partager. Il n'est plus seul…

Danr soupira en secouant la tête.

— Je suppose qu'une partie de moi l'envie. Je n'en suis pas très fier.

— Au moins, vous savez qu'il est en sécurité et qu'il est heureux. Lorsque l'on aime quelqu'un, c'est certainement le plus important, vous ne croyez pas ?

— Oui, vous avez sans doute raison.

L'homme leva le nez de son bol et la fixa avec une telle intensité que Sissa plongea une nouvelle fois dans sa soupe afin d'échapper à son regard scrutateur.

— Ainsi, vous avez emménagé dans la forteresse de votre père à l'âge de huit ans et avez dû abandonner la cuisine ? dit-elle vivement pour changer de sujet.

— C'est cela. Un fils de Jarl ne devient pas cuisinier, déclara-t-il d'un ton factuel. Ni même scalde, d'ailleurs. Au lieu de cela, on m'a enseigné comment devenir un guerrier. Un bon guerrier.

Un coup d'œil à son bras le poussa à ajouter :

— La plupart du temps, en tout cas. Je crains que *ceci* n'ait été une erreur. Je me suis conduit comme un idiot ; j'ai laissé mes émotions prendre le pas sur la raison. Mais cela ne se reproduira plus.

— Peut-être devriez-vous renoncer à combattre, lui répondit-elle avec un regard appuyé. Je ne vous ai pas sauvé la vie pour que vous puissiez retourner vous faire tuer… ou tuer quelqu'un d'autre, d'ailleurs.

— Je ne veux tuer personne, croyez-moi, mais il me *faut* des réponses.

— Dans ce cas, peut-être devriez-vous envisager de

trouver un moyen détourné de les obtenir, plutôt que par la force brute ?

Le silence s'installa tandis qu'ils mangeaient et que le ciel s'assombrissait petit à petit au-dessus d'eux, plongeant la forêt dans une obscurité croissante. Finalement, Danr se redressa, fit rouler ses épaules et poussa un soupir.

— Savez-vous ce qu'il nous manque ? Un jeu.

— Hein ? s'étonna Sissa en avalant sa dernière cuillère de soupe. Quel genre de jeu ?

— Le *tafl*[1] ? proposa-t-il avant de faire un geste en direction de la grotte cachée, avez-vous un tablier rangé quelque part ?

— Non. Avec qui jouerais-je ?

— Hum, vous n'avez pas tort. Très bien, dans ce cas, nous allons improviser.

Il se pencha et ramassa plusieurs brindilles avant de les lui présenter triomphalement.

— Les osselets ! Enfin, en l'occurrence, ce sont plutôt des bâtonnets.

Le guerrier lança les bouts de bois en l'air, puis les regarda retomber en essayant d'en attraper le plus possible sur le dos de la main.

— Quatre, grogna-t-il, déçu. Ça fait longtemps que je n'ai pas pratiqué. Et ça fonctionne mieux avec des os.

— J'avais l'habitude d'y jouer comme ceci.

Sissa récupéra une pierre lisse et la jeta dans les airs avant de ramasser sur le sol autant de brindilles que possible puis de rattraper le caillou.

— Neuf.

Elle lui lança un regard triomphant.

— À moi !

1. Ou *hnefatafl*, jeu de stratégie scandinave, populaire chez les Vikings, qui se joue avec un tablier quadrillé sur lequel on déplace des pièces.

Et Danr l'imita.

— Ha ! neuf aussi ! Égalité, milady.

— Pas tant que je n'aurai pas eu droit à un autre tour.

— Dans ce cas, que diriez-vous de pimenter un peu les choses ? Dix tours chacun. Le vainqueur remporte un prix.

— Quel genre de prix ? s'enquit Sissa en croisant les bras d'un air méfiant.

— Quelque chose qui vous ferait plaisir. Par exemple, si je gagne, vous devrez me dire quelque chose à votre sujet.

— J'ai dit que vous pouviez rester à condition de ne me poser aucune question.

— Mais là, il s'agit d'un jeu. Un jeu a ses propres règles. Et, si vous gagnez, vous pourrez exiger ce que vous souhaitez ! Je demande seulement que vous utilisiez vous aussi votre main gauche. Par souci d'équité.

— D'accord…

Sissa plissa les lèvres, réfléchissant à ce qu'elle pourrait réclamer.

— Une autre histoire…

— Vraiment ? s'étonna-t-il, l'air profondément satisfait. Vous avez aimé mon histoire ?

— Elles aident à passer le temps.

— Ah… Eh bien, je suis content d'avoir pu vous aider. Nous avons donc un accord ?

— Nous avons un accord, acquiesça-t-elle avant de fléchir les doigts. Je commence.

Ils jouèrent ainsi pendant plusieurs minutes en marquant les points dans la terre meuble. Sissa mena le début de la partie, avant d'être doublée par Danr, jusqu'à la dernière manche, qui s'annonçait décisive.

— Victoire du Viking ! s'exclama Danr en poussant un cri de triomphe lorsqu'il la battit de deux brindilles.

— Félicitations.

Sissa se mordit la lèvre inférieure, prenant soudain conscience de ce qu'elle s'était engagée à faire.

— Que voulez-vous savoir ?

— Hum.

Le guerrier se gratta le menton d'un air songeur, rallongeant son supplice.

— Votre maison ronde, elle n'est pas faite dans un style que je reconnais. L'avez-vous construite vous-même ?

C'est ça, sa question ?

Elle sentit une vague de soulagement s'abattre sur elle, heureuse que ses interrogations ne soient pas plus personnelles.

— Non, c'est une ancienne confection picte. La maison se trouvait ici quand je suis arrivée, je l'ai simplement réparée au fil des ans.

— Était-elle abandonnée quand vous l'avez découverte ?

— Non, répondit-elle, hésitant brièvement. En fait, c'est moi que l'on a trouvée. Vous n'êtes pas le seul à avoir été sauvé d'une mort certaine dans la forêt.

— Quelqu'un vous a sauvée ? lança-t-il, l'air franchement intrigué à présent. Que s'est-il passé ?

Sissa secoua la tête.

— Vous avez eu votre question.

— Mais elle nous a menés à une seconde question. Dois-je vous affronter à nouveau ?

— Non, fit-elle dans un bâillement. Je suis épuisée.

— Dans ce cas, vous ne me laissez d'autre choix que de fabuler ! dit l'homme en s'asseyant sur la souche.

Soudain, il claqua des doigts.

— J'ai trouvé ! Vous avez été secourue par une puissante sorcière qui vous a condamnée au silence. Le sort ne pouvait être conjuré que par l'arrivée d'un sé…

— Séduisant guerrier ? finit-elle pour lui avec une expression mi-figue mi-raisin. Toutes vos histoires impliquent-elles de séduisants guerriers ?

— Pas toutes, répliqua-t-il avec son éternel sourire en coin, mais la plupart, si…

— Oh ! par les étoiles ! s'exclama-t-elle en levant les yeux au ciel. Arrêtez ça !

— Ça quoi ? Je croyais que vous aimiez mes histoires !

— J'ai dit qu'elles m'aidaient à passer le temps, mais je parlais de votre façon de sourire.

Il haussa un sourcil, l'air perdu.

— Vous voulez que j'arrête de sourire ?

— Non, juste que vous arrêtiez de sourire comme *ça*. J'ai l'impression que vous essayez de me persuader de faire quelque chose que je n'ai pas envie de faire.

— C'est le cas ! Je souhaite que vous me révéliez qui vous a trouvée dans la forêt.

— Alors souriez normalement. Soyez vous-même, rien de plus.

Sissa le vit cligner des paupières, comme si ce concept lui était inconnu. Puis il la regarda droit dans les yeux et recourba les lèvres.

— Comme ceci ?

— C'est beaucoup mieux, acquiesça-t-elle avec un sourire d'encouragement.

— Est-ce suffisant pour vous convaincre de me dire qui vous a trouvée ?

— Oh ! bon, très bien, répliqua-t-elle d'un ton exaspéré sans pouvoir empêcher les coins de sa bouche de tressaillir d'amusement. Elle s'appelait Coblaith, mais elle n'avait rien d'une sorcière. C'était une guérisseuse des Gaëls. Après m'avoir sauvée, elle m'a recueillie ici. Nous parlions des langues différentes, nous devions donc communiquer par signes. Je suppose que c'est ainsi que j'ai perdu l'habitude de m'exprimer par la parole, mais en retour elle m'a enseigné tout ce qu'elle savait sur les plantes et les herbes et comment les utiliser. Sans elle, je serais probablement morte.

Elle vous a donc trouvée seule dans la forêt ?

— Oui.

— Entièrement seule ?

Un long silence lui répondit.

— Qu'est-elle devenue ?

— Coblaith était déjà très âgée lorsqu'elle m'a sauvée. Et déjà très affaiblie, aussi, je pense. Un matin, elle est partie vers la montagne, sans cape, sans bâton… sans rien. J'ai voulu la suivre, mais elle m'a fait signe de rester ici. Elle m'a offert ceci.

Sissa effleura du bout des doigts le torque autour de son cou avant de poursuivre :

— J'ignore comment elle a trouvé la force de grimper jusqu'au sommet, mais elle l'a fait. Après cela, je ne l'ai plus jamais revue.

— Et vous avez vécu ici depuis lors ?

— Oui. Cinq hivers ont passé depuis qu'elle m'a sauvée. Trois depuis qu'elle est partie.

— Vous avez passé trois hivers en solitaire ?

Sissa hocha la tête et laissa le silence s'installer, surprise par ses propres mots. Elle venait de lui en dévoiler bien plus à son sujet qu'elle n'en avait eu l'intention, mais quelque chose chez ce Danr l'incitait à se confier. Toutefois, il fallait que ça cesse. Il ne lui avait pas encore demandé ce qui était arrivé à sa famille, mais elle pouvait presque entendre l'interrogation silencieuse, en suspens dans l'air.

— Où se trouve votre abri ? questionna-t-elle brusquement.

— Hum ?

Il sursauta légèrement, comme si elle venait de l'arracher au fil de sa pensée.

— Oh ! là-bas.

Il pointa du doigt un coin dans la clairière.

— Où ?

Sissa examina plus longuement un empilement de branches qu'elle avait pris pour un tas de petit bois pour le feu.

— Vous parlez de *ça* ?

— Oui. Pour ma défense, je n'ai pas eu beaucoup de temps libre.

— De toute évidence.

Elle s'efforça de conserver une expression neutre, mais échoua lamentablement lorsqu'un carillon de rires lui échappa avant qu'elle puisse le retenir. Danr, qui venait de tendre le bras pour récupérer le chaudron, s'immobilisa aussitôt, l'air figé, puis céda à son tour à l'hilarité, une étincelle de malice chatoyant dans ses yeux bleus.

— Ravi de constater que mes efforts vous amusent, milady ! se gaussa-t-il d'un ton faussement indigné.

— Je suis désolée. C'est un bon début, mais…

— C'est un désastre ?

— Oui ! s'exclama-t-elle d'une voix haut perchée sans pouvoir retenir un autre gloussement.

— Je crois bien que c'est la première fois que je vous vois rire, souffla-t-il, l'air presque hypnotisé. Mais cela ne veut pas dire que vous devez arrêter, ajouta-t-il avant de lever rapidement la paume.

— Mais il le faut, répondit-elle en posant une main sur son estomac. J'ai mal aux côtes. Attendez ici…

Elle se mit debout et pénétra dans la maison ronde avant d'en ressortir avec une large peau.

— Vous pouvez en draper le toit avec ceci. Ça devrait vous protéger du plus gros du crachin… s'il ne vente pas trop.

— Quoi… Vous pensez qu'il va pleuvoir ? s'étonna le guerrier en levant la tête vers les cieux. Je ne vois aucun nuage.

— Croyez-moi, il pleuvra avant le matin. Sans doute peu, mais une autre averse ne tardera pas à suivre. Vous devrez avoir construit quelque chose de plus solide avant que ça arrive.

— Peut-être pourriez-vous me donner quelques conseils ?

— Peut-être. Tenez.

Sissa lui tendit la peau mais, par inadvertance, Danr referma les doigts sur les siens à l'instant où leurs regards se croisèrent. Aussitôt, une sensation de brûlure la traversa, tel un éclair foudroyant le sol entre leurs pieds. Sissa inspira brusquement tandis qu'une vague ardente s'élevait au creux de son ventre, son cœur bondissant dans sa poitrine avant qu'elle se dégage prestement.

— Merci.

La voix du guerrier lui parut soudain plus rauque.

— J'ai l'impression de vous le dire beaucoup, ces jours-ci.

— Oui.

Sissa détourna la tête, trop perturbée par ce bref échange pour oser le regarder en face à nouveau. Pendant ce court instant, elle avait eu l'étrange sensation que l'entièreté de sa conscience, de son esprit et de son corps, s'était concentrée sur ce simple contact, sur la chaleur et la pression de sa peau contre la sienne. Elle ressentait encore comme des fourmis sous les doigts. Sissa ignorait comment, mais cet homme lui avait enflammé les sangs et affaibli les jambes, ses genoux étant sur le point de lâcher et de la propulser directement dans ses bras. Cette simple idée la poussa à reculer d'un pas de plus. Elle ne pouvait en aucun cas se permettre de se rapprocher de cet homme, mais plus le temps passait, moins elle pouvait nier l'effet qu'il avait sur elle.

Risquant un regard en biais, elle découvrit le guerrier en train de la fixer en retour, une intensité houleuse dans ses yeux bleus et une expression de profonde perplexité sur le visage. Elle remarqua également le pli qui barrait son front, comme s'il tentait de comprendre quelque chose qui lui échappait. Quelle que puisse être cette… chose entre eux, elle faisait vibrer ses nerfs comme les cordes d'une lyre et battre son cœur tel un tambour. Et pourquoi avait-elle la chair de poule alors que tout son corps bouillonnait d'une intense chaleur ? Pourvu qu'il n'ait rien remarqué de tout cela…

— Vous savez, je ne peux pas continuer à vous appeler Erika-Bersa.

Plus il l'observait, et plus elle croyait voir ses pupilles s'assombrir.

— Vous pourriez au moins choisir l'un ou l'autre, proposa-t-il, comme pour alléger la tension.

— Non.

Sissa se racla la gorge, puis siffla en direction de Tove.

— Je vous l'ai dit : ça m'est égal. À présent, vous devriez aller dormir. J'aurai de nouvelles tâches pour vous, demain.

Danr pressa les paumes sur ses genoux sans quitter des yeux la jeune femme qui s'éloignait à enjambées décidées en direction de la maison ronde. Il se sentait étonnamment conscient de tout ce qui l'entourait… du crépitement du feu à la brûlante chaleur qui s'en était dégagée à l'instant, en passant par l'étrange absence de courant dans l'air et l'immobilité presque surnaturelle des arbres autour d'eux.

Mais, plus que tout, il était conscient de *sa* présence, comme si chaque fibre de son corps se réglait sur le moindre de ses mouvements. Cela faisait si longtemps qu'il n'avait pas éprouvé une telle harmonie avec une femme. Il se demandait à présent si elle avait partagé cet étrange lien, si elle aussi l'avait ressenti jusqu'au tréfonds de son être. Son brusque changement d'humeur et son départ précipité suggéraient que oui.

Danr avait passé une merveilleuse soirée, qui avait succédé à une merveilleuse journée. Et quelle victoire d'avoir enfin réussi à lui soutirer un sourire ! Et même un rire. Tel un rayon de soleil qui perce à travers la grisaille, si éblouissant et gratifiant, la gaieté de la fille aux loups lui avait mis plus de baume au cœur que tous les sourires enjôleurs des femmes qu'il avait fréquentées. Danr avait également l'impression qu'une amitié insolite avait commencé à éclore entre eux, même s'il ignorait encore son nom. Il avait songé à l'exiger en prix pour sa victoire aux osselets, mais avait craint de perturber ce nouvel et fragile équilibre.

Il savait à présent qu'il n'obtiendrait rien d'elle sans se montrer particulièrement patient. Le plus difficile, à ses yeux, était de continuer à l'appeler Erika-Bersa… Mais, si c'était là son souhait, il devrait s'en contenter.

Danr se leva et étendit la peau de bête au sommet de son abri de fortune. C'était si curieux de passer à nouveau du temps en compagnie d'une femme, surtout aussi étonnante. Elle ne ressemblait en rien aux jouvencelles qu'il avait l'habitude de côtoyer. Sa bienfaitrice des bois n'était ni ravissante ni aguicheuse. Ses mots ne dissimulaient aucune invitation voilée, et elle ne lui lançait aucun regard faussement effarouché. Elle ne faisait absolument rien pour attirer son attention, et pourtant il devait lutter pour ne pas la contempler pendant chaque minute passée avec elle. Il n'aurait dû avoir *aucun mal* à résister. La jeune femme n'était que lignes et angles droits, mais il se surprenait à la détailler sous toutes les coutures dès qu'elle avait le dos tourné. À rechercher sa proximité.

Pendant leur partie d'osselets, il s'était plusieurs fois tancé intérieurement de s'être penché vers elle, comme dans la grotte, son visage se mouvant presque instinctivement vers le sien, comme pour l'embrasser. Il s'était reculé à l'instant précis où il en avait pris conscience, mais ne comptait plus le nombre de fois où il avait dû retenir ce même mouvement.

Quand elle s'était assise près du feu, ses yeux gris lui avaient paru trop vaporeux, trop séduisants, profonds, mystérieux… En bref, bien trop dangereux pour qu'il ose les affronter longtemps. Puis, lorsqu'il avait touché ses doigts par accident, une envie irrépressible de refermer le poing et de ne plus jamais relâcher son étreinte l'avait brusquement saisi. C'était terriblement déconcertant. De toutes les femmes qu'il avait rencontrées au cours de ces trois dernières années, elle avait le physique le plus banal, pourtant il ne pouvait nier *l'attirance* qu'il ressentait pour elle. Plus surprenant encore, il avait la sensation que la fille aux loups apaisait son âme meurtrie. Pas délibérément, évidemment, il la soupçonnait toujours de vouloir se débarrasser promptement de lui, mais sa présence le tranquillisait. Le simple fait de se tenir à ses côtés avait quelque chose de réconfortant. Mais peut-être confondait-il attirance et admiration… elle lui avait sauvé la vie, après tout, et il l'honorait pour cela. Peut-être ressentait-il un très léger désir pour elle, léger à modéré, même, mais cela n'avait aucune importance. Ce n'était pas comme s'il avait l'intention de passer à l'acte… N'est-ce pas ?

Non ! Il fronça les sourcils comme pour tancer ses propres inepties. Même s'il n'avait pas fait ce serment, Danr avait déjà une double dette envers elle. Elle lui avait sauvé la vie *et* le cachait de ses ennemis. Il refusait de lui offrir moins qu'un comportement parfaitement irréprochable. Ou de risquer de la déshonorer en nourrissant ce genre de pensée. À ses yeux, cette femme valait dix fois un homme comme lui. Cent fois, même ! S'il respirait encore, c'était uniquement grâce à sa générosité et à son dévouement de guérisseuse. Le mieux qu'il puisse faire en retour était de la chasser de son esprit et d'aller dormir… et de prier pour ne pas rêver d'une paire d'yeux vaporeux et d'une couronne de cheveux blond argenté.

Chapitre 8

Danr bâilla à s'en décrocher la mâchoire avant de ramper hors de son abri, soulagé qu'aucune de ces branches entassées à la va-vite ne lui soit tombée sur le coin du nez pendant la nuit. Un ruban de brume serpentait à la crête des pins, cristallisant l'air ambiant, nimbant les feuilles de rosée et filtrant même les rayons de soleil les plus coriaces. La clairière était baignée d'une lueur éthérée, presque aquatique. Comme l'avait prédit la fille aux loups, le temps avait à nouveau changé, et Danr ne distinguait plus rien au-delà de la lisière des arbres. Ce n'était pas une façon très prometteuse de débuter la journée, mais peut-être cette sinistre ambiance constituerait-elle un excellent retour à la réalité. En dépit d'efforts louables, Danr avait passé la nuit captif de songes bien trop lucides… dont le froid avait au moins eu le bénéfice de le distraire.

Il frotta son visage pour tenter de se réveiller, puis ses cheveux, avant de se lever et de déambuler en direction de la rivière. Il tourna la tête quand il entendit un froissement de feuilles dans son dos et découvrit Halvar, qui trottinait sur ses talons. Cette vision lui tira un sourire. La présence massive et silencieuse du loup lui rappelait étrangement Rurik. Il doutait que son frère apprécie la comparaison, mais Danr trouvait la compagnie de l'animal réconfortante.

Allons bon, voilà que ce mot revenait à nouveau : *réconfortant*. Depuis quand avait-il tant besoin de réconfort ?

— Bonjour ! lança-t-il à l'intention d'Halvar.

Danr tendit la main et laissa le loup nicher sa truffe froide dans sa paume.

— Tu sais, j'ai toujours cru que Maerr était un lieu humide, mais je n'avais jamais vu un brouillard pareil. J'ai l'impression de marcher à travers les nuages.

Il caressa la tête de la bête, puis repartit en direction du bassin naturel, bâillant à de multiples reprises tandis qu'il descendait la pente jusqu'au bord de l'eau.

— Ta maîtresse dort encore ? Eh bien, nous serons les premiers à nous baigner aujourd'hui, pas vrai ?

À peine eut-il fini de prononcer cette phrase qu'il l'aperçut. Elle se tenait droit devant lui, immergée jusqu'aux hanches dans le bassin, le haut du corps aspergé par une petite cascade, et sans atours pour masquer sa nudité. De toute évidence, elle n'avait pas remarqué sa présence, ce qui offrait à Danr une galante échappatoire à une situation fort embarrassante.

Le Viking s'immobilisa et s'exhorta silencieusement à faire demi-tour… avant de comprendre qu'il en était incapable. Il eut beau essayer de toutes ses forces, ses pieds refusaient de bouger. Il n'eut guère plus de succès avec ses yeux, rivés sur la mince silhouette. Il regarda la jeune femme s'accroupir dans l'eau quelques instants, puis se relever en secouant la tête de droite et de gauche, projetant des gerbes de gouttelettes qui fendirent les airs et retombèrent aux pieds du guerrier.

Danr déglutit, submergé par une onde de pur désir tandis qu'il la regardait plonger les doigts dans son interminable chevelure ruisselante pour en chasser l'eau, avant de jeter la masse dorée sur son épaule. La jouvencelle était aussi longiligne et angulaire que sa lance, comme il l'avait deviné lors de leur première rencontre, sans un soupçon de courbe féminine, pourtant son apparence le frappa comme la plus belle et la plus attirante qu'il ait jamais vue.

Par la lune ! Il n'avait plus regardé la moindre femme depuis trois ans. Les occasions n'avaient pas manqué, mais toutes l'avaient laissé de glace. Alors pourquoi, en cet instant, se sentait-il aussi… fasciné ? Pourquoi maintenant ? Et pourquoi avec *cette* femme ? Il eut soudain l'impression que tout le sang de son corps affluait vers son bas-ventre.

Danr était toujours en train d'ordonner à ses jambes de faire demi-tour lorsque la fille aux loups jeta un œil par-dessus son épaule dans sa direction. Elle ne s'attarda sur lui qu'un bref instant avant de se pencher en avant et de lui offrir une vue imprenable et terriblement affriolante sur son postérieur. Plongeant les mains dans l'eau, elle s'aspergea copieusement le visage, puis se frotta la peau.

— Je suis désolé, coassa-t-il honteusement, car pour la première fois il ne savait vraiment pas quoi dire de plus.

Elle se tourna légèrement vers lui, comme si elle attendait qu'il se montre plus prolixe, mais Danr ne parvint pas à aligner deux mots cohérents. Il avait la gorge sèche, le sexe douloureusement dressé et l'esprit totalement subjugué par les gouttelettes d'eau qui s'écoulaient le long de son corps, de sa poitrine et des sillons de son entrejambe en ruisselets scintillants… Le guerrier finit par s'arracher à sa contemplation, s'attendant à ce qu'elle lui hurle dessus pour ce qu'il venait de faire. Et elle aurait eu raison. Mais, au bout de quelques minutes, Danr comprit avec stupéfaction que son arrivée ne semblait pas avoir perturbé la jeune femme outre mesure. Voire pas du tout ! Comme si ses regards insistants ne la dérangeaient pas. C'était presque trop tentant pour qu'il puisse le supporter. Danr aurait presque préféré de la colère et de l'indignation…

— Vous êtes debout de bonne heure, finit-elle par déclarer en sortant de l'eau à grandes enjambées, se saisissant d'une pièce de tissu qui pendait sur une branche voisine.

— Oui.

Danr secoua la tête pour tenter de trouver autre chose à dire, mais pour une fois son célèbre verbiage lui tournait obstinément le dos.

— Je pensais que vous dormiez encore, ajouta-t-elle en haussant les épaules tandis qu'elle entreprenait de se sécher en se frottant vigoureusement le corps.

Trop vigoureusement, songea Danr, à nouveau obnubilé par le mouvement du tissu. Il était certain de pouvoir faire *bien* mieux. Il rendrait sa peau douce et soyeuse, et non rouge et irritée. Peut-être se servirait-il aussi de ses mains et de sa bouche, pour la masser et boire les gouttelettes à même son corps… Cette idée faillit lui tirer un grognement. Et dire qu'il avait cru ne pas pouvoir durcir davantage… Il fut brusquement pris d'un désir si irrépressible de la toucher qu'il dut serrer les poings pour s'empêcher de tendre la main vers sa hanche.

— Qu'y a-t-il ? s'étonna-t-elle en levant soudainement la tête vers lui, une minuscule ridule entre les sourcils. Pourquoi me regardez-vous de la sorte ?

— Quoi ?

Danr détourna aussitôt les yeux. Que pouvait-il bien répondre à cela ? Il se comportait comme s'il n'avait jamais vu de femme nue de sa vie, comme un jeune garçon et non un homme avec de trop nombreuses années d'expérience, tandis qu'elle… Eh bien, de toute évidence, cette demoiselle était innocente de ces choses. Plus encore qu'il ne l'avait imaginé. Elle semblait ne pas avoir la plus petite idée de l'effet qu'elle produisait sur lui ; et tant mieux ! Car elle lui aurait sûrement ordonné de déguerpir, si elle avait su.

— Je… Je regardais, c'est tout.

Il tressaillit intérieurement.

Tu regardais, c'est tout ?

De toutes les excuses pathétiques qu'il avait prononcées face à une femme, celles-ci étaient sans doute les pires.

Pas une tentative de se justifier. Pas un compliment sur sa beauté ni son charme.

Tu regardais, c'est tout ?

Par chance, elle ne parut rien trouver d'étrange à sa réponse et enfila sa tunique (les étoiles soient louées !) avant de se diriger vers lui.

— Que faites-vous ? s'exclama-t-il en bondissant en arrière lorsqu'elle leva la main vers son bras bandé.

— J'examine votre blessure, rétorqua-t-elle avec tant d'évidence dans la voix qu'elle semblait se demander s'il avait reçu un coup sur la tête. L'entaille a dû se refermer à présent.

— Oh ! acquiesça-t-il sans pouvoir retenir un soupir tremblant. Nous verrons cela plus tard, non ? Vous devez être gelée.

— Je ne me soucie pas du froid qu'il fait. C'est le meilleur moyen de le supporter.

— Vraiment ?

Danr commençait à paniquer, son propre corps si brûlant qu'il avait l'impression de se tenir près d'un feu de joie.

— Nous devrions peut-être patienter quelques jours de plus, juste au cas où ?

— Non, je dois vous examiner maintenant.

À son grand désarroi, elle se pencha à nouveau sur son bras, dénoua le bandage et étudia la blessure si longuement que Danr eut la désagréable impression que le temps s'était arrêté, juste pour le narguer. Tout son corps était aussi rigide qu'une pierre, et il pouvait entendre son cœur battre la chamade à ses oreilles, si fort qu'il peinait à croire que la guérisseuse ne l'ait pas perçu… Pourvu que ce ne soit pas la seule chose qui ait échappé à sa vigilance. Et pourvu qu'elle garde les yeux rivés sur le haut de sa personne…

— C'est beaucoup mieux, conclut-elle en traçant du doigt la fine ligne de l'entaille avec tant de douceur que Danr inspira brutalement entre ses dents serrées.

À ce son, la jeune femme releva la tête et l'inclina sur le côté.

— Est-ce que tout va bien, Danr ?

Danr ? Il déglutit pour masquer un nouveau grognement. Évidemment, de tous les moments choisis pour l'appeler par son prénom, elle avait opté pour celui-là ! La façon dont la sonorité familière roula sur ses lèvres faillit causer sa perte.

— Très bien.

— Vous n'avez pas l'air bien.

— Ce n'est rien.

— Avez-vous eu mal quand je vous ai touché ?

Danr dut retenir un éclat de rire. Certes, elle était en train de le torturer à petit feu, mais appeler ça de la douleur était exagéré.

— Non.

— Bien. Venez avec moi.

Elle prit son bras avant qu'il puisse émettre une objection et le mena au bord du bassin. Il la suivit, serrant les dents à s'en briser l'émail pour résister au besoin incoercible de la jeter sur son épaule et de la porter jusqu'à un carré de mousse bien moelleuse. Dans son état actuel, cela reviendrait sans doute à arracher son propre bras, mais cela en vaudrait peut-être la peine malgré tout.

— Vous n'avez plus à craindre de la mouiller à présent, murmura-t-elle en prenant de l'eau dans ses mains avant de la verser en petit filet le long de sa blessure. Évitez simplement de la frotter.

— Compris.

Qu'arrivait-il à sa voix ? Elle lui paraissait plus grave que d'ordinaire, plus proche de celle de son frère Brandt que de la sienne. La jeune femme semblait sur le point de partir, mais elle fronça les sourcils et posa la paume sur son front.

— Vous avez l'air fiévreux.

— Je ne le suis pas.

Cette simple pression de ses doigts sur sa peau le brûla plus sûrement que du fer rouge, et il arracha sa main de son visage. Un plongeon dans un bassin d'eau glacée lui ferait le plus grand bien, finalement !

— En êtes-vous certain ?

— Oui.

Danr s'apprêtait à lâcher sa paume mais, avant de comprendre ce qu'il faisait, il se retrouva à masser l'intérieur de ses phalanges du bout des doigts. Les cals qu'il y trouva ne firent qu'attiser son désir de les caresser. Par les étoiles, il voulait tellement plus que cela ! Il rêvait de se jeter sur elle comme un ivrogne sur un fût d'hydromel. Et, si elle le touchait encore une fois, elle risquait de découvrir à quel point…

Non ! se rappela-t-il à l'ordre. O*ù est ton honneur ? Et que fais-tu de ton serment ?*

Cette dernière pensée le dégrisa plus sûrement qu'un seau d'eau sur la tête.

— Je vous retrouve à la clairière, dit-il en faisant volte-face et en s'éloignant d'elle avant de se débarrasser de sa tunique pour se changer les idées.

L'air froid et mordant sur sa peau fut un véritable baume pour tout son être ; son sang cessa de bouillonner, et son cœur retrouva son rythme normal. Il inspira profondément, attendant qu'elle soit partie pour ôter son pantalon, mais n'entendit aucun froissement de feuilles. Danr finit par risquer un coup d'œil vers elle et eut la surprise de découvrir qu'ils avaient inversé leurs positions. C'était elle qui le dévisageait à présent, les joues et la gorge teintées d'un adorable carmin.

— Comme vous voudrez, marmonna-t-elle au bout d'un moment en paraissant reprendre ses esprits.

Et, tournant les talons, elle s'éloigna.

Sissa jeta un regard noir à ses pieds lorsqu'ils butèrent sur une pierre tandis qu'elle regagnait la maison ronde, manquant de chuter tête la première. Comment était-ce possible ? Elle empruntait ce chemin tous les matins, connaissait jusqu'au moindre caillou, gravier et plante de cette partie de la forêt. Comment avait-elle pu oublier et trébucher de la sorte ?

Tout cela, c'était *sa* faute. À cet homme, ce Danr. Cette lueur dans son regard, d'abord quand il l'avait trouvée immergée dans le bassin, puis lorsqu'elle s'était séchée, l'avait ramenée à cette réaction si étrange et presque viscérale qu'elle avait eue en touchant sa peau. Elle avait d'ailleurs passé la nuit à tenter de se convaincre que tout cela n'avait été que le fruit de son imagination.

Mais l'expression sur le visage du guerrier, ce matin, l'avait profondément déboussolée. Au début, elle avait pris cela pour de la surprise face à sa nudité, mais ce n'était certainement pas la première fois qu'il voyait une femme nue. Où était-ce parce qu'elle n'avait fait aucun effort pour masquer son corps ? Pourquoi s'en serait-elle souciée ? La nudité était aussi naturelle que de respirer. Les animaux ne s'embarrassaient pas de tels complexes. Seuls les humains agissaient de façon étrange vis-à-vis de leur corps… Toutefois, elle devait bien admettre que la présence de cet homme pendant son bain l'avait mise mal à l'aise. Elle n'était pas habituée à ce qu'on l'observe et, même si elle l'avait été, Birger lui avait un jour déclaré qu'elle possédait un visage trop long et un corps trop maigre, ce qui était aussi vrai à ce jour qu'à l'époque. Sans doute avait-elle grandi en cinq ans, mais elle était restée plate comme un jeune arbre. Le Viking avait dû en tirer des conclusions similaires, pourtant son regard n'avait pas paru si critique… Au contraire, elle avait vu ses prunelles l'observer avec chaleur, presque au point de la brûler. La même ardeur qu'elle avait cru déceler dans ses yeux, la veille. Elle ignorait qu'en penser et savait encore moins comment réagir mais, visiblement, plus elle tentait de se comporter normalement, de se concentrer sur les aspects pratiques de leur quotidien, comme examiner sa blessure, plus le guerrier se conduisait bizarrement. Lorsqu'elle avait touché son bras, elle l'avait senti se tendre comme un arc sous ses doigts, comme s'il craignait qu'elle ne lui fasse mal… comme si elle lui avait *déjà* fait mal, d'une certaine façon. La splendide vision de son torse nu avait achevé de lui mettre les nerfs en pelote. Ses épaules lui avaient paru plus larges et ses muscles mieux dessinés qu'au cours des jours où elle l'avait soigné. Son abdomen, puissant et robuste, était un remarquable réseau de sillons parfaitement définis, habillé d'une ligne de poils soyeux et blonds qui descendaient telle une flèche vers… Sissa sentit son pouls s'emballer avec force à ce souvenir, et elle manqua de chuter à nouveau.

Assez ! se tança-t-elle intérieurement. Qu'importaient son apparence et son physique impressionnants, il n'y avait aucune raison pour qu'elle continue à penser à lui de la sorte ! Elle avait des choses bien plus cruciales à faire. Sissa ne s'était plus rendue à l'orée de la forêt depuis la dernière lune… Si elle n'y retournait pas bientôt, les villageois risquaient de se demander ce qui lui était arrivé.

Mue par ce nouvel objectif, elle regagna la maison ronde, déterminée à se préparer pour ce trajet et à se faire à l'idée d'évoluer de nouveau au milieu des gens. Elle commença par s'agenouiller près du feu pour laisser courir ses doigts dans les cendres et tracer deux lignes grises sur chacune de ses joues. Puis elle récupéra sur le sol une poignée des brindilles qui leur avaient servi d'osselets la veille et les enfonça dans sa chevelure encore mouillée avant d'emmêler le reste pour former une masse de mèches rétives. Puis elle s'accroupit et s'efforça de chasser de son esprit toute image licencieuse de Danr Sigurdsson. La tâche n'eut rien d'aisé. Même sans compter son torse, il n'avait fallu à cet homme que quelques jours en sa compagnie pour la réhabituer à parler presque normalement. Mais, pour sa propre sécurité, Sissa devait absolument mettre ces derniers changements de côté et redevenir la créature insondable et mystérieuse que les villageois connaissaient. C'était ce qu'ils attendaient d'elle, il lui faudrait donc masquer ses émotions et tenir sa langue, plus encore que de coutume. Le moindre signe d'humanité risquait de trahir sa retraite solitaire et de la rendre à nouveau vulnérable.

Sissa s'affairait à remplir son panier de plantes lorsque Danr regagna la clairière. Elle le vit écarquiller les yeux de surprise quand il découvrit ses cheveux emmêlés et ses joues maculées, mais il ne prononça pas le moindre commentaire, se contentant de suspendre le drap sur la corde pour qu'il sèche. Elle ne lui adressa pas un mot et fit mine de ne pas avoir remarqué sa présence. Bien que concentrée sur son panier, elle perçut son regard appuyé et la tension qui l'habitait, lui aussi, comme si son mutisme retrouvé le gênait. Au vacarme qui lui parvenait, elle devina qu'il avait entrepris de faire les cent pas dans la clairière, déplaçant des choses qu'il était inutile de déplacer et luttant visiblement pour garder le silence.

— Je suis désolé ! lâcha-t-il finalement en s'accroupissant en face d'elle. Ma conduite n'était pas honorable, vous avez toutes les raisons d'être furieuse contre moi. Je me suis laissé surprendre, mais ça ne se reproduira plus. À partir de demain, je crierai ou je sifflerai pour vous annoncer mon arrivée.

— Comme une sorte d'avertissement ? s'étonna-t-elle en levant les yeux vers lui, ses lèvres tressaillant à cette idée.

— Oui ! s'exclama Danr avant de froncer les sourcils. Pourquoi riez-vous ?

— Vous n'avez nullement besoin de m'avertir. Vous parliez aux arbres sur le chemin.

— Pas aux arbres, à Halvar.

Le guerrier parut déçu, puis surpris.

— Attendez, vous voulez dire que vous *saviez* que j'arrivais ?

— Évidemment.

Malgré sa décision de redevenir une créature énigmatique, Sissa ne put retenir un éclat de rire.

— Je sais toujours exactement où vous êtes ! Vous ne vous arrêtez de parler que pour manger ou dormir.

L'espace d'un instant, elle crut l'avoir offensé, mais il finit par sourire à son tour.

— Mon frère Brandt menaçait sans cesse de me couper la langue.

— Cela vous a-t-il jamais arrêté ?

— Jamais. En général, je parlais plus encore, juste pour l'agacer. Alarr, mon deuxième frère, lui proposait alors de me tenir les bras. Une fois, il s'est pratiquement assis sur moi pendant que Brandt tirait son scramasaxe. Ils ont cru que m'intimider suffirait, mais je suis terriblement entêté.

Le guerrier haussa les épaules, l'air penaud, avant d'ajouter :

— Ma présence ne vous a donc pas offensée ?

Sissa ramassa une botte de sauge séchée et la tint devant son nez pour en humer le bouquet.

— Pourquoi m'aurait-elle offensée ?

— Parce que vous étiez…

Danr esquissa un geste vague dans sa direction avant de conclure :

— Nue ?

— Et ?

— Et… je suis un homme et vous une femme.

Elle écarta cette notion ridicule d'un soufflement du nez avant de déposer la sauge dans son panier.

— La nudité n'a rien d'un crime. Je n'ai pas honte de mon corps.

— Non, mais je n'aurais pas dû vous regarder. Et, par

les étoiles, je n'aurais *vraiment* pas dû vous fixer de la sorte. Ce n'était pas convenable.

— Parce que vous n'êtes pas mon compagnon ?

— Ou… oui, répondit-il en s'éclaircissant soudain la gorge. Je suppose.

— Souhaitez-vous devenir mon compagnon ? poursuivit-elle en penchant la tête sur le côté.

C'était la première fois que cette idée lui effleurait l'esprit. Aussi improbable que la notion puisse paraître, cela aurait expliqué ses regards enfiévrés… C'était également un concept très intéressant, même si elle ne pourrait jamais l'envisager. Sa vie était solitaire pour une bonne raison.

— Pardon ?

— Est-ce pour cela que vous m'avez fixée de la sorte ? Parce que vous souhaitez vous accoupler avec moi ?

— Je ne… Je n'ai pas… Ce n'est pas…, balbutia-t-il en guise de réponse, même si ses paroles ressemblaient davantage à une série de borborygmes incohérents.

Sissa patienta encore un instant, au cas où quelque chose de plus compréhensible quitterait ses lèvres, puis elle se leva et glissa son panier à son bras.

— Je n'ai rien saisi à vos propos, mais je ne veux pas de compagnon. Je vous l'ai dit : je vis seule, et vous dormez dehors.

— Parfait. Enfin, non, pas parfait. Ce n'est pas que je ne souhaite pas, hem, *m'accoupler* avec vous, mais je ne peux pas. C'est difficile à expl…

— Tenez-vous à distance de l'orée ouest de la forêt, aujourd'hui, le coupa-t-elle, surprise de ressentir un tel mélange de soulagement et de déception à ces mots. Il y aura sans doute des gens.

— Pourquoi ? Où vous rendez-vous ?

Il se leva aussitôt, et Sissa vit l'inquiétude déformer ses traits.

— Le village se trouve à l'ouest de la forêt. Vous n'allez tout de même pas là-bas ? s'enquit-il.

— Non, répondit-elle en sifflant Tove. Mais je vais m'en approcher. Les villageois viennent à moi lorsqu'ils sont malades ou blessés.

— Je pensais que vous évitiez tout contact avec les humains ? s'étonna-t-il d'un ton presque accusateur. Vous disiez ne pas pouvoir leur faire confiance. Pourquoi les aider ?

— Parce que Coblaith m'a enseigné l'art de guérir. Elle a donné un sens à mon existence. Tourner le dos à cela reviendrait à me trahir moi-même. C'est pour cela que je vous ai sauvé…

Elle haussa un sourcil avant d'ajouter :

— Même si vous êtes un guerrier. Je soigne les gens, et ils m'offrent des choses en échange.

— Quel genre de choses ?

— Du lait, des œufs, du fromage. Des choses que je ne peux produire moi-même.

— Non, déclara-t-il brusquement en croisant les bras d'un air catégorique. Vous ne pouvez pas y aller.

— C'est à *moi* que revient cette décision, non à vous, rétorqua-t-elle en levant le menton avec fierté. Vous n'êtes ici que parce que je tolère votre présence, Viking, ne vous avisez pas de l'oublier.

— Mais c'est trop dangereux.

— Pourquoi ? Je m'y rends à chaque nouvelle lune.

— Parce que l'homme que j'ai combattu, Joarr, vit dans ce village désormais. Il pourrait vous soupçonner de détenir des informations. Et s'il vous posait des questions ?

— Je ne parle pas. Tous les villageois le savent.

— Il pourrait malgré tout se montrer méfiant.

— Il se méfiera d'autant plus si je n'y suis pas.

L'homme fit une moue boudeuse.

— Je ne peux pas vous laisser vous y rendre seule.

— Vous le pouvez, et c'est exactement ce que vous allez faire. Nul ne me dit où je peux ou ne peux pas aller.

— Que se passera-t-il si quelqu'un vous attaque ?

— J'ai ceci, contra-t-elle en saisissant sa lance, ainsi que deux loups à mes côtés. Je n'ai certainement pas besoin d'un *guerrier* pour me protéger.

Sissa se mit en route avant de jeter un œil derrière elle. D'un clappement de langue, elle appela Halvar, qui s'assit aussitôt en signe de protestation.

— Vas-y ! gronda Danr.

À la profonde irritation de Sissa, l'homme gesticula à l'intention du gros loup pour l'inciter à la suivre. L'animal eut un instant d'hésitation avant d'obéir et de la rejoindre d'un pas réticent. Sissa lança un regard dédaigneux aux deux mâles, offensée par leurs comportements respectifs.

— C'est moi qui tiens les rênes de ma vie, Viking. Je prends mes propres décisions. Ne me suivez pas !

Chapitre 9

Danr s'assit le plus discrètement possible dans les fourrés et déposa Aigrelame sur le sol, à portée de main, avant de jeter un œil par-dessus le rocher qui le dissimulait. Plusieurs énormes pierres étaient disséminées par ici, le long de la lisière, les restes d'un pan de la montagne qui s'était détaché des années plus tôt. L'endroit lui offrait un emplacement idéal, à l'abri des regards, pour veiller sur la fille aux loups sans que cette dernière en ait conscience.

Il l'aperçut juste au-delà de l'orée du bois, admirant le loch marin qui reflétait les collines à l'opposé. Tove d'un côté, Halvar de l'autre, elle était aussi immobile et silencieuse qu'une statue. Elle ressemblait plus que jamais à une *alfe* claire descendue des royaumes des cieux. Danr avait craint d'arriver trop tard, car il avait dû la suivre à bonne distance et sous le vent, pour éviter que les loups captent son odeur ou le bruit de ses pas. Mais, à l'évidence, aucun des villageois n'était encore là. Hélas, il était trop éloigné à son goût. Que se passerait-il si elle avait besoin de lui ? Si Joarr la menaçait ? Si l'aigle titanesque qui rasait l'eau en vol plané décidait brusquement de tourner ses serres aiguisées contre elle ?

Bon, il devait bien admettre qu'aucune de ces conjectures ne paraissait plausible. Peut-être dramatisait-il, juste un peu ! Joarr n'avait aucune raison de s'en prendre à elle, pas plus que les autres villageois. Par ailleurs, elle avait vécu seule dans la forêt pendant trois ans et n'avait jamais eu besoin de la protection de qui que ce soit. Elle n'avait pas besoin de lui. Erika-Bersa (il hésitait encore sur son prénom) lui avait énoncé un simple fait, pourtant il s'était trouvé tout bonnement incapable de la laisser. La perspective qu'elle puisse se retrouver en danger figeait les battements de son cœur et lui comprimait la poitrine… Un peu comme lorsqu'elle lui avait demandé s'il souhaitait s'accoupler avec elle. Pendant les premiers instants qui avaient suivi les paroles de la jouvencelle, Danr avait cru avoir mal entendu, ou du moins mal interprété. Mais elle avait bel et bien prononcé le mot *s'accoupler* comme s'il s'agissait d'une option envisageable. Bien entendu, elle n'avait pas tardé à ajouter qu'elle ne voulait *pas* de compagnon, une déclaration que Danr avait accueillie avec un profond soulagement, mais aussi une terrible frustration. Encore maintenant, il ignorait quel ressenti dominait l'autre. Il aurait bien sûr *dû* éprouver du soulagement, mais pour être complètement honnête…

Par chance, il fut distrait du fil de ses pensées par l'arrivée d'un petit groupe de villageois, cinq au total, deux femmes et trois hommes. L'un d'eux menait un cheval harnaché d'une civière. Ils s'approchèrent, et Danr distingua une silhouette de plus sur la litière, allongée sur le dos. Six personnes donc, même si cette dernière ne semblait nullement en état de se battre. Le petit groupe s'arrêta à une distance respectueuse de l'apparition féerique, et l'une des femmes gesticula en direction de la civière. Alors un autre homme avança et… *Joarr ?* Danr bondit et saisit la garde de son épée avant que son bon sens l'arrête. L'espace d'un instant, il crut voir la tête d'Erika-Bersa se tourner légèrement vers lui et il plongea de nouveau derrière son rocher pour ne pas l'alerter.

Inspirant profondément, il s'allongea sur le ventre et

rampa jusqu'à l'autre côté de l'énorme pierre pour voir ce qui se passait. La civière avait été avancée et déposée devant la guérisseuse ; les villageois préféraient visiblement demeurer à bonne distance d'elle et l'observaient à présent avec des expressions anxieuses. La fille aux loups se pencha sur la blessée et se mit au travail. Seul Joarr n'avait pas reculé d'un pouce.

Danr dévisagea le vieux guerrier sans ciller, guettant le moindre geste hostile, mais par chance l'homme paraissait serein. Lorsqu'elle eut terminé de soigner la malade sur la civière, la guérisseuse se redressa, et un autre villageois approcha en remontant sa manche pour lui montrer son poignet. Elle examina ses maux, puis lui confia quelque chose qui provenait de son panier. Une des femmes vint ensuite prendre sa place et lui tendit un paquet qu'Erika-Bersa accepta sans lui adresser le moindre regard. Enfin, Joarr lui-même s'avança et prononça quelques mots avant de soulever sa tunique et de lui montrer ses côtes.

Danr serra les dents et vit avec horreur la fille aux loups saisir à nouveau son panier, en tirer un petit pot et tremper les doigts dans la mixture qu'il contenait avant de l'appliquer sur le torse de son ennemi. Son torse nu ! Une colère froide s'empara de lui, doublée d'un brûlant éclair de jalousie qui fit danser des points rouges devant ses yeux. Peu importait qu'elle ignore qui était Joarr. Il lui avait bien dit que la personne qui avait tenté de le tuer vivait au village ! Et, puisque Joarr lui présentait une blessure visiblement causée par une épée, il ne pouvait pas être bien difficile de deviner qui il avait récemment affronté ! Elle l'avait forcément compris. *Forcément !* Cette femme ne manifestait donc pas la moindre loyauté ?

À l'évidence, non. Cette simple pensée l'embrasa d'une fureur renouvelée. Bien sûr, qu'elle n'éprouvait pas d'attachement envers lui ! Elle tolérait seulement sa présence ! Il n'était rien pour elle, rien de plus que ce qu'*elle* aurait dû être pour lui. Après tout, elle ne voulait même pas de lui ici ! Son courroux enfla encore jusqu'à ce qu'il bouillonne de rage.

Il attendit qu'elle termine de soigner Joarr avant de rengainer Aigrelame et de s'en aller à grandes enjambées furibondes.

Sissa repartit sans un regard en arrière. C'était l'une de ses propres règles. Un regard en arrière suggérait de l'intérêt ou de la crainte, et elle était déterminée à ne montrer ni l'un ni l'autre lorsqu'elle échangeait avec les villageois. C'était d'autant plus vrai aujourd'hui, quand ce grand guerrier la fixait avec une telle intensité qu'elle pouvait presque sentir ses prunelles la brûler entre les omoplates.

Il l'avait interrogée au sujet de Danr, du moins lui avait-il demandé si elle avait croisé un Viking avec des cheveux blonds et une entaille au bras. La raison était évidente : même s'il n'avait pas boitillé, ses questions auraient trahi son identité. C'était lui qui avait tenté de tuer Danr. L'homme qu'il appelait Joarr…

Sissa continua d'avancer nonchalamment, jetant un œil rapide vers une parcelle d'herbe piétinée derrière un rocher, en lisière de forêt. Comme elle s'en était doutée, Danr l'avait suivie, pourtant elle n'était pas aussi en colère contre lui qu'elle l'aurait imaginé. Bien qu'il soit allé à l'encontre de ses souhaits, son inquiétude pour elle la touchait.

Sissa s'enfonça de plus en plus profondément dans la forêt, s'assurant qu'elle n'était pas suivie, puis elle reprit la direction de la clairière. Ce ciel d'après-midi était aussi gris et lourd que du plomb, augurant d'abondantes averses, mais visiblement Danr n'avait pas fait le moindre effort pour étanchéifier son abri. Au lieu de cela, elle le trouva en train de couper du bois avec une énergie presque débordante, maniant la hache du bras gauche avec une telle force que Sissa craignit soudain qu'il ne fende en deux la souche qui lui servait de support. Il avait ôté sa tunique ; son torse n'était plus couvert que de la petite bourse en cuir nouée autour de son cou et, sous l'intensité de ses efforts, son pantalon avait glissé bas sur ses hanches, offrant à la jeune femme une vue imprenable sur le magnifique roulis des muscles de son dos au rythme des coups de hache.

Sissa se figea, comme envoûtée par cette vision sensuelle pendant quelques instants, avant de prendre conscience de ce qu'elle faisait et de se précipiter dans la maison ronde pour y déposer son panier. Elle suspendit avec soin le reste de ses plantes aux chevrons de la bâtisse, puis rangea ses pots d'onguent dans son coffre, comme Coblaith le lui avait enseigné. Puis elle saisit son peigne et sortit s'installer près du feu pour commencer à dénouer ses longs cheveux.

Elle remarqua alors que Danr s'était mis à tailler les bûches avec encore plus de vigueur. De toute évidence, quelque chose l'avait irrité, mais il ne pouvait en parler sans révéler qu'il l'avait suivie. Sissa avait cependant l'intuition qu'il serait incapable de tenir sa langue bien longtemps. En attendant, cela lui laissait tout loisir de l'observer malmener ces pauvres bouts de bois, en s'attardant sur son torse nu et sa peau luisante... Elle devait bien admettre que cette image avait quelque chose de captivant. Elle n'y était d'ailleurs pas insensible, à en juger par l'agréable fourmillement qui s'était répandu dans son abdomen.

Sissa serra les dents pour retenir une exclamation admirative lorsqu'il fléchit le bras, faisant saillir ses omoplates et ses épaules de colosse. Depuis qu'elle avait mentionné l'idée de s'accoupler avec lui, elle éprouvait de plus en plus de difficultés à se la sortir de la tête. Que lui avait-il répondu, ce matin ? « Ce n'est pas que je ne souhaite pas m'accoupler avec vous... » Que pouvait bien signifier cette phrase ? Qu'en réalité il *voulait* s'accoupler avec elle ? Mais cette question en appelait une autre : en avait-elle envie ? Avec lui ? Un guerrier ?

Sissa fit la moue. Prendre un compagnon n'était pas une possibilité qu'elle avait envisagée jusqu'à présent. Elle vivait seule parce que cette existence était plus sûre, mais elle devait bien reconnaître que, pour la première fois, cette idée la tentait. Quelque chose chez cet homme faisait vibrer son corps d'une façon insolite et lui donnait envie d'en découvrir davantage… Mais il lui avait dit ne pas *pouvoir* s'accoupler. Pourquoi ?

— Aïe ! s'exclama-t-elle lorsque son peigne se prit dans un nœud avant de jurer entre ses dents.

— Comment ? répondit le guerrier en tournant aussitôt la tête vers elle.

— Ce n'est rien. Je ne m'adressais pas à vous.

— Vous avez dit quelque chose.

— Mais pas à vous, rétorqua-t-elle avec un regard appuyé avant de tirer hargneusement avec son peigne sur le désobligeant enchevêtrement.

— Comment fut votre matinée ? s'enquit-il, les yeux légèrement plissés. Avez-vous eu des patients intéressants ?

— Une femme avec des douleurs d'estomac, un homme avec une brûlure au poignet et un guerrier avec deux côtes fêlées.

— Et ?

— Et j'ai fait mon possible pour eux.

— Vraiment ? poursuivit-il, l'air encore plus méfiant. Comment cela fonctionne-t-il ? Vous décrivent-ils leurs symptômes ?

— Non, ils m'expliquent avec des gestes. Ils me croient muette ou incapable de comprendre leur langue.

— Donc ils ne vous parlent jamais ?

— D'ordinaire, non.

— Et aujourd'hui ?

— En quoi aujourd'hui est-il important ?

L'homme jeta sa hache sur le sol.

— J'aimerais savoir si l'un d'eux vous a posé des questions.

— À vous de me le dire, répliqua-t-elle en parvenant finalement à se débarrasser du nœud. Vous étiez là.

— Oui, j'y étais.

Un lourd silence s'étira avant qu'il reprenne la parole.

— Je voulais m'assurer qu'il ne vous arriverait rien.

— Je vous ai demandé de ne pas me suivre. Je vous ai autorisé à vous réfugier ici à condition que vous respectiez mes règles, l'avez-vous oublié ?

— Vous protéger était plus important.

— Ce n'est pas une raison, le réprimanda-t-elle d'un ton ferme.

Elle vit sa mâchoire se crisper, mais son expression demeurait indéchiffrable.

— Comment l'avez-vous su ?

Sissa réfléchit un moment à la question. Comment l'avait-elle su ? Ni Tove ni Halvar ne lui avaient signalé qu'il les suivait. Elle avait cru apercevoir du mouvement dans son dos, à un instant, mais n'avait rien vu de concret… Pourtant elle avait simplement *su* qu'il était là. Sissa avait ressenti sa présence aussi sûrement que s'il s'était tenu à ses côtés.

— J'ai trouvé le carré d'herbe aplatie où vous vous êtes caché, répondit-elle.

Ce qui n'était pas un mensonge, même si cette découverte n'avait fait que confirmer ce qu'elle soupçonnait déjà.

— Ça aurait pu être le signe du passage d'un cerf.

— Mais ça ne l'était pas.

— Non, admit-il en serrant à nouveau les dents. Que vous a-t-il dit ? Le grand homme qui a parlé avec vous ?

— Il m'a demandé si j'avais croisé un guerrier blessé.

— Vous saviez donc qui il était ! s'exclama-t-il d'un ton accusateur, une étincelle de colère embrasant son regard. Vous avez soigné celui qui m'a fait ça, et en toute connaissance de cause !

— Bien sûr. J'aide les personnes qui en ont besoin.

Calmement, elle retira une brindille qui pendait toujours dans ses cheveux, au niveau de sa nuque.

— Ce n'est pas parce qu'il est votre ennemi qu'il doit être aussi le mien.

— Alors vous êtes avec lui, déclara-t-il en croisant les bras avec hargne.

— Je ne suis avec personne, répliqua-t-elle en sentant l'agacement la gagner. Je ne lui ai rien révélé.

— Mais vous auriez dû…

— Non ! explosa-t-elle en posant abruptement son peigne. Vous ne pouvez attendre de moi que je choisisse un camp quand j'ignore tout de votre querelle, pas plus que vous ne pouvez m'interdire de soigner qui que ce soit. Surtout sans m'en dévoiler la raison.

Furieuse, elle affronta son regard sans ciller.

— Vous qui êtes si bavard sur tout le reste, reprit-elle, pourquoi ne pas m'expliquer *pourquoi* vous êtes ici ?

— Parce que certaines choses ne sont pas faciles à raconter ! s'emporta le guerrier, mais cette fois d'une voix moins assurée.

— Vous pensez que je ne le sais pas ?

— D'accord, vous avez raison ! admit-il enfin avec un grognement.

Il poussa un long soupir, se détournant d'elle comme pour observer la clairière, et passa une main sur son visage.

— *Bien sûr* que vous le savez, j'imagine que c'est aussi pour cette raison que vous ne m'en avez pas dévoilé davantage. Après tout, je sais que vous parlez norrois et qu'une Gaëlle vous a trouvée dans la forêt avant de vous soigner et de vous enseigner comment guérir. Mais je n'ai pas la moindre idée de qui vous êtes, ni d'où vous venez. Par les étoiles, je ne connais même pas votre nom !

— Et je sais seulement que vous êtes ici pour exiger des réponses d'un homme avec deux côtes fêlées et que vous prononcez toujours dix mots quand deux suffiraient.

Je ne vous dois aucune explication, cela faisait partie de notre accord. C'est vous qui êtes venu solliciter mon aide !

Ils échangèrent un long regard courroucé, leurs mâchoires crispées, avant qu'il pousse un nouveau soupir et se laisse choir sur la souche.

— Joarr était le barreur de mon père et mon ami. Un très bon ami. À une époque, il a même été comme un père pour moi.

Sissa leva le menton avant de répondre :

— Il est arrivé sur l'île avec une femme, il y a plus d'un an. Je l'ai aperçu plusieurs fois, mais il n'était jamais venu me voir jusqu'à présent.

— Ses côtes guériront-elles ?

— Oui. À condition qu'il évite de se battre à nouveau pendant quelque temps.

— Je n'ai jamais voulu l'affronter. Il fait partie du clan de Knut, mais ce n'est pas pour lui que j'ai voyagé jusqu'ici. Je suis sur Skíð pour la femme, Hilda. C'est la veuve de mon père. Ma… marâtre, en quelque sorte, même si elle déteste qu'on l'appelle ainsi. C'est l'épouse de Joarr à présent.

— C'est d'elle que vous attendez des réponses ?

— Oui, acquiesça-t-il en baissant la tête et les épaules, comme si un énorme fardeau invisible pesait sur elles. Je dois savoir si c'est elle qui a fait assassiner mon père.

Chapitre 10

Danr posa les avant-bras sur ses genoux, fixant le sol sous ses pieds. Ce n'était qu'un carré de terre compacte tapissée d'aiguilles de pin et de quelques brindilles, parcourue par une poignée de cloportes, une araignée et une paire de fourmis en reconnaissance au pied de la souche. La fille aux loups n'avait pas émis le moindre commentaire après sa dernière déclaration. Sans doute attendait-elle qu'il lui en dévoile davantage, mais Danr ignorait par où commencer. Par le massacre perpétré le jour du mariage d'Alarr ? Non, pour lui parler d'Hilda, il devait remonter plus loin que cela, à la période qui avait suivi le décès de sa mère.

— Comme je vous l'ai dit, Rurik et moi avons emménagé dans la forteresse de notre père à la mort de ma mère. Il était le Jarl, nous avons donc été reconnus comme ses fils illégitimes. Je lui ressemblais tellement qu'il aurait été bien en mal de nier notre lien de parenté, mais nous étions malgré tout traités différemment de ses trois autres enfants. Hilda s'en assurait à chaque occasion.

— Vous aviez déjà mentionné Brandt et Alarr.

— En effet. Brandt est l'aîné, Alarr est né le même été que Rurik et moi, et Sandulf est le benjamin. Nous avons toujours été proches, autant que des frères de sang pouvaient l'être, mais Hilda nous haïssait, Rurik et moi, depuis le jour où nous étions venus au monde. Elle nous l'a bien fait comprendre, à de multiples reprises, et en retour je me suis appliqué à lui démontrer combien le sentiment était réciproque. Je pensais que c'était le moins que je puisse faire pour honorer la mémoire de ma mère.

— Votre père n'est pas intervenu ? Pour rétablir la paix ?

Danr aboya un rire amer.

— La paix n'a jamais fait partie des priorités de Sigurd. Nos prises de bec l'amusaient. Et, après tout, je n'étais qu'un bâtard : ce que je pouvais dire ou faire importait peu. Je crois qu'il aimait me voir me comporter comme un sauvage. Il adorait que je lui narre mes exploits. Au début, ce n'étaient que des défis stupides et dangereux, comme sauter dans la mer du haut d'une falaise ou me battre avec des garçons deux fois plus costauds que moi, mais au fil des ans cela s'est mis à tourner autour des femmes.

Danr leva les yeux vers la fille aux loups pour étudier sa réaction.

— Pour une raison que j'ignore, poursuivit-il, j'ai toujours plu au beau sexe. La plupart du temps, les attirer dans mon lit n'avait rien de difficile. Et plus j'ajoutais de trophées à mon mur, plus cela semblait amuser mon père. Parfois, le soir, il m'invitait à sa table pendant le *nattmal*[1] pour m'interroger sur ma dernière partenaire. Et il s'arrangeait toujours pour qu'Hilda soit à portée de voix.

— Quand vous dites « femmes », vous parlez de compagnes ? le questionna la fille aux loups, légèrement confuse, en haussant un sourcil.

— Des compagnes *temporaires*, oui. Elles étaient toutes consentantes, mais certaines attendaient plus de moi que je n'étais prêt à offrir. Le mariage, l'engagement…

Danr baissa les yeux à nouveau avant d'ajouter :

1. « night meal » en anglais. Repas du soir traditionnel des Vikings, qui rassemblait la famille. Les Vikings ne faisaient souvent que deux repas par jour, le *dagmal* le matin et le *nattmal* le soir.

— Je me suis mal conduit avec elles. Je ne pensais qu'à moi, je n'ai jamais pris en compte leurs sentiments.

— Vous vous êtes donc comporté avec elles de la même manière que votre père a traité votre mère ?

— Quoi ? s'exclama Danr en relevant aussitôt la tête, furieux qu'elle le compare à son géniteur. Non ! Je n'ai jamais trompé une femme comme il l'a fait avec Saorla. Et je n'ai jamais touché une innocente non plus. Toutes ces femmes savaient ce qu'elles voulaient, la moitié d'entre elles désirait seulement partager la couche d'un fils du Jarl.

— Vous venez d'admettre que vous n'avez jamais tenu compte de leurs sentiments. Cela me paraît très similaire.

— Peut-être, mais ça ne l'était pas. Il est possible que je les aie laissées se mentir à elles-mêmes, mais je ne leur ai jamais rien promis.

Ses propres mots le firent tressaillir. Danr marmonna un juron et reprit :

— Ce qui n'est sans doute guère mieux... Peut-être que je ressemble davantage à mon père que je ne le pensais. Hilda me répétait sans cesse que j'étais superficiel, une coquille vide. Que j'avais hérité des pires traits du Jarl.

— Peut-être est-ce la raison pour laquelle elle éprouvait des difficultés à vous aimer ?

— Vous prenez son parti à *elle*, à présent ? gronda-t-il en la gratifiant d'un regard noir de frustration à travers le feu de camp. Mais le fait est que son comportement envers moi n'a fait que me pousser davantage dans cette direction. Mon père et elle ne s'aimaient plus depuis longtemps à cette époque, toutefois ils semblaient se soucier profondément du bien-être de Maerr. Et puis, il y a trois ans, j'ai vite remarqué qu'Hilda commençait à se comporter de manière étrange. Joarr aussi. J'avais eu suffisamment de liaisons clandestines pour deviner ce qui se passait.

— Avez-vous prévenu votre père ?

— Que son épouse le trompait ? Non.

— Pourquoi ? Puisque vous la détestiez tant...

Danr hésita, considérant la question.

— Je ne sais pas trop. Peut-être parce que je ne pouvais la blâmer de trahir Sigurd après toutes les humiliations qu'elle avait subies par sa faute. Peut-être pour éviter à Joarr de se faire exécuter en représailles. Il était évident que, s'ils continuaient ainsi, le Jarl finirait par l'apprendre tôt ou tard, et je priais pour que Joarr oublie cette passade avant que cela se produise.

— Mais ça n'a pas été le cas ?

— Non. Puis, quelque temps plus tard, mon père a arrangé les fiançailles de mon frère Alarr. C'était une bonne alliance, qui aurait rendu le royaume de Maerr plus puissant encore. Des invités sont arrivés des quatre coins du pays pour le mariage ; un grand festin devait avoir lieu, suivi par plusieurs jours de festivités. Une poignée d'heures avant la cérémonie, un messager a fait irruption pour signaler des mouvements de groupes de hors-la-loi à la frontière nord. Brandt et Rurik sont partis à cheval pour régler le problème, et Sandulf et moi sommes restés sur place.

Danr se leva, trop agité de revivre ces souvenirs pour demeurer passif. C'était comme si quelqu'un avait brisé un barrage dans sa gorge, libérant le flot de ses mots.

— À l'époque, cela nous avait semblé la meilleure solution, mais il régnait malgré tout un étrange malaise. Je ne parvenais pas à poser le doigt dessus, mais c'était comme une tension dans l'air avant un orage, comme si chacun attendait que quelque chose se produise. Sur le coup, j'ai mis cette impression sur le compte de l'excitation précédant la fête.

Il réalisa brusquement qu'il avait fait les cent pas jusqu'au bord de la clairière et rebroussa chemin.

— La cérémonie commençait à peine quand les assassins ont frappé. Notre père n'a pas eu la moindre chance. Alarr a été gravement blessé, sa fiancée, Gilla, et l'épouse de Brandt, Ingrid, ont été tuées de sang-froid. Ingrid attendait un enfant…

Danr s'arrêta pour dévisager la jeune femme. Il trouva le visage de la fille aux loups d'une pâleur inquiétante et son expression plus horrifiée encore qu'il ne l'avait anticipé. Pendant un instant, il se demanda finalement s'il avait bien fait de lui narrer cette histoire.

— Continuez, souffla-t-elle, comme pour apaiser ses doutes.

Même sa voix lui parut différente, comme si les mots peinaient à franchir ses dents serrées.

— Ce fut un massacre. La moitié de nos maisons et de nos bateaux, réduits en cendres, nos hommes égorgés, la quasi-totalité du village détruite.

— Je suis désolée, murmura-t-elle d'un ton étrangement saccadé. Et vous ? Vous ont-ils blessé ?

— Non, reconnut-il, pris d'un frisson glacé de remords. Lorsqu'ils sont passés à l'attaque, j'étais… ailleurs.

— Dois-je comprendre qu'ils vous ont également attiré à l'écart, comme vos frères ?

— Quelque chose comme ça.

Danr sentit la nausée lui retourner l'estomac. Sans doute ferait-il mieux de lui dire toute la vérité, mais cette simple idée le rendait malade.

— Quand j'ai réalisé ce qui se passait, reprit-il, il était trop tard pour sauver ma famille. J'ai aidé à éteindre les feux, j'ai fait ce que j'ai pu, mais…

Il serra les poings face au sentiment d'impuissance qui menaçait de l'engloutir encore aujourd'hui.

— Ça n'a pas suffi. Loin de là… J'aurais dû être avec eux.

— Pensez-vous que vous auriez pu empêcher ce qui est arrivé ?

— Non, admit-il en secouant la tête, ils étaient trop nombreux et trop bien organisés, mais les assassins étaient venus pour mon père, pas pour Gilla ou Ingrid. J'aurais peut-être pu les protéger, *elles*. J'aurais donné ma vie pour en sauver ne serait-ce qu'une.

Un long silence lui répondit.

— Et vous pensez vraiment que c'est votre belle-mère qui a orchestré tout cela ? l'interrogea la fille aux loups.

— Je la crois impliquée, oui, d'une façon ou d'une autre, même s'il m'a fallu du temps pour le voir. Au début, elle semblait aussi bouleversée que tout le monde. Aucun de nous n'a jamais songé à la soupçonner.

Danr se rassit sur la souche avant de poursuivre :

— Mais mes frères et moi avons trouvé des indices et tenté de remonter à l'origine de ce complot. Alarr et Rurik sont allés en Eireann, Brandt et moi avons suivi une piste en Alba, et Sandulf a voyagé jusqu'à Constantinople. C'est là-bas qu'il est tombé sur certains des assassins. Petit à petit, les éléments nous ont tous ramenés vers Hilda. C'est pourquoi je suis ici, pour découvrir la vérité et en finir.

Il soupira avec regret avant de conclure :

— Mais je n'ai pas fait preuve d'un grand tact.

— Ne me dites pas que vous lui avez posé la question directement ? s'étonna la fille aux loups en fronçant à nouveau les sourcils. C'est un très mauvais plan, surtout si elle est aussi implacable que vous le prétendez.

— En effet.

— Et pourquoi vous envoyer, vous, pour lui soutirer cette confession ? Si elle vous déteste tant, n'aurait-il pas été moins dangereux de confier cela à l'un de ses fils ?

— Sans doute, mais Rurik et moi sommes les seuls qu'elle ne peut manipuler ni prendre par les sentiments. Par ailleurs, nous n'avions guère le choix. Sandulf a trouvé la preuve qui l'implique, mais il a dû partir pour l'Eireann. Je suis censé le rejoindre, ainsi que mes autres frères, avant l'hiver pour leur faire part de mes découvertes.

Il grimaça un sourire.

— D'ordinaire, c'est moi qui conçois les meilleurs plans.

— Vous ?

— J'ai dit « d'ordinaire », pas tout le temps ! rétorqua-t-il en fronçant les sourcils lorsqu'elle jeta un regard sceptique à son bras. Vous n'êtes pas forcée d'avoir l'air si surprise. J'ai manqué de discernement face à elle mais, pour ma défense, j'avais l'intention de me rendre d'abord au village, de prétendre être de passage, puis de parler à Joarr avant d'interroger Hilda. Mais quand je suis arrivé je l'ai trouvée seule sur la plage, et l'occasion m'a paru trop bonne pour ne pas la saisir. J'ai laissé ma colère obscurcir mon jugement. Lorsque Joarr nous a découverts, je pointais mon épée sur sa gorge.

Il écarta les mains avant de conclure :

— Pas étonnant qu'il se soit fâché.

— Vous ne pensez pas qu'il pourrait être impliqué, lui aussi ? S'il a pu trahir la confiance de votre père avec son épouse, peut-être a-t-il contribué à sa perte ?

— Non, riposta-t-il en secouant la tête, catégorique. J'ai vu Joarr se battre comme un démon contre nos assaillants. Jamais il n'aurait levé la main contre notre clan. Mais hélas, son amour pour Hilda l'aveugle complètement. Je parie qu'elle lui a menti sans ciller et qu'il l'a crue.

Danr s'interrompit et poussa un long soupir. Puis, se tournant vers la fille aux loups, il ajouta :

— Voilà, vous connaissez mon histoire. La raison pour laquelle je suis ici.

— Hum, marmonna celle-ci.

Il haussa un sourcil de surprise.

— C'est tout ce que vous avez à dire ? s'exclama-t-il.

Il venait pratiquement de se mettre à nu devant elle, et sa réponse lui paraissait quelque peu froide... Pas une parole de compassion ou de condoléances... Rien qu'un « hum... » comme si elle doutait de la véracité de son récit.

— Qu'entendez-vous par « hum » ?

— Je l'ignore encore. Je réfléchis.

— À quoi ? Il n'y a rien à…

— Chut, l'interrompit-elle avec un geste agacé de la main. Les lèvres retroussées, l'air perdu dans ses pensées, elle semblait profondément concentrée. Finalement, elle secoua la tête.

— Non, ce n'est pas logique.

— Quoi ? Qu'est-ce qui n'est pas logique ?

— Que votre belle-mère soit impliquée dans cette attaque. Haïssait-elle les deux épouses de vos frères ? Celles qui sont mortes ?

— Non. Au contraire, elle les adorait toutes les deux, en particulier Ingrid.

— Dans ce cas, pourquoi les aurait-elle fait tuer ? Et son petit-fils ou sa petite-fille par la même occasion ?

— Je doute que ces meurtres-ci aient été prémédités, répondit Danr. Les choses ont dû échapper à son contrôle. C'est peut-être pour cela qu'elle était si bouleversée après le drame.

— Mais vous m'avez également dit que votre frère Alarr avait été gravement blessé, lui aussi. Pourquoi orchestrer une attaque le jour du mariage de son propre fils ? J'imagine que les occasions ne devaient pas manquer ? Pourquoi risquer sa vie et celle de son autre enfant, Sandulf ? Et pourquoi vous attirer, Rurik et vous, à l'écart des combats au lieu de *vous* mettre en danger, si elle vous détestait tant ?

— Je… Je vous l'ai dit, elle a dû perdre le contrôle.

— Non, le contra-t-elle d'une voix si factuelle qu'il sentit la colère le gagner. Si tout ce qu'elle souhaitait était de quitter son époux, il existait des moyens bien plus simples. Pourquoi employer tant de violence ?

— Ce n'est pas qu'une théorie. J'ai des preuves ! Il saisit la bourse en cuir qu'il gardait nouée à son cou et vida son contenu dans sa paume. Rurik et Sandulf ont trouvé ces pendentifs, qui ont servi à payer les assassins. Ils les ont reconnus comme ceux d'Hilda, des cadeaux que notre père lui avait offerts à la naissance de chacun de ses fils.

— Ils ont l'air très précieux, fit remarquer la jeune femme en tendant le bras pour caresser l'une des flèches striées d'or et d'argent. Toutefois…

— Quoi encore ?

— Ce sont des indices, non des preuves. Les assassins ont-ils reconnu Hilda comme leur commanditaire ?

— Non, nous ne leur en avons pas laissé l'occasion.

— Nous ?

— Sandulf en a tué un à Constantinople. J'en ai abattu un second en Strathclyde.

Danr fronça brusquement les sourcils : il ressentait un irrépressible besoin de justifier ses actions devant elle.

— C'était un meurtrier de sang-froid, et il s'apprêtait à exécuter Sandulf, ajouta-t-il.

— Et Hilda ? Qu'a-t-elle dit quand vous l'avez interrogée ? Vous a-t-elle fourni la moindre explication ?

— Je… Je ne sais pas, admit-il en se raclant honteusement la gorge. Je ne suis pas allé si loin. Joarr nous a découverts avant que je puisse mentionner les pendentifs.

— Vous voulez dire que vous n'avez pas songé à aborder ce point *avant* de la menacer avec votre épée ?

— Je vous l'ai dit, je me suis laissé emporter par la colère, mais je bluffais, j'ai cru pouvoir lui faire peur et la pousser à avouer.

Il vit la jeune femme lever les yeux au ciel.

— D'après vous, quelle serait la réaction de vos frères si vous leur racontiez vos exploits ?

Danr éclata aussitôt de rire.

— Brandt ne dirait rien. Il se contenterait d'un regard noir. Alarr me traiterait d'imbécile. Rurik me mettrait un coup dans les côtes avant de prendre ma défense, et Sandulf secouerait la tête d'un air dépité, puis trouverait le moyen de dire que tout est sa faute.

— Bien, au moins, vous avez conscience de vous être comporté comme un âne.

— Vous savez, si vous voulez cesser de parler et redevenir muette, cela me convient aussi, lança-t-il, pris entre amusement et amertume.

Puis il ajouta en serrant les dents :

— Oui, c'est vrai, je me suis comporté comme le dernier des imbéciles, mais ça ne signifie pas forcément que je me trompe au sujet d'Hilda.

— Ça ne prouve pas non plus que vous ayez raison, rétorqua-t-elle en se penchant vers lui. Utiliser ses propres bijoux pour payer les assassins n'a aucun sens. Pourquoi offrir des objets qui pourraient l'accuser de façon si évidente ?

— Parce qu'elle n'a sans doute jamais cru que nous pourrions remonter jusqu'aux meurtriers.

— Mais, si elle connaît bien ses fils, elle aurait dû savoir que vous partiriez en quête de vengeance au nom de votre père. Il y avait donc de grands risques que vous finissiez par identifier les tueurs. Pourquoi se mettre en danger en leur offrant ses propres bijoux ?

— Peut-être a-t-elle simplement commis une erreur ?

— Entre la perte de contrôle le jour du massacre et ces bijoux, cela fait beaucoup d'erreurs pour quelqu'un capable d'orchestrer un tel complot. Une personne intelligente aurait payé avec de l'or.

— Alors peut-être n'est-elle pas aussi intelligente qu'elle le croit.

— Et peut-être avez-vous simplement envie qu'elle soit la responsable ?

Danr se raidit, l'accusation le cueillant au ventre avec la tendresse d'un uppercut. Avait-il réellement laissé son propre ressentiment l'aveugler ? En y réfléchissant, il prit conscience que considérer Hilda comme coupable lui avait procuré une étrange satisfaction. C'était pour cela qu'il s'était précipité vers elle pour l'interroger, au lieu de patienter. Il avait *voulu* entendre sa confession. C'était toujours le cas, mais… et si Hilda était bel et bien innocente ? Peut-être Erika-Bersa avait-elle raison ? Avait-il laissé sa haine obscurcir à nouveau son jugement ?

— Pourquoi la défendez-vous ? rétorqua-t-il alors avec mauvaise foi, se réfugiant dans la colère. Même si ce n'est pas elle, elle demeure coupable de nombreux autres crimes, comme la façon dont elle nous a traités, Rurik et moi ! Ou d'avoir trompé mon père avec son propre barreur !

— Oui, admit-elle, visiblement déconcertée par sa réaction. Mais ce n'est pas pour cela que vous êtes ici.

Sa réponse logique, prononcée avec tant de douceur, suffit à étouffer son irritation.

— Vous avez raison…, soupira-t-il. Mais je *dois* découvrir la vérité. J'ai besoin de savoir qui a assassiné lâchement ma famille, afin de leur rendre justice.

— Je comprends. C'est pourquoi vous devriez faire une offre de trêve à votre belle-mère et lui proposer d'en discuter calmement. C'est ce que vous auriez dû faire dès le début.

— Je crains qu'une offre de trêve ne suffise pas à empêcher Joarr de me tuer, désormais.

— Hum… peut-être pas.

La fille aux loups se mordit doucement la lèvre, visiblement perdue en conjectures.

— Il doit pourtant bien exister une issue plus pacifique, marmonna-t-elle.

— Prévenez-moi si vous en trouvez une, rétorqua Danr d'un ton cynique.

— Je n'y manquerai pas, répondit-elle, parfaitement sérieuse.

Un long silence s'installa, ponctué seulement par le craquement des flammes. Finalement, elle s'adressa de nouveau à lui.

— Je suis désolée pour votre père et pour ces deux jeunes femmes, Danr. Cela a dû être un coup terrible pour votre clan, et un moment effroyable pour vous. Je connais le chagrin qui naît de la perte des gens que l'on aime.

— Vous parlez de votre famille ?

Danr soutint son regard, craignant presque de respirer trop fort et de briser cette nouvelle aura d'intimité entre la fille aux loups et lui.

— Est-ce pour cela que vous vivez seule ? Accepteriez-vous de me raconter leur histoire ?

Elle hésita avant d'incliner son doux visage vers le ciel et de secouer la tête.

— Pas aujourd'hui. Je suis fatiguée, et il ne va pas tarder à pleuvoir. Attendez-vous à une longue averse.

Puis elle se leva, et Danr la vit balancer à nouveau avant de murmurer :

— Sissa. C'est mon nom. Et je suis née ici, sur cette île.

— Sissa…, répéta-t-il, une douce chaleur lui gonflant aussitôt la poitrine. Merci.

— À présent, vous feriez mieux d'aller consolider le toit de votre abri. Il reste des trous.

Chapitre 11

Une goutte d'eau s'écrasa sur la joue de Danr, qui roula sur son côté valide pour en éviter une deuxième et se retrouva le visage collé à un carré de mousse détrempée au goût infect. Avec un juron, il se retourna pour la énième fois et se mit à écouter le martèlement continu de la pluie. Il nota que ce brouhaha n'était pas uni mais multiple, constitué de centaines de carillons différents : des lents, des rapides, des légers, des lourds, des sonores, des sourds… Mais hélas, aucun de ces tintements ne semblait décidé à s'arrêter bientôt. Visiblement, une bourrasque avait emporté son toit en peau, car un vent glacial s'engouffrait par les nombreux interstices de son abri et gelait la moindre parcelle humide de ses vêtements. Cela faisait moins d'une heure qu'il était couché et Danr, découragé, comprit que la nuit serait interminable.

Il abandonna l'idée de dormir et se redressa sur les coudes pour jeter un œil dehors. Malgré la pluie, la lune demeurait suffisamment brillante pour lui permettre de distinguer la forme de la maison ronde, au cœur de la clairière. Un ruban de fumée malmené par le vent s'élevait du trou au milieu du toit, et Danr poussa un soupir d'envie : son propre feu avait depuis longtemps capitulé face aux éléments. Sans surprise, Halvar aussi l'avait abandonné à son triste sort. Le guerrier se tança silencieusement de ne pas avoir consacré davantage d'efforts à étanchéifier son abri, car à présent il le regrettait amèrement. Il hésita à tenter de remédier à cette situation, mais ignorait comment colmater autant de brèches dans le noir et sous la pluie, sans finir trempé et transi jusqu'aux os. Peut-être que, s'il demandait poliment, Sissa l'autoriserait à passer la nuit dans sa grotte à flanc de montagne. Il ferait sans doute un froid de canard, mais au moins Danr dormirait au sec.

Sissa. Le simple fait de penser à elle lui réchauffa les entrailles. Il était heureux et profondément honoré qu'elle ait finalement eu suffisamment confiance en lui pour lui révéler son nom. Et, maintenant qu'il le connaissait, il lui paraissait si évident. Comment avait-il pu croire un seul instant qu'elle s'appelait Bersa ? Elle ne pouvait être qu'une Sissa. Ce nom lui allait à ravir. Tout comme son indomptable crinière dorée et les deux perles qui lui tenaient lieu de prunelles… Toutes ces choses qui contribuaient à la rendre belle. D'une beauté unique, qui n'appartenait qu'à elle. Une beauté qu'il trouvait chaque jour plus irrésistible. Mais rester assis là à songer à sa fille aux loups ne l'aiderait pas à se mettre au sec. Sans une amélioration rapide, il risquait de tomber malade…

Danr rampa pour sortir de son abri et se leva, prêt pour une vaillante et sans doute vaine tentative de réparer son toit, lorsqu'il vit le rideau de cuir de la maison ronde s'ouvrir pour laisser paraître le visage de Sissa.

— Êtes-vous encore éveillé ? lui demanda-t-elle à voix basse.

— Absolument !

— Dans ce cas, venez !

— Pardon ?

L'espace d'un instant, Danr crut s'être finalement endormi. Cela ne pouvait qu'être un rêve, n'est-ce pas ?

— Vite, ou vous allez attraper la mort, répéta-t-elle en

joignant le geste à la parole. La chaleur va s'échapper si vous ne vous dépêchez pas.

Inutile de le lui dire deux fois ! Le guerrier bondit et traversa la clairière en quelques enjambées rapides avant de plonger par l'ouverture de la bâtisse, tête la première. L'espace à l'intérieur était illuminé par un bon feu et bien plus spacieux qu'il ne l'avait imaginé, avec son foyer central surélevé encadré d'un banc, de vieux coffres en bois, et une épaisse et douillette pile de fourrures située dans le renfoncement le plus éloigné de la porte. Au-dessus de la couchette étaient suspendues de nombreuses herbes séchées qui répandaient dans l'air leur arôme puissant et entêtant. Danr repéra Tove et Halvar étendus sur le sol dans un recoin, déjà endormis, leurs têtes tendrement pressées l'une contre l'autre. Cet intérieur lui paraissait extraordinairement douillet et confortable, telle une invitation au repos et à la quiétude. Avec une soudaine pointe d'angoisse, il réalisa que tout était peut-être même *trop* douillet et confortable. Trois ans plus tôt, il aurait été plus que ravi de se retrouver piégé dans un endroit pareil avec une jeune femme. Mais, à présent, il se demandait si la grotte gelée ne serait pas une option plus raisonnable…

— Comment avez-vous fait pour survivre si longtemps, Danr Sigurdsson ? le taquina Sissa en plaçant les mains sur ses hanches et en le dévisageant d'un air consterné. Demain, nous vous bâtirons un meilleur abri, mais pour l'instant vous feriez mieux de vous asseoir près du feu. Vos vêtements ne tarderont pas à sécher.

— Merci.

Il ébouriffa ses cheveux pour en chasser l'humidité, puis s'installa sur le banc.

— J'ai toujours eu horreur de la pluie.

— Je sais. C'est l'une des premières choses que vous m'avez dites.

— Vous vous en souvenez ? s'étonna-t-il, éprouvant

un plaisir absurde de l'apprendre. Je pensais que vous ne m'écoutiez pas, ce jour-là.

— Et pourtant… Vous avez déclaré détester ce genre de déluge, de même que les nuages qui obscurcissent le ciel pendant des jours.

— Qui ne serait pas de cet avis ?

Sissa haussa les épaules.

— La pluie nourrit la forêt. Sans journées grises, les journées ensoleillées ne seraient pas aussi belles.

— Je préfère malgré tout une grosse tempête nocturne plutôt qu'une semaine de temps maussade.

— Les orages provoquent des dégâts ; les tempêtes font fléchir les vieux arbres, brisent les nouveaux et effrayent les animaux. Vous devriez apprendre la patience, Viking.

La fille aux loups lui lança un regard réprobateur avant de s'installer sur sa couche en fourrures, de rassembler les genoux contre son torse, puis de tendre l'oreille en direction d'un grondement sourd, au lointain. Un coup de tonnerre.

— Mais votre vœu pourrait bien se réaliser.

— Hum ? marmonna Danr en détournant rapidement les yeux de l'endroit où la tunique de la jouvencelle dévoilait ses mollets. Quel vœu ?

— Il semblerait qu'une tempête approche.

— Ah, s'entendit-il répondre tandis qu'il concentrait toute son attention sur les flammes devant lui.

Ce n'était pas exactement ce qu'il avait souhaité à cet instant, mais tant qu'elle ne devinait pas ce qu'il avait réellement en tête… Danr serra les dents et s'efforça de remettre de l'ordre dans ses pensées avant de jeter un œil par-dessus son épaule en direction de la jeune femme.

— Je n'aurais pas cru vous trouver debout. Vous m'aviez dit être fatiguée.

— C'est le cas, confirma-t-elle, songeuse. Mais je réfléchissais.

— À mon comportement d'âne bâté ? s'enquit-il en tentant de masquer une pointe d'amertume.

Mais Sissa l'observait avec sérieux.

— À ce que vous m'avez raconté. Il est vrai que vous avez foncé tête baissée pour affronter votre belle-mère, mais au fond c'est compréhensible. Vous pensiez vous trouver face à la personne responsable de la destruction de votre famille. La plupart des gens auraient sans doute réagi de la même manière. Disons plutôt que votre comportement était téméraire.

— Oh oui, c'est beaucoup mieux ! ironisa-t-il. Merci.

Mais elle ne parut pas saisir son sarcasme et hocha gracieusement la tête, avant de tapoter les fourrures à côté d'elle.

— Vous pourrez dormir ici quand vous serez sec.

— Vous voulez dire… à vos côtés ? demanda le guerrier en ayant soudain l'impression que tout l'air de la pièce était avalé par la cheminée.

— Oui. Vous ne pouvez pas rester sur le banc, et dormir trop près du feu peut être dangereux.

— Je peux m'allonger par terre.

Sissa lui lança un regard perplexe avant de hausser les épaules, comme si les deux options lui étaient égales, et de se glisser sous ses fourrures.

— Faites à votre guise. Mais, si vous décidez finalement de vous coucher près de moi, ne me réveillez pas.

Sissa ouvrit brusquement les yeux, tirée du sommeil par le tumulte assourdissant du vent et de l'averse, au-dehors. Visiblement, le tonnerre n'avait été qu'un signe annonciateur de la tempête, car à présent la pluie semblait s'abattre par torrents, fouettant les murs de la maison ronde au point de se frayer un chemin à travers l'ouverture de la cheminée. Les flammes grésillaient chaque fois qu'une goutte tombait dans le foyer. Sissa avait eu beaucoup de difficultés à trouver le sommeil, d'abord parce qu'elle avait craint que le guerrier ne meure de froid dehors puis, après l'avoir invité à l'intérieur, car elle avait ressassé interminablement tout ce qu'il lui avait relaté. Cela faisait des heures qu'elle fixait le mur de tourbe face à elle, perdue dans ses pensées. Son histoire l'avait profondément ébranlée, tel un écho de son propre passé, et lui avait plusieurs fois retourné l'estomac au point de lui tirer un frisson glacé. Sissa avait même failli le supplier d'arrêter.

Heureusement, elle avait trouvé la force de rester silencieuse et de marmonner quelques paroles compatissantes avant de ramener le sujet de la conversation sur sa belle-mère. Il était plus aisé de réfléchir à la prétendue culpabilité de cette femme qu'aux événements en eux-mêmes. Sissa ne pouvait blâmer Danr de soupçonner cette Hilda, mais de trop nombreuses pièces de cette théorie ne s'imbriquaient pas. Son récit comportait quelques trous d'ailleurs ; le guerrier ne lui avait pas dit où il se trouvait pendant le massacre, par exemple, mais de toute évidence il n'avait pas souhaité le révéler, ce qui ne pouvait signifier qu'une chose : quelle qu'ait été la raison de son absence pendant la bataille, il se sentait coupable.

Sissa roula sur le côté et, à sa grande stupéfaction, manqua de bousculer le guerrier. Elle s'était persuadé qu'il avait décidé de dormir sur le sol, puisqu'elle ne l'avait pas entendu s'allonger près d'elle avant que le sommeil la gagne, ce qui rendait sa présence d'autant plus surprenante… mais néanmoins plaisante. Il était couché sur le dos, ses puissants pectoraux montaient et retombaient au rythme régulier de sa respiration. Sissa se demandait encore pourquoi elle l'avait invité à partager son lit, quand elle aurait tout aussi bien pu lui offrir une paire de fourrures pour qu'il dorme sur le sol, mais l'option lui avait paru logique sur l'instant. Partager un lit chaud par une froide nuit d'orage, comme elle l'avait fait lorsqu'il était blessé, était un choix parfaitement rationnel… Mais, pour être honnête avec elle-même, elle devait bien admettre que ses sentiments envers lui avaient opéré un virage vertigineux, ces derniers jours. Elle n'avait toujours pas l'intention de l'héberger plus longtemps que nécessaire mais, à présent qu'elle connaissait son histoire, Danr Sigurdsson lui paraissait plus réel. Moins guerrier, plus humain…

Sissa ne pouvait décemment plus le considérer comme un simple corps avec lequel partager sa chaleur. Depuis ce jour où leurs doigts s'étaient entremêlés, elle avait ressenti une curiosité croissante à son égard, sans parler d'un désir grandissant de renouveler ce contact physique. Étrangement, l'idée de toucher quelqu'un et d'être touchée ne suscitait plus autant de crainte en elle que la veille. Sissa avait pris conscience d'un appétit insolite s'éveillant au creux de son ventre et se demandait quelles sensations lui procurerait le contact de sa peau contre la sienne. Il irradiait une telle chaleur de son buste qu'elle fut tentée de se rapprocher et d'assouvir sa curiosité… de tendre la main et de laisser les doigts courir sur son torse, juste pour voir ce que cela éveillerait en elle.

Sissa lutta contre son envie et roula de l'autre côté pour fixer le plafond.

— Vous ne dormez pas ?

— Oh !

Le son de sa voix dans son oreille la fit bondir de stupeur, et elle sentit la culpabilité lui enflammer les joues. L'avait-il surprise en train de l'observer ?

— Non. Je réfléchissais encore.

— Moi aussi, acquiesça-t-il, lui adressant un sourire lorsqu'elle tourna à nouveau la tête vers lui. Vous ne pouvez pas savoir à quel point je suis soulagé que vous ayez eu pitié de moi, ce soir. Sans quoi cet orage m'aurait probablement lavé à grande eau…

— Probablement, oui.

Elle le regarda plier son bras valide sous sa joue, son expression soudain grave quand il dit :

— Si vous réfléchissez encore aux événements dont je vous ai parlé tout à l'heure, j'en suis désolé. Je ne voulais pas vous inquiéter.

— Non, le rassura-t-elle avant de déglutir avec difficulté, douloureusement consciente de la courbe de son biceps si près de son visage. Je ne songeais pas à cela…

Sissa laissa sa phrase en suspens, car une onde de chaleur venait d'envahir sa poitrine. Elle ne pouvait tout de même pas lui dire sur quelle pente le fil de sa pensée l'avait menée.

Il avait affirmé ne pas pouvoir s'accoupler, et Sissa ignorait même si elle nourrissait une telle envie mais, d'un autre côté, pourquoi ne pas en parler directement ? Puisqu'il aimait tant se montrer prolixe… Quel était le pire qui puisse arriver ? Qu'il se lève et s'en aille ? Sissa le lui avait déjà ordonné. À de multiples reprises.

— C'est vous, finit-elle par admettre avant de changer d'avis. Je songeais à vous.

— À moi ?

Une étrange lueur passa dans le regard du guerrier, qu'il s'empressa de masquer.

— Vous m'en voyez flatté, répondit-il.

— Qu'est-ce qui vous empêche de vous accoupler ?

— Qu'est-ce qui m…

Cette fois-ci, elle eut l'impression que tout son être se figeait devant elle. L'homme était livide.

— Je vous demande pardon ?

— Quand je vous ai demandé si vous désiriez vous accoupler avec moi, vous m'avez répondu ne pas pouvoir. Pourquoi ?

— C'est… compliqué, répliqua-t-il en toussotant, l'air mal à l'aise. Et vous avez dit ne pas rechercher de compagnon.

— C'est vrai, mais je suis curieuse.

Sissa tenta de s'humecter les lèvres du bout de la langue, la bouche brusquement sèche.

— Avez-vous déjà une compagne ? ajouta-t-elle.

— Vous voulez dire une épouse ? s'enquit Danr en s'agitant sur les fourrures, les arrangeant sous sa tête. N… non.

— Mais vous disiez que les femmes vous appréciaient aisément ?

— C'est ce qu'il m'a toujours semblé, oui.

— Donc vous aimez vous accoupler, mais pas avoir de compagne ?

— Heu, ou… oui, je suppose qu'on peut dire cela. Du moins, c'était valable à l'époque.

— Certains villageois viennent dans la forêt pour le faire, poursuivit-elle en fronçant les sourcils. Leur méthode est étrange, très différente de celle des animaux.

— Vraiment ?

La voix du guerrier lui parut soudain plus rauque, presque tourmentée.

— Oui, ils le font de face, en se regardant, leurs visages tout proches, comme ceci.

Elle se pencha vers lui à l'instant où un énorme coup de tonnerre résonnait dans les cieux, loin au-dessus d'eux.

— Mais ils ont l'air d'apprécier l'activité.

— Oui, ça peut être… plaisant, de cette façon ou de l'autre.

— Vous voulez dire que les humains ont *plus* d'une manière de s'accoupler ? s'étonna-t-elle, profondément surprise.

— Oui, quelques-unes…

— Quelques-unes ? s'exclama-t-elle alors en haussant les sourcils de stupeur. Quelles sont les autres ?

— Ce n'est… peut-être pas le meilleur moment d'en discuter.

Danr s'éclaircit la gorge, mais cela ne parut pas le

débarrasser de ce qui le gênait. Sa voix était encore plus râpeuse que l'instant d'avant, et il semblait peiner à parler.

— Est-ce que tout va bien ? s'enquit Sissa. Tenez.

La jouvencelle s'assit et se pencha par-dessus lui pour attraper la cruche d'eau qu'elle gardait près de son lit.

— Buvez un peu.

— Sissa…, gronda-t-il comme s'il souffrait le martyre.

— Quoi ? Votre voix est éraillée, cela vous soulagera.

— Ce n'est pas tout à fait le type de soulagement dont j'ai besoin.

Elle lui adressa un regard perplexe et se rallongea, une main sous la joue.

— Quelles sensations cela procure-t-il ? reprit-elle.

— Pardon ?

Il s'était à nouveau figé, la cruche au bord des lèvres.

— S'accoupler. À quel point est-ce plaisant ?

— Je n'en sais rien, moi ! C'est difficile à décrire.

— *Vous*, à court de mots ?

— Certains mots sont difficiles à trouver, oui.

Son voisin avala une longue goulée d'eau avant de reposer la cruche à sa place.

— Ceux-ci, en particulier.

— Vous ne voulez même pas *essayer* de m'expliquer ?

— Par les étoiles, femme ! s'exclama-t-il en tournant le visage vers elle. J'essaye d'être honorable !

— Mais vous avez dit que s'accoupler était agréable !

— Ça l'est. C'est même très agréable, parfois, mais j'essaye de me montrer honorable envers *vous*. Vous êtes une innocente.

— Mais puisque c'est *moi* qui vous le demande.

Il jura entre ses dents avant de grogner :

— C'est… C'est comme vous perdre dans quelque chose de plus grand. Vous ne pensez plus, vous ressentez.

— Hum…

Sissa roula sur le dos en faisant la moue, sa curiosité loin d'être assouvie. S'accoupler pouvait-il vraiment être aussi agréable qu'il le prétendait ? Serait-ce agréable avec lui ?

Ce ne fut que lorsqu'elle l'entendit inspirer brusquement entre ses dents qu'elle prit conscience d'avoir réfléchi à voix haute. Une vague brûlante la submergea, mais à présent que la question était posée…

— Serait-ce agréable pour moi de le faire avec vous ? répéta-t-elle. Si je m'accouplais avec vous ?

— Sissa ! s'exclama-t-il avant de lâcher quelque chose qui ressemblait fort à un nouveau juron. Croyez-moi, je ferais un piètre compagnon.

— Ce n'est qu'une question. Je suis curieuse.

— La curiosité peut être dangereuse.

— Mais je veux comprendre…

Chapitre 12

Sissa sentit ses cheveux se dresser sur sa nuque et des picotements parcourir son corps.

« La curiosité peut être dangereuse… »

C'était une vérité difficile à nier. Avant l'arrivée de Danr, sa vie n'avait été que silence et sécurité. D'une certaine façon, il avait rendu son existence plus périlleuse, mais elle ne trouvait pourtant pas la force de lui tourner le dos. Au contraire, elle avait la douce sensation que chaque fibre de son corps vibrait à l'unisson avec le sien, comme dans l'attente de quelque chose de merveilleux. Elle sentait la même tension émaner de lui. En cet instant, son expression seule suffisait à lui couper le souffle. Il ressemblait à Halvar lorsque l'énorme loup traquait sa proie, contracté, patient, prêt à bondir…

Sissa s'humecta à nouveau les lèvres du bout de la langue avant de répéter sa question.

— Je veux savoir… si ce serait agréable avec vous.

— Eh bien… Cela serait sans doute un peu douloureux au début, mais je pourrais faire en sorte de rendre cela plaisant. Je pourrais faire disparaître la douleur grâce au plaisir.

— En faisant les choses dont vous m'avez parlé la première fois que vous êtes venu ici, c'est cela ? Les choses qui m'ont mise en colère ?

— C'est cela.

Sissa sentit une douce ardeur se répandre dans son bas-ventre lorsqu'il frôla sa hanche du bout des doigts. Elle eut l'impression que les pupilles du Viking s'assombrissaient d'une énergie contenue.

— Si c'est vraiment ce que vous souhaitez ?

— Ce n'est pas ce que j'ai dit, répliqua-t-elle.

Elle s'éclaircit la gorge à son tour, les jambes tremblantes, le souffle court, et découvrit qu'elle était incapable de réfléchir de manière cohérente. La situation lui parut soudain encore plus dangereuse, mais Danr ne l'effrayait pas. Étrangement, elle avait la certitude absolue que cet homme ne lui ferait aucun mal et ne tenterait jamais de la contraindre à quoi que ce soit. Non, c'était d'*elle* qu'elle avait le plus peur. Si seulement elle avait pu savoir précisément ce qu'elle voulait…

— Mais si c'était le cas… Comment commencerions-nous ?

— Eh bien…, murmura-t-il en traçant un sillon de feu de sa hanche jusqu'à son ventre avec la paume. Probablement par un baiser.

— Comme ceci ?

Elle se pencha vers lui et pressa doucement sa bouche sur celle de l'homme. C'était ainsi que Birger l'avait embrassée sur la joue, une fois.

— Ou… oui.

Sissa vit une flamme scintillante embraser le regard de Danr, telles deux étoiles au milieu des ténèbres.

— Mais plutôt ainsi…

Avant qu'elle puisse l'interroger sur ses intentions, le guerrier captura délicatement ses lèvres des siennes, les caressant comme pour les encourager à lui faire confiance, puis il accentua la pression, intensifiant leur baiser tandis qu'un grondement primaire résonnait dans sa gorge. Sissa trouva sa bouche chaude et ferme, et elle semblait posséder un pouvoir déstabilisant sur le reste de son corps : une houle ardente se répandit sous chaque pouce de sa peau, et elle eut soudain l'impression de sentir ses entrailles se contorsionner et se recroqueviller. Son cœur venait de bondir dans sa gorge, et son estomac semblait déterminé à se tordre jusqu'à faire un nœud. C'était à la fois affolant et excitant, comme si le tonnerre et la foudre avaient brusquement fait irruption dans la maison ronde, chassant toute pensée cohérente pour ne laisser qu'une ferveur dévorante. Après un instant d'hésitation, Sissa s'abandonna à ces sensations et permit à son corps et à son esprit de savourer chaque réaction qu'éveillaient les baisers du guerrier, même lorsqu'il glissa la langue sur le bord de ses lèvres pour les encourager à lui ouvrir la voie, ce à quoi elle consentit bien volontiers.

— Danr ? murmura-t-elle lorsque, finalement, ils se séparèrent.

— Hum ? marmonna-t-il indolemment, sa bouche descendant le long de la courbe de la gorge de la jeune femme pour se nicher sous son menton, tandis que l'une de ses mains se réfugiait dans le bas de son dos pour l'attirer plus près encore.

— Que ferions-nous ensuite ? chuchota-t-elle, surprise par sa propre fébrilité.

— Ensuite, je vous embrasserais ici, répondit-il en penchant la tête et en tirant doucement sur le col de sa tunique pour libérer une épaule.

Ses lèvres déposèrent de sulfureux baisers le long de sa clavicule jusqu'à la base de son cou.

— Et ici… Et partout…

— Et moi, que ferais-je ?

— Tout ce que vous voulez.

Il s'interrompit un instant.

— Vous pourriez m'embrasser également, me toucher ou simplement vous allonger et jouir du moment présent.

Sissa décida de mettre ces trois suggestions en pratique immédiatement : elle ferma les yeux et osa glisser les paumes sur ses épaules, puis le long de son dos, dessinant le contour de chacun de ses muscles. Elle pouvait sentir le plaisir palpiter à travers tout son corps, comme porté par son propre sang, et le nœud qui s'était formé dans son ventre se resserrer douloureusement. Non, ce n'était pas tout à fait son ventre, mais plus bas, entre ses hanches et ses cuisses qui avaient entamé un lent et incontrôlable ballet pour mieux se tendre contre Danr. Sissa découvrit qu'elle était presque incapable de rester immobile.

— Sissa…

Elle l'entendit grogner son nom contre sa peau et bascula la tête en arrière pour savourer l'instant, captive d'un tourbillon enflammé. Il pressa son corps viril contre le sien avec tant de passion qu'elle n'eut soudain plus aucun doute sur ce qu'il désirait… ni à quel point il le désirait. Sissa réalisa brusquement qu'elle en mourait d'envie également, sans doute autant que lui. Ils avaient largement dépassé le stade de la simple curiosité et sc trouvaient bien plus en danger qu'elle ne l'avait cru possible en posant quelques questions, pourtant elle ne parvenait pas à s'arrêter. Au lieu de cela, elle laissa ses mains voyager librement sur le torse du guerrier, éblouie par la fermeté de sa peau sous ses doigts, puis s'enrouler autour de son cou et se perdre dans sa chevelure tandis qu'il s'emparait à nouveau de ses lèvres. Elle se sentait si… Que ressentait-elle ? Comme si tout son corps tentait d'atteindre un mystérieux sommet dissimulé dans la brume, comme si elle craignait que tout disparaisse si elle s'arrêtait…

Ils gémirent de concert lorsqu'il glissa l'une de ses jambes entre ses cuisses pour les écarter doucement mais fermement. Mais, quand il saisit le bord de sa tunique et le remonta délicatement sur sa hanche, Sissa sentit une vague de panique la gagner. Le caresser et l'embrasser était une chose, mais là, c'était différent. C'était trop pour elle, et trop rapide… elle eut soudain l'impression que quelque chose n'allait pas. Que quelque chose manquait. L'angoisse prit l'ascendant sur la passion. Finalement, elle avait peut-être commis une erreur en l'invitant dans son lit. Au-delà même de se sentir dépassée par ses émotions, Sissa craignait d'autres conséquences qu'elle n'était pas prête à affronter… Elle ouvrit la bouche pour protester, mais il s'écarta prestement d'elle en marmonnant un juron avant de rouler à l'extrémité opposée des fourrures, dos à elle.

— Danr ? l'appela-t-elle en se redressant, le corps parcouru de fourmillements partout où il l'avait touchée, déchirée entre le soulagement et la surprise tandis qu'elle remettait sa tunique en place.

— Pardonnez-moi, maugréa-t-il d'une voix âpre en tournant à moitié le visage vers elle, sans oser la regarder dans les yeux. Je ne peux pas. J'en ai envie, mais c'est impossible. Et la curiosité n'est pas une raison suffisante, croyez-moi. Ça devrait… *S'unir* à quelqu'un de la sorte devrait signifier plus que cela.

— Vous parlez d'amour ?

Il lui lança un bref regard par-dessus son épaule, puis se détourna à nouveau.

— Oui.

— Oh !

Sissa observa ses mains. Un instant plus tôt, elle les avait pressées avec ardeur sur son torse, caressant, explorant, prenant un incommensurable plaisir à sentir sa peau chaude et soyeuse sous ses doigts. À présent, ses paumes lui semblaient vides et froides, mais Danr avait raison…

Elle fit la moue : la curiosité n'était pas suffisante. C'était la conclusion à laquelle elle était également arrivée et pour laquelle elle avait failli lui demander d'arrêter. Elle aurait simplement souhaité être la première à le dire.

Si seulement elle ne l'avait pas invité dans la maison

ronde ! *Si seulement* la tempête ne l'avait pas réveillée ! *Si seulement* il l'avait prévenue que la curiosité n'était pas suffisante *avant* qu'ils commencent ! Mais il l'avait fait, réalisa-t-elle soudain. Il avait tenté de l'en dissuader depuis le début, en lui expliquant qu'il voulait se montrer honorable et qu'il ferait un piètre compagnon. Sissa sentit ses joues s'enflammer lorsqu'une idée pis encore lui traversa l'esprit : était-il possible qu'elle se soit trompée et qu'il ne la désire pas du tout ? Qu'il ait accepté d'assouvir sa curiosité parce qu'il s'y sentait contraint ? Par crainte qu'elle ne le chasse d'ici, peut-être…

— Je suis désolé, dit-il à nouveau, lui tirant un sursaut. Je n'aurais pas dû vous embrasser.

— Ce n'était pas votre faute, répondit-elle d'une voix enrouée. C'est moi qui vous ai embrassé, par curiosité. C'était stupide de ma part.

— Non, ce n'était pas stupide… Mais vous méritez un vrai compagnon, quelqu'un pour vous aimer et vous chérir. Je ne suis pas cet homme. Je ne suis pas digne de vous et…

Il s'interrompit un instant, l'air profondément meurtri.

— Et même si je l'étais, reprit-il, j'ai fait un serment.

— Un serment ? répéta-t-elle en l'examinant, un peu perdue. Quel genre de serment ?

Danr s'éclaircit la gorge. Ce n'était pas une chose dont il avait envie de parler, en particulier dans les circonstances présentes. Il était déjà profondément choqué d'avoir été si près de bafouer sa parole. En cet instant encore, il s'efforçait d'ignorer la splendide et désirable fille aux loups qui le dévisageait avec tant d'intensité, sa crinière blonde ébouriffée et ses lèvres rouges et gonflées de leurs baisers. Danr devait concentrer toute son attention sur ses mains et réguler sa respiration rien que pour résister au besoin de l'écraser à nouveau contre son torse. L'idée de s'accoupler avait attisé la *curiosité* de la jeune femme, et il avait été sévèrement tenté de l'assouvir. Ça et d'autres choses, d'ailleurs, mais il était parvenu à s'arrêter juste à temps, même s'il avait le sentiment qu'elle aussi avait été sur le point d'interrompre leur étreinte. Il avait remarqué un changement de son langage corporel lorsqu'il avait relevé sa tunique, suffisant pour le pousser à rompre leur baiser. Mais, dès le départ, il n'aurait jamais dû céder à la tentation de la toucher ! Il méritait tous les effets secondaires douloureux de cet interlude dont il souffrait à présent. C'était une excellente leçon !

— Danr ?

Elle avait toujours le souffle court, nota-t-il, ce qui suffit à projeter une nouvelle onde d'un désir brûlant à travers tout son corps. Mais elle lui avait posé une question…

— Il y a trois ans, j'ai fait un serment. Celui de… de rester chaste jusqu'à ce que j'aie pu me racheter pour ma conduite au mariage d'Alarr.

— Oh !

Elle demeura silencieuse un instant, puis ajouta :

— C'est un serment plutôt inhabituel, non ?

— C'est ce qui m'a paru le plus approprié à l'époque. Le châtiment le plus adapté à mes errements et à ma plus grande faute en particulier.

Il inspira profondément, puis poussa un lent soupir.

— J'aimerais partager votre couche, reprit-il, vraiment, mais je ne peux pas.

— *Vraiment ?*

— Oui.

Il se risqua à jeter un autre regard derrière lui et le regretta aussitôt.

— Vous n'imaginez pas à quel point vous êtes désirable, Sissa.

Elle lui répondit d'un gloussement sceptique.

— Non, je ne le suis pas. Je ressemble à un arbre.

— Un arbre magnifique, rétorqua-t-il en riant. Peut-être

est-ce pour cela que vous êtes autant à votre place au cœur de la forêt.

— Rien ne vous oblige à dire cela.

— Pourquoi mentirais-je ?

— Pour que je vous autorise à rester ?

Danr marqua un temps de surprise.

— Est-ce vraiment ce que vous croyez ? s'étonna-t-il.

En cet instant précis, l'idée lui parut si ridicule qu'il faillit céder à l'hilarité.

— Vous pensez que j'ai fait *semblant* de vous désirer ?

— Si c'est le cas, la faute m'incombe, répondit-elle en haussant les épaules, crispée. Je n'aurais pas dû poser de questions. Nous ferions mieux d'oublier ce qui vient de se produire.

— Pas avant que nous nous soyons bien mis d'accord sur un point.

Il s'arma de retenue, puis fit volte-face et tendit une main vers son visage.

— Tout d'abord, je ne suis pas très doué pour les faux-semblants. Croyez-moi, ça ne fonctionne pas ainsi. Ensuite, vous *êtes* belle, Sissa. Aussi merveilleuse à l'intérieur qu'à l'extérieur. Vous êtes forte, intelligente, courageuse et… j'apprécie beaucoup votre compagnie. Je vous apprécie, *vous*. Vous êtes la première femme en trois ans à me donner envie de briser mon serment, mais je ne peux pas.

— Oh ! se contenta-t-elle de répondre, visiblement stupéfaite.

— Je n'aurais pas dû laisser la situation nous échapper à ce point. Je suis désolé.

Il repoussa délicatement une mèche dorée derrière son oreille, distrait par la courbe tentatrice de sa pommette… Sa peau était si soyeuse qu'il mourait d'envie d'y déposer un baiser, mais s'il recommençait il n'était pas certain de parvenir à s'arrêter une seconde fois. Il exigerait d'autres baisers, à d'autres endroits. Sur son menton, sa joue, ses paupières, contre la parcelle de peau dans son cou sous laquelle son pouls battait de façon erratique.

Danr se morigéna intérieurement : il était censé faire amende honorable, pas succomber à ses fantasmes !

— Ne vous excusez pas, souffla-t-elle, son expression s'adoucissant sous ses doigts. C'est moi qui ai commencé, mais j'ai aussi voulu arrêter. C'était très différent de ce à quoi je m'attendais.

— Vous… Vous n'avez pas aimé ? s'empressa-t-il de demander, inquiet.

— Si, au contraire. C'était simplement… *plus* que je ne l'imaginais. Je me suis sentie submergée.

Alors, Danr se surprit à avancer la tête pour poser délicatement le front contre le sien.

— Merci.

— Pour quoi ?

— Pour ce que vous venez de dire. Vos paroles me rassurent. J'aurais été mortifié que vous regrettiez le moindre instant passé dans mon étreinte.

— Pouvons-nous oublier ce qui vient de se passer, maintenant ?

Il acquiesça et lut le soulagement dans ses prunelles cendrées.

— Tant mieux, dit-elle en souriant. Mais il y a quelque chose que je ne comprends toujours pas. Pourquoi faire un tel serment ?

— Parce que c'est tout ce que je méritais, répondit-il en reculant à nouveau pour se mettre hors de portée de la tentation, mais sans lui tourner le dos cette fois.

S'il devait lui dire la vérité, il tenait à affronter sa réaction, à lire le dégoût sur son visage dès qu'elle réaliserait combien il était méprisable…

— J'ai partagé la couche de très nombreuses femmes, Sissa. De *trop* nombreuses femmes. Je me suis comporté comme un imbécile, sans jamais me soucier des conséquences. Et les ennemis de ma famille ont retourné cette faiblesse contre moi.

— Que voulez-vous dire ?

— Le jour du mariage, après le départ de Rurik et Brandt pour la frontière nord, des convives ont persuadé Alarr et Sandulf de laisser leurs armes à l'extérieur de la salle de cérémonie. Mais, avec moi, les assassins ont compris que la subtilité ne serait pas nécessaire. Ils savaient exactement quelle faille exploiter. Danr secoua la tête, toujours aussi profondément révulsé par l'homme qu'il avait été, avant de poursuivre :

— Il a suffi d'une belle femme pour m'attirer jusqu'à l'autre bout du village. Elle s'est chargée de me… *distraire*, pendant que ses complices massacraient ma famille.

— De vous distraire ? répéta la fille aux loups.

Il acquiesça d'un air sombre avant d'ajouter :

— Quand j'ai finalement entendu les cris de la bataille, elle était déjà presque terminée.

— Oh !

Elle demeura silencieuse un instant.

— Et vous n'avez pas trouvé cela étrange, qu'une femme vous séduise juste avant le mariage de votre frère ?

— Non.

Il tressaillit en prenant conscience de l'ampleur de sa propre vanité, de son vice, mais affronta le regard de la jeune femme. L'intensité de ses prunelles lui parut bientôt insoutenable. À quoi pensait-elle ? Il pouvait sentir ses poumons se comprimer dans sa poitrine dans l'attente de son jugement, de sa sentence, mais rien ne vint.

— Ne ferez-vous donc aucun commentaire ? finit-il par lui demander, incapable de tolérer ce silence pesant un instant de plus. Parlez, dites-moi le fond de votre pensée. Allez-y ! Je mérite votre verdict le plus sévère.

— Vous savez déjà tout ce que je pourrais dire.

— Mais je tiens quand même à l'entendre.

— Je refuse de condamner vos actions, Danr.

— Pourquoi ?

— Qu'est-ce que cela pourrait bien accomplir ? contra-t-elle avec sagesse. Vous devez vivre avec votre faute. Même sans serment, ce châtiment me paraît déjà plus que suffisant.

— À mes yeux, ce n'est pas assez.

— Non, je n'en doute pas, reconnut-elle, l'air pensif. Aviez-vous remarqué des signes de troubles, avant le début du mariage ?

Danr secoua la tête.

— Nous étions trop nombreux, trop d'invités que je ne connaissais pas, et la seule menace apparente semblait venir du nord, de la bande de hors-la-loi que Brandt et Rurik ont poursuivie.

— Vous avait-on ordonné de rester pour monter la garde ?

— Non, mais j'aurais dû être avec eux malgré tout, rétorqua-t-il avec colère. Si vous essayez de me trouver des excuses, sachez que je refuse de les entendre.

— Ce n'est pas le cas, je cherche seulement à comprendre. Qu'est devenue la femme qui vous a séduit, après la bataille ?

— J'ignore où elle est allée, mais j'espère ne plus jamais reposer les yeux sur elle. Quand j'ai fini par la soupçonner de travailler pour les assassins, elle avait disparu depuis belle lurette. J'ai dû regarder Brandt s'accrocher de toutes ses forces au corps de sa femme, tout en sachant pertinemment que j'aurais pu la sauver. Je ne l'avais jamais vu si brisé... comme un homme qui se noie dans la tourmente.

— Si vous aviez tenté de l'empêcher, vous seriez sans doute mort vous aussi. Et votre frère aurait eu un autre cadavre à pleurer.

— Mais au moins je serais mort avec honneur.

— Vos frères vous ont dit cela ? s'étonna Sissa.

— Non, admit Danr en serrant la mâchoire. Mais j'aurais préféré qu'ils le fassent. J'aurais voulu qu'ils soient furieux contre moi. Que Brandt me fracasse le crâne sur le sol. Peut-être cela aurait-il allégé mon fardeau… Mais c'était comme s'ils ne s'étaient jamais attendus à mieux de ma part, gronda-t-il en passant une main sur son visage. Je n'ai pas su protéger ma famille parce que je n'étais qu'un corniaud irresponsable, prêt à tout pour attirer l'attention. Le bouffon de service, trop occupé à soulever des jupes pour me soucier de l'honneur… Mais cette époque-là est derrière moi. Je ne suis plus ce plastronneur insane. Je veux devenir quelqu'un de meilleur, un homme digne et juste. Quelqu'un qui ne me ferait plus honte quand je regarde dans un miroir… Mais pour cela je dois racheter mes fautes et mériter le pardon de mes frères. Je ne pourrai jamais ramener Ingrid, mon père ou Gilla de l'autre monde, mais je peux contribuer à ce que justice soit rendue.

— N'avez-vous pas dit avoir tué l'un de leurs assassins en Strathclyde ? N'est-ce pas là une rédemption suffisante ?

— Non. C'est Sandulf qui l'a trouvé, je n'ai fait que lui porter le coup de grâce. C'est pourquoi je dois absolument découvrir la vérité sur ces pendentifs. Tant que je n'aurai pas accompli ma mission, je ne pourrai songer ni à moi ni aux femmes. Je demeure prisonnier de ce terrible jour, incapable d'avancer.

Danr baissa la tête avant d'ajouter :

— J'ignore comment l'expliquer autrement.

— C'est inutile, le rassura-t-elle. Je vous l'ai dit, je connais le chagrin qui naît de la perte des gens que l'on aime.

— C'est vrai, vous l'avez dit.

Sa main bondit vers le visage de la jeune femme avant qu'il puisse l'en empêcher, et il prit délicatement son menton entre le pouce et l'index. Par les étoiles, comment avait-il pu la trouver ascétique et impavide, même un seul instant ? Ses yeux débordaient d'une myriade d'émotions : douleur, chagrin, compassion, indulgence… Les profondeurs scintillantes de ses iris opalescents l'attiraient tel un drakkar entraîné par les courants marins.

— Demain, murmura-t-elle en rougissant adorablement sous ses doigts avant de se dégager avec douceur. Demain, si la pluie s'arrête, je vous montrerai.

Chapitre 13

Au grand étonnement de Sissa, Danr ne lui avait posé aucune question quant à leur destination. À *l'immense* étonnement de Sissa, son compagnon avait à peine prononcé deux mots depuis qu'elle l'avait tiré du lit, à l'aube, avec un petit coup de coude et un bol de gruau, avant de lui tendre un sac de vivres et de l'entraîner en direction de l'est. À cette époque de l'année, il était crucial qu'ils partent tôt pour atteindre leur destination et revenir avant la tombée de la nuit.

L'orage nocturne avait pacifié l'air, leur offrant ce matin-là un ciel d'azur moucheté de petits nuages cotonneux, idéal pour leur périple à travers la forêt et leur ascension des collines. Ils allaient prestement et ne firent halte qu'après deux heures de marche pour manger un peu de viande séchée que les villageois lui avaient offerte. Danr la remercia d'un hochement de tête, mais demeura muet. C'était déconcertant. Quelques jours plus tôt, elle aurait été heureuse de pérégriner en silence, mais aujourd'hui ce silence la gênait… Ça ressemblait si peu au guerrier qu'elle connaissait ! Était-ce à cause de ce qui s'était passé entre eux la veille ? Toute la matinée, Sissa s'était efforcée de ne pas songer aux aplats fermes de son torse, en contraste total avec la tendre douceur de ses paumes, mais en vain. Elle avait également espéré pouvoir oublier toute cette histoire et faire comme si de rien n'était mais, à son grand dam, une tension croissante semblait emplir l'air qui les séparait, s'engouffrant dans le vide laissé par leur silence. L'éloquent verbiage de son camarade lui manquait…

Et depuis quand le considérait-elle comme son *camarade* ?

— Nous devons longer cette crête, puis nous descendrons à flanc de montagne, finit-elle par déclarer en pointant du doigt une étendue rocailleuse en dents de scie nichée entre deux immenses pics qui la dominaient de toute leur hauteur. Nous irions plus vite par la vallée, mais nous risquerions de tomber sur des Gaëls. Ils sont habitués à moi, mais ils se méfient beaucoup des Vikings.

— D'accord pour la crête, dans ce cas.

Sissa opina du chef, puis se détourna rapidement. Par cette radieuse journée, les prunelles de Danr semblaient refléter l'éclat du ciel au-dessus d'eux. C'était étrange, mais elles lui paraissaient différentes à présent, plus brillantes, en quelque sorte, que lorsqu'elle l'avait sauvé de la mort. Ce qui n'avait rien d'étonnant, au fond, puisqu'il avait perdu beaucoup de sang ce jour-là, mais à présent elle trouvait à ses iris céruléens une nouvelle profondeur qui lui conférait un regard plus expressif et intelligent qu'elle ne l'avait cru de prime abord.

— Tenez, dit-elle en lui tendant une outre remplie d'eau. Si nous continuons à cette allure, nous serons arrivés avant midi.

— Bien.

Ils poursuivirent donc leur chemin, escaladèrent la crête, puis s'engagèrent sur un sentier juste assez large pour permettre à une personne de passer. Depuis leur promontoire, ils jouissaient d'une vue imprenable sur la côte Est de l'île, au-delà de laquelle scintillait la mer et, à l'horizon, sur les falaises d'Alba. Ils avancèrent encore, et Sissa ne put s'empêcher de remarquer que le terrain sous leurs pieds avait perdu en stabilité depuis son dernier passage. La tempête l'avait rendu inégal et parsemé d'éboulis.

— Peut-être devrions-nous prendre par la vallée, finalement, suggéra Danr après plusieurs minutes d'une progression épuisante.

Il pointa de l'index une parcelle de la crête si exiguë que le moindre faux pas les précipiterait vers une chute mortelle.

— Ça ne m'inspire rien de bon, ajouta-t-il, en particulier après un tel orage.

— J'ai franchi ce passage de nombreuses fois, répliqua la jeune femme. Il suffit d'avancer lentement et d'être prudent.

Mais au fond, peut-être n'avait-il pas tort, songea Sissa lorsque plusieurs cailloux glissèrent sous ses chaussures en cuir et dévalèrent la pente escarpée du flanc montagneux. L'idée de rallonger un voyage déjà pénible à cause de ce silence pesant la poussait à continuer, mais peut-être la pluie avait-elle *réellement* rendu la crête plus dangereuse ? Tournant la tête, elle remarqua alors que même Tove et Halvar semblaient rechigner à les suivre. Par ailleurs, si le chemin était instable ici, il y avait fort à parier que d'autres passages, plus périlleux encore, les attendraient plus avant. Des couloirs trop étroits pour faire demi-tour…

— Vous avez raison, finit-elle par approuver. Nous devrions…

Sissa s'apprêtait à joindre le geste à la parole et à revenir vers lui lorsque le sentier se déroba sous ses pieds.

Elle bascula sur le côté et, par réflexe, transféra tout son poids à l'opposé, mais il était trop tard. Battant des bras comme dans l'espoir irréaliste de s'envoler, Sissa sentit la terre ferme disparaître sous elle. Le poids de ses jambes la fit chuter et l'entraîna vers le ravin.

Soudain, une main surgit et saisit son poignet… Mais ce n'était pas n'importe quelle main : c'était une main droite, celle rattachée au bras blessé de Danr. Le Viking retenait tout le poids de Sissa sans flancher, quand pourtant cet exploit physique devait lui causer une douleur insoutenable. Mais il était bel et bien là, refusant de la lâcher alors qu'elle oscillait sous un angle plus que précaire au bord du précipice. Sissa plongea le regard dans le sien comme pour tisser un lien supplémentaire entre eux, s'accrochant à l'idée folle que tant qu'elle fixerait ses yeux tout irait bien.

— Tenez bon, lâcha-t-il entre ses dents serrées, même si le conseil était inutile : elle n'avait pas la moindre intention de lâcher prise.

En cet instant, il était le seul rempart entre elle et une douzaine d'os brisés, ou pire.

— Je vais vous ramener jusqu'à moi.

Sissa le vit écarter les pieds et tendre l'autre bras, avec prudence et mesure, afin de la saisir par la taille.

— Ne bougez pas vos pieds, pas encore, ordonna-t-il. Appuyez-vous contre moi.

Elle obéit sans réfléchir, retenant sa respiration tandis qu'il l'attirait doucement dans ses bras.

— Vos pieds, à présent. Lentement.

— J'y suis presque…

Sissa poussa un profond soupir de soulagement lorsqu'elle retrouva enfin la terre ferme.

— Je vous tiens.

Ils vacillèrent, et Danr s'efforça de les stabiliser en serrant ses hanches contre lui.

— Mais nous sommes toujours dos au bon chemin. Je vais devoir reculer. Pouvez-vous me suivre ?

— Oui.

— Bien.

Et, malgré leur funeste situation, il lui adressa un clin d'œil réconfortant.

— Prête ?

Sissa opina et se cala sur les gestes du guerrier, avançant avec grande prudence tandis qu'il effectuait plusieurs pas précautionneux en arrière. Leur progression n'eut rien d'aisé, mais ils regagnèrent rapidement la section plus large et plus sûre de la crête… La jeune femme commençait à peine à se détendre lorsqu'une autre portion du chemin céda. Par chance, cet éboulis s'avéra moins dangereux, mais il parvint malgré tout à faire basculer Danr sur le dos. Sissa, entraînée dans sa chute, atterrit à plat ventre sur son torse.

— Aïe ! s'exclama-t-il avec un grognement frustré lorsque le front de Sissa lui emboutit le menton.

— Ouille ! répondit-elle en écho avant de se tortiller pour tenter de se relever, réalisant brusquement qu'elle était étalée sur lui telle une limace sur un rocher.

— Sissa, marmonna-t-il en serrant les dents.

— Qu'y a-t-il ? demanda-t-elle aussitôt, se figeant. Êtes-vous blessé ?

— Non, mais… votre genou.

— Mon… Oh ! pardon ! fit-elle en libérant l'entrejambe du pauvre Viking avant de s'asseoir sur ses cuisses. Je suis désolée.

— Cela aurait pu être bien pire, répondit-il avec un sourire crispé de douleur. Ai-je le droit de vous dire : « je vous avais prévenue » ?

— Oui, c'est mérité, admit-elle avec un rire nerveux. Et ce sera probablement la seule fois où je vous l'autoriserai. Vous m'avez sauvé la vie, Danr.

— Bien : je vous avais prévenue. Ce n'est pas passé loin. C'est même passé beaucoup trop *près*.

Le guerrier resserra son étreinte autour d'elle et l'attira de nouveau contre son torse. Il n'était plus nécessaire qu'il la retienne, susurra une petite voix dans l'esprit de Sissa, mais la jeune femme l'ignora et céda à la requête silencieuse de son camarade. Elle se pencha en avant jusqu'à nicher le visage dans son cou.

— Ne me faites plus jamais une peur pareille, maugréa-t-il en déposant un baiser sur ses cheveux.

— Je vais essayer.

Elle pouvait entendre le battement erratique de son pouls sous son oreille et trouva ce son étrangement réconfortant, tel un rappel qu'ils étaient toujours en vie, et ensemble. Son cœur à elle palpitait également comme un oiseau affolé dans sa cage thoracique.

— Nous devrions descendre de là, finit-il par dire au bout d'un long moment, sans pour autant relâcher son étreinte. J'ignore où sont passés nos amis loups, mais eux aussi ont dû trouver que cette crête était une très mauvaise idée.

— Oui.

Sissa fit mine de se relever, mais s'interrompit lorsque Danr grimaça de douleur.

— Qu'y a-t-il ? Est-ce votre bras ?

— Ça ira.

— Non, j'en doute fort. Laissez-moi vous examiner.

— Avec plaisir.

Il se redressa à son tour avant d'ajouter :

— Mais éloignons-nous d'abord de cette crête. Je n'ai jamais été un grand adepte des hauteurs.

— Vous m'avez pourtant dit avoir un jour sauté dans la mer du haut d'une falaise.

— C'est le cas, mais j'ai agi par bravade. Je n'ai jamais prétendu que cela m'avait plu.

Ils se relevèrent, et le guerrier prit sa main, la serrant étroitement comme s'il craignait qu'elle ne tombe à nouveau s'il s'avisait de la lâcher une seule seconde.

— Bien, allons-y.

Danr frissonna, encore sous le choc. Ils n'avaient évité le pire que de justesse. L'espace d'une effroyable seconde, il avait senti son cœur se figer de terreur en voyant Sissa basculer loin de lui, plongeant hors de sa portée… droit vers le précipice. Il avait tendu le bras sans songer un seul instant à sa propre sécurité, même si rétrospectivement il réalisait combien il s'était mis en danger pour la rattraper.

Sur un sol aussi glissant, il aurait très bien pu tomber avec elle, mais sur le moment une seule pensée avait prédominé : la sauver. Hors de question de la perdre ! Et, s'il pouvait revenir en arrière, il recommencerait sans hésiter, encore et encore, autant de fois que nécessaire, quitte à rouvrir sa blessure et à s'arracher le bras pour y parvenir.

C'était d'ailleurs ce qu'il avait cru subir lorsqu'il avait rattrapé le poignet de la fille aux loups. La douleur avait dépassé tout ce qu'il avait connu dans sa vie. *Par les étoiles !* jura Danr intérieurement. Il sentait encore la peur nichée dans son estomac, son cœur battait à un rythme effréné dans sa poitrine, contre laquelle il mourait d'envie d'écraser Sissa pour l'embrasser à en perdre la raison. Leur interlude de la nuit précédente le préoccupait depuis qu'il s'était levé… Il s'inquiétait notamment de tant convoiter la proximité de cette femme, au point d'avoir failli briser son serment. Mais l'incident sur la crête venait d'éveiller de nouveaux sentiments en lui, bien plus profonds, plus intenses. Danr prit soudain conscience qu'il n'éprouvait pas seulement du *désir* pour elle, mais… autre chose. Une émotion inédite, plus authentique, plus tendre… et le guerrier eut alors l'intime et angoissante conviction d'avoir franchi un point de non-retour.

D'ailleurs, il lui tenait toujours la main, constata-t-il avec surprise. Il avait même entremêlé les doigts à ceux de la jeune femme, joignant leurs corps comme pour ne plus faire qu'un avec elle.

— Danr ? dit-elle lorsqu'ils regagnèrent enfin la vallée. Vous m'écrasez les phalanges.

— Je… Oh !

Il fronça les sourcils, furieux contre lui-même, et desserra immédiatement sa poigne.

— Pardonnez-moi.

— Il n'y a rien à pardonner, mais vous devriez me laisser examiner votre blessure.

— Je me sens déjà mieux.

— Mais je tiens à m'assurer que tout va bien. Arrêtons-nous.

La fille aux loups planta les talons dans le sol et tira sur son bras valide avec une force surprenante.

— Ouvrez votre tunique.

— Plus tard.

— Non, maintenant !

— Vous voyez bien qu'il n'y a pas de sang.

— Ce n'est pas ce qui m'inquiète.

Elle dégagea sa main de la sienne et posa les poings sur ses hanches avec un air sévère.

— Avez-vous déjà oublié notre accord ? lui rappela-t-elle. Vous avez promis de m'obéir. À présent, ouvrez votre tunique ou je m'en charge moi-même.

— Puisqu'il le faut, grogna Danr en soufflant avec exaspération.

Il défit les attaches au niveau de son cou afin de relâcher sa cotte et sa chemise, puis laissa glisser les deux couches de protection le long de son bras blessé.

— Là. Satisfaite ?

— Pas encore. Je dois vous examiner correctement.

Il croisa son regard un bref instant et vit une étrange lueur scintiller dans les yeux de la jeune femme avant qu'elle penche la tête pour étudier la blessure.

— Alors, qu'en pensez-vous ? s'enquit Danr, la voix rugueuse et l'esprit débordant de souvenirs sulfureux de la nuit précédente.

La sensation de son corps chaud entre ses bras, la douceur soyeuse de ses cheveux et de sa peau, son odeur unique de plantes et de feu de bois, l'harmonieuse symphonie de ses gémissements tandis qu'il l'embrassait à en devenir fou…

— L'entaille ne s'est pas rouverte, murmura-t-elle, mais la douleur a dû être terrible.

— Je n'ai pas fait attention.

— Menteur, répliqua-t-elle, mais Danr vit le coin de ses lèvres tressaillir.

— Peut-être un peu, mais j'avais des choses bien plus importantes en tête. Il était hors de question que je vous perde.

— Vous auriez pu tomber avec moi…

— Alors nous aurions plongé ensemble.

— Ensemble, murmura-t-elle.

Ses cils papillonnèrent, puis elle s'éclaircit la gorge.

— Nous devrions reprendre la route.

— Pourquoi ?

Danr couvrit sa main de la sienne lorsqu'elle remonta sa tunique sur son épaule.

— Où allons-nous ? Si ce voyage est dangereux, pourquoi ne me dites-vous pas simplement ce qui vous est arrivé ?

— Parce que j'ignore si j'en aurai la force, admit-elle, une ombre passant sur son visage. Je n'en ai jamais parlé à quiconque. Je… J'ai besoin de vous montrer.

— Fort bien, mais plus de balades à flanc de montagne comme des chevreuils, décréta le guerrier. Nous prendrons par la vallée, qu'il y ait des Gaëls ou non.

— Nous avons perdu beaucoup de temps en faisant demi-tour, le prévint-elle. Nous devrons camper ce soir.

— Alors nous camperons.

— Entendu.

Sissa fit la moue avant d'ajouter :

— Mais dans ce cas vous *devez* parler.

Danr la dévisagea avec une stupeur qui se transforma rapidement en amusement.

— Vous *voulez* que je parle ?

— Oui ! Votre silence ce matin me mettait mal à l'aise, en particulier depuis que nous…

La jouvencelle laissa sa phrase en suspens, mais le carmin qui peignit ses joues la conclut pour elle.

— Ah !

Danr comprit et acquiesça :

— Très bien, je parlerai. *Nous* parlerons. Mais je prends la tête, à partir de maintenant.

— Vous ne savez même pas où nous allons, argua Sissa d'un ton moqueur.

— Hum. Vous n'avez pas tort, reconnut-il avec une grimace. Dans ce cas, nous avancerons côte à côte. *Ensemble.*

Danr rattacha ses vêtements, puis ils se mirent à nouveau en route, plus lentement et plus prudemment, pour s'assurer d'éviter les ravins. Tove et Halvar les rejoignirent au bout d'un moment, et ils progressèrent sans croiser le moindre Gaël, même si le guerrier eut plus d'une fois la sensation d'être observé. Sissa avait raison : revenir en arrière avait rallongé la route, mais il était finalement bien plus aisé d'admirer la beauté brute des paysages depuis le plancher des vaches. D'en bas, les pics noirs lui parurent à la fois menaçants et majestueux, et d'une austérité frappante, comme si la terre tentait de rejoindre les cieux sous sa forme la plus primaire. L'ensemble manifestait une extraordinaire puissance élémentaire.

En milieu d'après-midi, Danr vit Sissa ralentir et devina qu'ils avaient presque atteint leur destination. De doux effluves iodés flottaient dans le vent. Se pouvait-il qu'ils approchent de la côte opposée de l'île ? Finalement, la fille aux loups fit halte et pointa du doigt un surplomb rocheux à flanc de falaise.

— C'est là que Coblaith m'a trouvée, il y a cinq hivers, annonça-t-elle d'une petite voix, comme submergée par l'émotion. Roulée en boule sous ce promontoire. J'essayais de m'abriter du froid et de la pluie. Je me souviens que je claquais si fort des dents que j'en avais mal à la mâchoire. Je n'aurais pas passé la nuit sans son aide. Je n'étais même pas certaine d'avoir envie de vivre… Mais je me suis abritée malgré tout. L'instinct de survie, sans doute.

Danr acquiesça et avança jusqu'au surplomb, plaçant une

main sur la roche fouettée par le vent. La pierre était froide et rugueuse sous ses doigts. Il craignait de prononcer une parole malheureuse et que la jouvencelle refuse de lui en dévoiler davantage, mais la curiosité faillit le submerger. Peut-être qu'une question indirecte… ?

— Quel genre de femme était Coblaith ?

— C'est difficile à dire. Elle ne manifestait que rarement ses émotions, mais elle s'est montrée bonne envers moi. Je pense qu'elle avait dû être belle, dans sa jeunesse, car malgré son âge elle avait un visage saisissant. Et, bien que ses cheveux soient striés de blanc, je ne l'ai jamais vue marcher voûtée. Le jour où elle m'a trouvée, je l'ai prise pour une sorcière. Mais je crois qu'elle a simplement été alertée par les cris…

Sissa le rejoignit et posa la paume à côté de la sienne sur le rocher.

— J'aurais dû avoir peur d'elle, car on m'avait dit de ne jamais approcher des Gaëls toute seule, mais à cet instant la peur n'avait plus grand sens. Elle était mon unique espoir.

— Elle vous a donc sauvée.

Danr fit glisser légèrement la main pour effleurer le bout de ses doigts. Ce simple contact lui donna l'impression que la pierre se réchauffait sous ses phalanges.

— Oui.

— De quoi ?

Chapitre 14

— De ceci.

Sissa déposa son sac à flanc de falaise et désigna de l'index les ruines calcinées de son ancien village en contrebas. Elle ne trouvait toujours pas la force de répondre aux questions du guerrier ; l'amener ici et lui montrer était plus simple que de revivre le cauchemar de ses souvenirs. La jeune femme baissa les yeux et observa le plateau et la plage. Danr lui avait raconté son histoire la veille, et à présent elle tenait à lui dévoiler la sienne : son foyer, le toit sous lequel elle était née et avait vécu pendant treize ans avant de fuir, terrifiée.

— Il y avait un village ici, murmura son camarade en contemplant le paysage avant de tourner vers elle un regard empreint de compassion.

— Oui. *Mon* village. Notre maison se trouvait là-bas.

Elle désigna d'un signe de la main le squelette en bois d'une ancienne bâtisse tandis qu'elle descendait la colline à pied en direction des décombres. Sissa ne s'y était plus rendue depuis le dernier printemps et, comme toujours, la nature y avait repris un peu plus ses droits. Les quelques édifices encore debout n'étaient plus que des coquilles vides presque entièrement recouvertes de végétation.

— Une dizaine de familles vivait ici. Principalement

des fermiers et quelques vieux guerriers, mais pas suffisamment pour repousser les pillards.

— Les pillards ? répéta Danr d'un ton aussi menaçant que l'orage.

— Oui, répondit-elle en s'efforçant d'en parler de manière factuelle. Un groupe de hors-la-loi, sans doute, même si je n'ai jamais su qui ils étaient ni d'où ils venaient. Mais, un matin, leurs navires ont accosté sur la plage comme s'ils étaient conscients que nous ne pourrions rien faire pour les arrêter. Et ils avaient raison. Nous étions entièrement démunis. Nos hommes ont tenté de nous défendre, mais en vain…

Sissa serra les lèvres quelques secondes pour se donner le temps de museler les souvenirs douloureux qui menaçaient de la submerger.

— Ils ont pris le peu d'argent que nous avions et tous nos stocks de provisions pour l'hiver. Nous leur aurions tout laissé, même s'ils s'étaient contentés de nous intimider, mais ils avaient dû s'enivrer juste avant leur arrivée, car ils étaient comme possédés. Et déterminés à faire couler le sang.

— Les immondes fumiers.

Danr se baissa et ramassa un petit objet en métal qui ressemblait à une pointe de flèche, la hampe en bois depuis longtemps décomposée.

— Ont-ils fait des prisonniers ?

— Non, répondit Sissa en s'efforçant de desserrer la mâchoire. Ils les ont tous tués. Je n'ai pu m'enfuir que parce que je revenais de la rivière avec ma mère lorsque ça a commencé. Nous n'avons pu qu'assister au massacre à bonne distance. Mais Tove s'est mise à aboyer… Un guerrier nous a aperçues et a foncé sur nous en levant son épée. Comme ceci…

Elle balança le bras au-dessus de sa tête, le souvenir du

pillard assoiffé de sang prenant brusquement possession de son esprit, aussi clair et terrifiant qu'au premier jour.

— Que s'est-il passé ? demanda Danr dans un souffle.

Sissa baissa lentement la main en se mordant la lèvre inférieure.

— Ma mère a pris Tove et l'a fourrée dans mes bras. Puis elle m'a serrée contre elle et m'a ordonné de courir me cacher.

— Elle n'est pas partie avec vous ?

— Non. Elle a ramassé des pierres et les a jetées sur le guerrier pour me donner le temps de fuir. Ça a marché. Je lui ai obéi ; j'ai filé sans m'arrêter jusqu'au flanc de la montagne. Quand j'ai osé regarder derrière moi, ma mère gisait déjà sur le sol.

Sissa s'interrompit un instant et déglutit bruyamment.

— Je me suis dissimulée sous le couvert des arbres et j'ai observé la suite. Les hors-la-loi sont restés deux jours de plus, à s'enivrer de notre ale avant de charger leurs navires, de brûler nos maisons et de disparaître.

— Et c'est ainsi que vous vous êtes retrouvée seule au monde, conclut Danr, la mâchoire crispée. Sissa… Ça a dû être terrible pour vous. De perdre toute votre famille de cette façon…

— Mes parents, oui. J'étais leur unique enfant, arrivée des années après qu'ils avaient abandonné tout espoir de concevoir. Je suppose que c'est une bonne chose, car je n'ai pas eu à voir mes frères et sœurs se faire massacrer… Mais le village entier était comme une famille pour moi. J'ai pleuré chacun d'entre eux.

— Je suis tellement désolé, Sissa.

— Moi aussi, murmura-t-elle en refoulant ses larmes, avant de prendre une profonde inspiration. Je suis navrée pour ce qui est arrivé à votre clan. Pardonnez-moi de ne pas avoir pu l'exprimer plus ouvertement hier. C'était trop difficile. Votre histoire ressemble tant à la mienne…

— Au moins, il me reste mes frères. Je n'ose imaginer ce que vous avez ressenti en comprenant que vous étiez la seule survivante. Combien de temps avez-vous vécu ainsi, avant que Coblaith vous trouve ?

— Quelques jours. Au début, c'est Tove qui a veillé sur moi, expliqua-t-elle en lançant un regard affectueux à sa louve. Elle m'a protégée des prédateurs et m'a apporté de quoi manger.

— Votre mère était sage.

— Oui. Elle voulait que je vive, alors j'ai obéi. Je crois que c'est pour ça que je l'ai fait. Pour *elle*, et non pour moi.

Sissa frémit avant d'ajouter :

— Après le départ des pillards, tout ce que je souhaitais, c'était m'allonger par terre à côté de ma mère et fermer les yeux. Au lieu de cela, j'ai posé des pierres sur son corps et j'ai pleuré. C'était tout ce que je pouvais faire.

La jeune femme se détourna et laissa le regard vagabonder jusqu'à l'horizon, de l'autre côté de la mer, et aux collines verdoyantes du continent.

— Vous m'avez demandé un jour si cette existence était solitaire. Parfois, oui. Terriblement. Coblaith me tenait compagnie, mais nous ne pouvions pas discuter entre nous. Et puis, elle est partie à son tour. À certains moments, j'ai craint de perdre complètement la raison. Puis, un jour, les nouveaux Vikings sont arrivés et ont bâti le village où séjourne désormais votre ennemi. Je les ai observés. J'ai même songé à me joindre à eux. Je me suis approchée pour mieux les étudier, une fois, mais les habitants m'ont prise pour un esprit de la forêt et ont fui.

Un rire amer lui échappa, et elle ajouta :

— Peut-être aurais-je dû peigner mes cheveux avant.

Mais Danr ne semblait pas d'humeur à plaisanter.

— Pourquoi ne pas leur avoir expliqué qui vous étiez ?

— Je ne pouvais pas.

— Vous ne… *pouviez* pas ?

— J'étais incapable de parler. J'ai essayé, mais c'était comme si ma voix était piégée à l'intérieur de moi. Je ne parvenais pas à prononcer le moindre mot.

La jeune femme eut un sourire triste.

— J'ignore si j'avais perdu l'habitude d'articuler ou si j'avais simplement peur, reprit-elle, mais c'est alors que j'ai compris qu'il était trop tard pour que je puisse revenir en arrière. Je savais que plus jamais je ne pourrais vivre en communauté. Jamais je ne ferais partie de leur monde. Puis j'ai songé à me servir de leur crainte pour me protéger. La forêt et leurs superstitions sont devenues mes meilleurs remparts.

— Et vous vous êtes emmurée dans cette forteresse de sécurité ?

— Oui, acquiesça-t-elle. Ma voix a fini par revenir, mais je ne l'utilisais que rarement, juste avec Tove, de temps à autre. Plus personne ne m'approchait à moins d'être malade ou blessé… et, même alors, ils fuyaient dès qu'ils avaient obtenu ce qu'ils souhaitaient.

Elle s'interrompit avant d'ajouter :

— Personne… À part vous. Vous êtes le seul à avoir refusé de partir, le seul avec qui j'ai tenu une vraie conversation en cinq ans.

— J'en suis honoré, répondit le guerrier en inclinant légèrement la tête. Et désolé… Pardon de vous avoir forcée à parler.

— Vous m'aviez mise dans une telle colère, je n'ai pas pu m'empêcher de vous hurler dessus, admit Sissa avec un sourire.

— Je suis très doué pour provoquer mon entourage…

Mais il n'en semblait pas très fier, remarqua la jeune femme.

— Mais si j'avais su tout ce que vous aviez traversé, reprit-il, je ne me le serais jamais permis.

— Une part de moi est heureuse que vous l'ayez fait.

Ça fait du bien de parler à nouveau, même si ce n'est que pour un temps.

— Mais il y a quelque chose que je ne comprends toujours pas, déclara le guerrier. Comment avez-vous fait pour aider les villageois s'ils avaient si peur de vous ?

— Il y a environ deux ans, j'ai croisé un homme blessé par un cerf. Ses camarades essayaient de panser la plaie, mais ils s'y prenaient très mal. Je l'ai donc fait à leur place. Je crois qu'aucun d'entre eux n'a osé m'arrêter. Puis, quelques jours plus tard, quelqu'un s'est rendu à l'orée de la forêt et a suspendu un collier à l'un des arbres. Depuis lors, je me présente régulièrement à cet endroit pour aider ceux qui en ont besoin, et les villageois m'offrent de la nourriture et des vêtements en échange.

— Peut-être pourriez-vous essayer de leur parler, désormais ? suggéra Danr en prenant sa main dans la sienne avec une grande tendresse. Vous pourriez leur expliquer votre histoire, comme vous venez de le faire avec moi. Vous n'avez plus à craindre qu'un tel incident se reproduise. Leur village est mieux fortifié, avec de bons combattants pour les protéger. Vous y seriez en sécurité.

— Aucun village n'est sûr… Et pourquoi devrais-je leur faire confiance ? J'ai vu de quoi les humains sont capables. Et les guerriers…

Sissa s'interrompit, et son regard tomba sur leurs mains jointes ; une onde glacée la parcourut en dépit de la chaleur qui émanait de sa paume puissante.

— La forêt est mon foyer. Je sais comment y survivre.

— Mais vous pourriez faire plus que survivre. Votre existence ne devrait pas se résumer à cela, Sissa. Vous pourriez aller…

— Non ! s'exclama-t-elle en serrant sa main jusqu'à ce qu'il se taise. C'est ce que je suis. C'est le monde auquel j'appartiens. S'il y avait eu un moyen de traquer ces pillards et d'obtenir justice pour ma famille et mon village, je n'aurais pas hésité, mais la vie ne m'a pas offert ce choix. Vous, vous l'avez. Et j'aimerais vous aider.

— Pardon ? s'étonna le guerrier en se raidissant. Que voulez-vous dire ?

— Que vous ne pouvez probablement plus vous rendre au village pour parler avec votre belle-mère, mais moi je le peux. Je peux lui montrer les pendentifs et découvrir la vérité.

Danr demeura parfaitement immobile, choqué par ses paroles, par la désolation qui les entourait… par *tout*. Il s'était douté que la fille aux loups avait survécu à de terribles épreuves par le passé, mais pas une seconde il n'avait imaginé qu'elle ait pu être témoin d'un autre massacre ! Son histoire ressemblait tant à la sienne… mais elle était bien pire encore. Au moins, lui avait été adulte, à Maerr, lorsque cela s'était produit. Sissa était à peine plus qu'une enfant, à l'époque, et elle avait vu tout son monde s'écrouler avant d'être pratiquement livrée à elle-même pendant cinq ans… Et voilà qu'elle offrait de l'assister, *lui* ! Comme s'il était digne de son aide. Comme s'il était celui qui avait le plus souffert ! Il mourait d'envie d'envelopper la jeune femme dans son étreinte, de traquer jusqu'au dernier de ces pillards et de leur faire payer leurs crimes au centuple.

— Non, rétorqua-t-il en secouant la tête. C'est trop dangereux.

— Seulement pour vous, argua-t-elle en levant le menton. Vous avez dit ne pas avoir montré les pendentifs à votre belle-mère lorsque vous l'avez vue, n'est-ce pas ?

— En effet. J'en ai parlé, mais je n'ai pas pu les lui présenter.

— Dans ce cas, laissez-moi faire, insista l'intransigeante fille aux loups. Je pourrais sans doute déduire ce qu'elle ressent à sa façon de réagir.

— Hilda a conscience que je suis toujours sur l'île. Elle comprendra que je vous les ai donnés.

— Ou elle pensera que j'ai trouvé votre cadavre et que je les ai dérobés à un mort. Ça n'a aucune importance. Elle sera bien assez effrayée que je sache qu'ils sont à elle. Elle croira sans doute que j'ai le pouvoir de lire dans les esprits.

Sissa haussa les épaules avant d'ajouter :

— Elle pourra me poser toutes les questions qu'elle voudra, je ne répondrai rien.

— Hilda pourrait vous capturer et vous faire parler.

— Les villageois ne la laisseraient pas faire. Mon aide leur est précieuse, et ils ont peur de moi, vous vous rappelez ? Ils craindront que je convoque une tempête par vengeance.

— Vous oubliez Joarr. Il n'avait pas l'air particulièrement effrayé, hier.

— Non, c'est vrai, admit-elle, une ombre passant sur son visage. Mais il ne pourra pas s'opposer aux souhaits du clan, quoi qu'il veuille m'infliger. Faites-moi confiance, Danr.

— Ce n'est pas une question de confiance, mais votre sécurité est en jeu. Je refuse que vous les approchiez, l'un comme l'autre.

Sissa retira sa main de la sienne d'un geste rageur.

— Pourquoi ?

— Parce que c'est mon combat, pas le vôtre.

— Mais puisque je vous propose mon aide !

— Je n'en veux pas ! riposta Danr d'un ton catégorique.

— Mais vous en avez *besoin.*

— Sissa…

Le guerrier fit un pas de plus vers elle.

— Je vous suis reconnaissant pour votre offre, mais je refuse de vous faire prendre le moindre risque, en particulier pour moi.

— Mais je…

— Non ! s'exclama-t-il sur un ton de commandement. Je ne changerai pas d'avis. Vous venez de me dire que vous étiez en sécurité dans la forêt, loin des humains. Si vous vous laissez entraîner dans cette histoire, vous ne connaîtrez plus le moindre répit. Je refuse de détruire votre vie. Je vous dois déjà beaucoup, je ne mérite pas que vous en fassiez davantage.

— Vous méritez que justice soit faite, si c'est toujours possible, contra-t-elle en croisant les bras avec entêtement. Et il vous faut un meilleur plan que de menacer votre belle-mère d'une épée en espérant qu'elle se confesse.

— Je le sais.

— Et vous n'avez rien de mieux à proposer.

— Pas encore, reconnut le guerrier.

— Vous devez donc bien admettre que mon idée a de bonnes chances de fonctionner…

— Ce n'est pas le sujet. Je trouverai autre chose.

— D'accord, j'abandonne, dit-elle avec un soupir exaspéré. Je n'irai pas.

Danr la regarda faire volte-face et s'éloigner. Elle avait raison, son plan était excellent, mais il préférait affronter un ours à mains nues plutôt que de la laisser se mettre en danger de la sorte. Il ne voulait pas avoir d'autres vies sur la conscience, et surtout pas celle de la jolie fille aux loups. Il sentait sa poitrine se comprimer douloureusement à cette simple idée. S'il lui arrivait quoi que ce soit, il en perdrait la raison.

Avec une profonde inspiration, Danr s'efforça de recouvrer le contrôle de ses émotions. Quelques rayons de soleil perçaient enfin à travers la couche de nuages qui s'étaient accumulés au fil de leurs pérégrinations, baignant le paysage d'une aura dorée. Sissa se tenait à quelques pieds devant lui, l'air si fluette et vulnérable au milieu des ruines de son ancien village… Pourtant, la jeune femme avait démontré posséder une force et une résilience supérieures à celles de bon nombre de combattants que Danr avait connus. La plupart d'entre eux seraient probablement incapables de survivre seuls dans la nature pendant si longtemps, ou d'en ressortir indemnes, physiquement et moralement. Lui-même doutait d'y parvenir. Et pourtant, Sissa…

Le guerrier ressentit un soudain élan de tendresse pour sa fille aux loups. Elle était indépendante, indomptable et invincible, avec une volonté en acier finement ciselé et une paire d'yeux gris qui le transperçaient jusqu'au cœur. En cet instant, il voyait en elle la femme la plus éblouissante qu'il ait jamais rencontrée. Pourquoi avait-il mis tant de temps à s'en rendre compte ? Il la désirait comme il n'avait jamais désiré une autre demoiselle… avec son cœur. Il avait beau se savoir indigne d'une telle compagne, il rêvait de passer ses nuits mais aussi ses journées à ses côtés.

Parce qu'il l'aimait.

Danr exhala longuement… Jamais il n'aurait imaginé éprouver un jour ce sentiment dont il se méfiait tant, mais à présent tout était si clair, si limpide. Il se sentait comme purifié de l'intérieur, presque euphorique, comme s'il existait un espoir qu'un jour il puisse devenir digne d'elle. Danr était tombé amoureux de la fille aux loups.

Mais il avait prononcé un serment qui l'obligerait à quitter Skíð dès qu'il le pourrait…

Il serra la mâchoire, frustré, et porta son attention sur la nature environnante. La silhouette du bourg à moitié détruit, partiellement recouvert de ronces et d'orties, laissait toutefois deviner l'emplacement des anciennes maisons.

— C'est un endroit idéal pour construire un village, finit-il par constater en venant se tenir aux côtés de Sissa.

La fille aux loups faisait face à la côte et observait la lente oscillation des vagues. Le ciel et la mer arboraient la même teinte, à présent, telle une tapisserie d'un bleu ardoise intense et profond. Sans la ligne de démarcation que formaient les collines du continent à l'horizon, les deux immensités auraient pu se fondre en une seule…

— Oui, murmura-t-elle en tournant la tête vers lui, mais

les gens ont peur de venir ici. Même les Gaëls croient ce lieu hanté.

Danr acquiesça ; il pouvait aisément les comprendre. Lui non plus n'avait plus jamais vu Maerr du même œil depuis le massacre.

— Vous, vous n'y croyez pas ?

— Non mais, même si les esprits de ma famille étaient encore ici, je ne pense pas qu'ils me feraient du mal.

Elle poussa un long soupir avant d'ajouter :

— Et je n'aimerais pas non plus que quelqu'un vienne bâtir sa maison sur les ruines de mon foyer.

— Et pourquoi pas là-bas ? s'enquit Danr en pointant du doigt un plateau naturel et légèrement surélevé qui longeait la côte. Ce serait un endroit parfait, vous ne croyez pas ?

— Cherchez-*vous* un lieu où vous établir, Viking ? le questionna Sissa en se tournant complètement vers lui.

Danr cligna des yeux, ébloui. La chevelure de la jouvencelle flottait autour de ses épaules telle une magnifique cape d'un bronze scintillant, légère et fluide, lui donnant soudain l'aspect d'une Valkyrie conquérante. Et elle l'avait conquis, lui. Il retint son souffle, tentant de mémoriser chaque détail de cette vision enchanteresse. En cet instant, il aurait presque pu oublier que le monde continuait d'avancer autour d'eux, que le temps s'écoulait, qu'Hilda et Joarr avaient peut-être fait assassiner son père, qu'il avait un serment à accomplir… qu'il n'était pas un homme libre de faire ses choix.

Cherchait-il un endroit où bâtir son foyer ? La question résonnait dans son esprit. En tant qu'adulte, il avait passé la majeure partie de son existence à vivre dans l'instant, sans se soucier de l'avenir, refusant tout ce qui ressemblait de près ou de loin à un engagement. Après le massacre, il ne s'était plus autorisé à réfléchir à ce qu'il ferait une fois son serment accompli, une fois qu'il aurait obtenu le pardon de ses frères.

Que ferait-il alors ? Où irait-il ?

Chez Rurik, à Glannoventa ? Chez Alarr, en Eireann ? Chez Sandulf, en Strathclyde ? Aucune de ces options ne le tentait vraiment, désormais, encore moins lorsqu'il les comparait à une île brumeuse et trempée par la pluie sur laquelle vivait une indomptable jeune femme.

Mais la fille aux loups souhaitait rester seule, loin du monde et plus particulièrement des guerriers. À moins qu'il ne parvienne à la persuader du contraire… et qu'il ne lui prouve sa valeur.

— Pas encore, répondit-il, galvanisé par ce nouvel objectif. Mais ce sera parfait pour camper. Il va bientôt faire nuit.

Chapitre 15

— Que faites-vous ?

Sissa s'installa près du feu en examinant de plus près le couteau et le morceau de bois dans les mains de Danr.

— Je sculpte des pièces de *tafl*, répondit-il en s'adossant contre son baluchon avec un sourire. Je me suis dit que je pourrais nous fabriquer un jeu complet pour que nous puissions faire quelques parties. Le tablier n'est pas difficile, mais les figurines, c'est une autre paire de manches. Rurik a toujours été bien plus doué pour la sculpture sur bois, il a plus de patience. Mais je vais essayer.

— Je les trouve très bien, rétorqua Sissa en esquissant un sourire avant de se figer, frappée par une étrange sensation, comme si une douce chaleur l'enveloppait.

Ils avaient monté leur campement dans une crique proche de son ancien village ; Danr s'était chargé du feu tandis qu'elle avait pêché quelques poissons que le guerrier avait ensuite cuisinés pendant qu'elle l'observait, assise sur une pierre, un bras autour du cou soyeux de Tove. Elle venait tout juste de puiser de l'eau fraîche et s'apprêtait à se mettre au lit. En dépit des émotions de la journée, la jeune femme éprouvait une intense sensation de… confort. Peut-être même *trop* intense. Après avoir goûté aux talents culinaires de Danr, Sissa doutait de parvenir à apprécier une autre cuisine, y compris la sienne, mais le plus étrange était qu'elle s'était aisément habituée à sa présence, comme s'il était *vraiment* devenu son compagnon.

C'était profondément déconcertant.

Ce retour à ses origines, sur les ruines de son ancien village, s'était révélé à la fois douloureux, car elle ne cesserait jamais de revoir les visages de ceux qu'elle avait perdus, et réconfortant, lui rappelant ce que l'on ressentait lorsque l'on vivait entouré d'êtres aimants. Et Sissa se demandait à présent si elle aurait le courage d'ouvrir à nouveau son cœur à quelqu'un. Était-ce même encore possible, après tant d'années ? Le souhaitait-elle ?

Elle sentit tout son corps se crisper à cette simple pensée. Danr n'était *pas* son compagnon et ne le deviendrait jamais. Elle l'avait laissé se frayer un chemin dans sa vie d'une façon bien plus intime qu'elle ne l'avait prévu, mais elle ne pouvait pas… non, elle *refusait* de s'autoriser à tomber amoureuse. Elle avait sciemment choisi l'exil. Telle était son existence, et Sissa ne tenait pas du tout à ce que les choses changent. D'ailleurs, même si elle avait *pu* tomber amoureuse de lui, le guerrier ne resterait pas longtemps. Il attendait simplement que son bras guérisse, rien de plus. Puis il retournerait accomplir la mission qui l'avait fait venir sur Skíð : affronter sa belle-mère et risquer la mort pour obtenir la vérité. Et, s'il survivait, il finirait par partir. Sissa s'efforçait de se le rappeler… même si elle appréciait énormément la compagnie de Danr et que la réciproque semblait vraie, même si elle éprouvait une terrible curiosité envers lui, même s'il lui avait sauvé la vie aujourd'hui, même si elle lui avait fait suffisamment confiance pour lui montrer son village…

Non. À quoi bon ? Cela ne les mènerait nulle part, se dit-elle en tendant la main vers son paquetage pour en tirer son peigne. Sissa refusait de s'abandonner à cet espoir.

— Attendez, lança le guerrier d'une voix douce. Laissez-moi faire.

Avant qu'elle puisse réagir, Danr avait posé son couteau et s'accroupissait à ses côtés. Il lui prit l'ustensile des mains et le passa délicatement dans sa longue chevelure.

— Qu… que faites-vous ? l'interrompit-elle en se tournant vers lui, surprise.

— Je démêle vos cheveux, répondit-il comme si c'était la chose la plus normale au monde.

De son autre main, il lui fit gentiment pivoter la tête pour qu'elle regarde à nouveau droit devant.

— Je suis doué pour ça, croyez-moi.

— Mais…

Elle s'apprêtait à protester, mais ne put que fermer les yeux lorsque Danr glissa le peigne jusqu'au bas de sa taille en lui caressant la tête comme il l'avait fait pour Halvar. C'était une sensation surprenante, merveilleuse et profondément apaisante. Sissa sentit tout son corps se détendre, et un frisson de bien-être la parcourut.

— Vous voyez, ce n'est pas si désagréable, commenta-t-il avec un sourire dans la voix.

— Non, admit-elle avec un soupir d'aise. Et votre jeu ?

— Oh ! il me reste encore trente-trois pièces à ciseler, de toute façon.

— Oh !

La jeune femme dut lutter pour contenir un rire.

— Vous savez, je ne suis pas sûre de me rappeler les règles du *tafl*.

— Je vous rafraîchirai la mémoire.

Le peigne s'arrêta sur un nœud, que Danr démêla promptement.

— Vous n'aurez probablement pas le temps de terminer vos pièces. Bientôt, vous pourrez à nouveau manier l'épée. Vous obtiendrez vos réponses et vous partirez. Personne ne veut rester coincé sur l'île de Skíð pendant l'hiver.

— Et pourquoi pas ? Je me plais bien, ici.

— Vous ne direz plus ça quand la neige arrivera.

— Vous vous en sortez bien, *vous*.

— J'ai l'habitude, contra Sissa. Mais vous devrez malgré tout repartir avant que le froid s'installe, vos frères vous attendent en Eireann, n'est-ce pas ?

— Ou… oui, c'est vrai, mais j'aime cet endroit. Je dois accomplir mon serment mais, quand ce sera fait, je me disais que peut-être… je pourrais revenir ?

— Revenir ? s'exclama-t-elle d'une voix beaucoup trop aiguë, comme submergée par l'émotion.

Sa proposition lui gonflait le cœur de joie tout en la frappant de panique.

— Cela ne dépendra-t-il pas de l'issue de la discussion avec votre belle-mère ? Je doute qu'elle veuille de vous ici.

— Non, mais je suppose qu'elle ne s'aventure pas souvent dans la forêt. Je pourrais revenir et me bâtir une cabane au sommet d'un arbre.

— Vous mourrez vite de froid, répliqua-t-elle. Où mettriez-vous votre âtre ?

— Hum. Vous n'avez pas tort. Une résidence d'été peut-être ? Pour l'hiver, je construirai une autre maison ronde.

— Vous souhaitez vivre dans la forêt ? s'étonna Sissa. Je pensais que les guerriers voulaient tous ériger leur propre forteresse.

— J'ai passé bien assez de temps entre de grands murs sinistres et je n'ai jamais particulièrement souhaité devenir guerrier. Tout ce que je désire, c'est un foyer bien à moi…

La main de Danr s'interrompit dans ses cheveux.

— J'ai toujours cru que je finirais par habiter chez Rurik, reprit-il, mais à présent je n'en suis plus si sûr. Je me sens… apaisé, ici. Avec vous. Je sais que vous préférez rester à l'écart du monde, mais vivre avec une seule personne… Ça ne peut pas être si difficile ? Qu'en pensez-vous, Sissa ? Vous opposeriez-vous à ce que je revienne, quand j'aurai accompli ma mission ?

La question la figea. S'opposerait-elle à son retour ? La

façon dont il l'avait tournée… Elle avait l'impression qu'il lui demandait l'autorisation de rester *auprès d'elle.* Sissa ne connaissait pas encore la réponse à cette question, en particulier quand son cœur et sa tête lui donnaient des opinions si divergentes. Elle préféra donc réorienter la conversation sur des sujets plus sûrs.

— C'est toujours aussi étrange à mes oreilles, déclara-t-elle avec un sourire timide.

— Quoi ? Votre nom ?

— Oui. Je pensais ne plus jamais vouloir entendre quelqu'un m'appeler ainsi, de peur que cela ne ravive le souvenir de la mort de mes parents, mais j'aime votre façon de le prononcer.

— Dans ce cas, je m'engage à vous satisfaire, Sissa, la taquina-t-il. Pourriez-vous me passer ce morceau de pain, je vous prie, Sissa ? Je vous en serais fort reconnaissant, Sissa.

La jeune femme leva les yeux au ciel pour ne pas rire et lui tendit la denrée.

— À ce rythme, je vais finir à court de vivres *avant* l'hiver. Vous mangez comme un ours.

— Et *vous* ne vous sustentez pas assez. C'est pourquoi ce morceau est pour vous. Tenez.

Il arracha un petit bout de pain et lui offrit le restant.

— Manger, ce n'est pas qu'une question de survie, c'est aussi du plaisir.

— Qu'est-ce que le plaisir a à voir là-dedans ?

Danr soupira :

— Vous savez, je pense que quelque part entre vous et moi doit se trouver le parfait équilibre. J'ai connu trop de plaisirs et vous, pas assez.

Sissa émit un grognement offusqué, mais accepta l'aliment et en grignota un morceau.

— Cela s'applique sur bien d'autres choses, poursuivit-il en continuant de peigner ses cheveux. Vous êtes victime de votre indépendance, tandis que j'ai passé ma vie à dépendre de mon entourage.

— Vous parlez tout le temps…

— … Et vous ne parlez pas assez. Vous voyez ? Nous sommes deux extrêmes ! s'exclama-t-il, galvanisé par sa propre logique. Nous devrions soit nous haïr mutuellement, soit…

Le guerrier s'interrompit brusquement, avant d'ajouter plus calmement :

— Enfin, nous pouvons toujours être amis.

— Oui.

Sissa eut soudain la sensation d'avoir la gorge très sèche. La façon dont il caressait ses cheveux lui paraissait plus qu'amicale…

— Pourriez-vous me raconter une autre histoire ? lui demanda-t-elle alors, pour gagner du temps.

— Ah, vous aimez mes histoires ! Je le savais, lança Danr avec un plaisir évident. Dans ce cas… Connaissez-vous celle de Kjarten, le prince guerrier qui vainquit Uradech, le grand troll d'Alba, avec un seul doigt ?

— Non.

— Moi non plus. Quel dommage !

— Très amusant, lâcha-t-elle en tendant le bras derrière elle pour lui mettre une claque sur le genou. Une *véritable* histoire !

— Très bien. Celle-ci parle de Fell, un forgeron capable de fabriquer des anneaux d'or si éblouissants que toutes les princesses de tous les royaumes souhaitaient lui accorder leur main.

— Elles voulaient l'épouser, juste pour avoir de beaux anneaux ? s'étonna Sissa.

— Eh bien, je suppose qu'il concevait également d'autres biens précieux. Des bracelets et des colliers, sans doute. Certaines femmes adorent ce genre de choses.

Il gloussa avant de poursuivre :

— Évidemment, le forgeron était très tenté. Qui ne le serait pas ? Mais son cœur battait déjà pour une demoiselle, une esclave nommée Astrid qui ne se souciait guère de l'or ou des bijoux.

— Elle me plaît. L'aimait-elle en retour ?

— Oh ! oui. C'était, bien entendu, un très beau forgeron.

— Dans ce cas, pourquoi n'a-t-il pas acheté sa liberté avec l'un de ses anneaux ?

— Oh ! vous venez de gâcher la fin de l'histoire !

— Quoi ? Ouille !

Sissa avait tourné si vivement la tête que le peigne s'était pris dans un nouveau nœud.

— Si c'est vraiment la fin de votre histoire, alors elle n'était pas très bonne.

— Hélas, tel est le fardeau d'un scalde… Chacun a droit à son opinion.

— Racontez-m'en une en bonne et due forme, cette fois, sinon…

Sissa fit la moue, tentant d'imaginer un châtiment adapté.

— Sinon, je ne vous autoriserai plus à peigner mes cheveux, conclut-elle soudain.

Danr porta la main à sa poitrine, comme s'il venait de prendre une flèche en plein cœur.

— Oh ! vous me blessez, milady. Très bien, laissez-moi réfléchir…

Le guerrier se tut un long moment, sans cesser de démêler ses cheveux, ses coups de peigne plus assurés à mesure que les nœuds disparaissaient.

— J'en ai une, finit-il par déclarer. C'est l'histoire d'une femme qui vivait seule dans la forêt. Tous la craignaient, car ils ignoraient qui elle était et d'où elle venait. Certains la prenaient même pour un esprit. Bien que son cœur ait été blessé par le passé, c'était un bon cœur, généreux et charitable. La demoiselle pansait les plaies et soignait les maux de quiconque requérait son aide, sans jamais prononcer un seul mot. Mais un jour un guerrier arriva. Son cœur aussi était brisé, mais ce n'était pas un bon cœur. Il avait commis de terribles vices par le passé, mais la jeune femme le soigna malgré tout. Mieux encore, elle lui rendit l'espoir.

Sissa le sentit se pencher vers elle et murmurer les dernières paroles à son oreille.

— Et il lui fut reconnaissant à jamais, même s'il n'avait pas mérité sa compassion.

Elle déglutit bruyamment, la nuque parcourue de fourmillements lorsque son souffle chaud glissa sur sa peau.

— Tout le monde mérite une seconde chance.

— Mais une troisième ? Une quatrième ?

Le guerrier reposa le peigne et vint se placer devant elle, s'agenouillant de sorte que ses yeux se retrouvèrent au niveau des siens.

— Et si certains d'entre nous avaient épuisé leurs secondes chances ? Et si j'avais dilapidé toutes les miennes avant même le massacre ? Peut-être ai-je commis trop de fautes pour être pardonné ? C'est parfois l'impression que j'ai. Certains matins, je souhaiterais presque redevenir l'homme arrogant et superficiel que j'étais, car alors peut-être pourrais-je enfin oublier… Mais je ne dois pas. C'est pour ça que j'ai fait ce serment. Tant que cette ombre planera au-dessus de moi, je demeurerai captif des conséquences de mes actes.

— À cause de toutes vos compagnes ? ne put s'empêcher de demander Sissa. Vous êtes-vous réellement si mal conduit ?

— Pire que cela.

— Dans le seul but d'amuser votre père ? Pour attirer son attention ?

— Non… je voudrais pouvoir rejeter toute la faute sur lui, mais le rôle de bouffon irresponsable de la famille me plaisait. Me conférait une identité. Et puis, le statut de fils de Jarl avait ses avantages.

— Vous n'avez donc aimé aucune de ces femmes ?

Danr secoua la tête, l'air sombre.

— Je pensais que l'amour était l'apanage des idiots. Il avait pratiquement détruit ma mère, et j'étais déterminé à ne pas finir comme elle.

— Mais cela ne vous avait-il pas mis en colère ? N'étiez-vous pas furieux contre votre père d'avoir traité votre mère de la sorte ?

Elle vit la mâchoire du Viking se crisper.

— C'est compliqué. Plus jeune, je ne comprenais pas bien leur relation, mais en grandissant... Oui, j'étais furieux contre lui. Je le suis toujours.

— Le lui avez-vous jamais dit ?

— Non. Il n'était pas le genre d'homme à accepter aisément les remontrances. Peut-être ai-je craint qu'il ne me bannisse de Maerr si j'osais le critiquer ? J'avais déjà le sentiment que Rurik et moi n'étions pas à notre place dans la forteresse, je ne voulais pas risquer de perdre le peu que nous avions. Peut-être ai-je eu peur d'être exilé et de me retrouver seul ? Ou peut-être n'étais-je qu'un bon à rien sans attaches, qui préférait ne pas y songer du tout ? Dans tous les cas, quel genre d'homme cela fait-il de moi ? Je me suis plié en quatre pour attirer l'attention d'un père qui avait réduit à néant les espoirs de bonheur de ma mère...

— Un homme jeune et naïf ? Vous n'étiez qu'un enfant lorsque votre mère est morte, et il n'en demeurait pas moins votre père. Peut-être que tout ce que vous cherchiez, c'était un endroit où vous vous sentiriez aimé et à votre place. N'est-ce pas ce que tous les enfants désirent ?

— Les adultes également.

Sissa battit des paupières, perplexe.

— Vous venez de dire que l'amour était l'apanage des idiots.

— C'était ce que je croyais. Mais j'ai aussi dit que je n'étais qu'un bon à rien, à l'époque. J'ai appris bien des choses au cours des trois dernières années. Je n'ai aucune excuse pour justifier mon comportement passé, mais je peux affirmer fièrement que je ne suis plus cet homme-là. Vous parliez d'un endroit où je me sentirais aimé et à ma place. C'est tout ce que je souhaite, désormais. Et, au fond, peut-être est-ce ce que j'ai toujours souhaité.

Sissa hésita, plongeant le regard dans le sien l'espace de quelques battements de cœur.

— C'est ce que nous voulons tous, mais les adultes ont conscience que la vie n'est pas si simple. Vous savez, les soirs comme ceux-ci, mes parents avaient l'habitude de s'asseoir devant notre maison. Ils ne parlaient pas, se contentaient d'admirer le paysage et de profiter d'un répit mérité après une dure journée de labeur. Je me souviens que je m'installais avec eux, à leurs pieds. C'étaient des moments parfaits. Des moments remplis d'amour, de paix et de beauté. Je n'ai pas oublié combien j'étais heureuse. Mais ce bonheur n'était qu'une illusion. En quelques instants, tout m'a été arraché.

— Cela ne signifie pas que ces moments n'étaient pas réels, dit Danr avec douceur. L'amour, la paix et la beauté existent toujours. Il y a de bonnes personnes en ce monde, ainsi que des mauvaises. Mais vous pourriez être heureuse à nouveau.

Elle se mordit la lèvre et tourna le visage vers la mer.

— Je préfère être seule. C'est plus sûr.

— Mais le bonheur exige de prendre quelques risques. La sécurité n'est pas le but de notre existence.

— Non, mais c'est important…

— Sissa, murmura le guerrier en baissant la tête, comme s'il acquiesçait à ses propos.

Mais, lorsqu'il lui fit face à nouveau, la lueur d'espoir qui dansait dans ses yeux lui coupa le souffle.

— Vous avez peut-être raison, mais nous méritons tous les deux une seconde chance. Je ne suis peut-être pas digne de rédemption, mais je suis prêt à tout pour la gagner. J'ignore si ce sera possible ou combien de temps cela prendra mais, si je survis assez longtemps pour obtenir le pardon de mes frères, j'aimerais revenir ici, auprès de vous. M'accepterez-vous ?

— Vous voulez dire… en tant que mon compagnon ?

— Ami, compagnon… Ce qu'il vous plaira.

Il se pencha en avant et posa les lèvres sur les siennes dans une douce pression. Contrairement à leurs précédents baisers, celui-ci fut chaste, léger et si bref que Sissa eut à peine le temps de le savourer, pourtant il lui parut plus puissant et plus profond que tous les autres combinés. Elle plaça les mains sur les épaules de Danr, son esprit et son corps prisonniers d'un tourbillon d'émotions qu'elle ne parvenait pas à identifier. Pourrait-elle l'autoriser à revenir ? Oserait-elle saisir cette seconde chance de bonheur ?

— Je ne sais pas, finit-elle par murmurer. J'ai besoin de réfléchir. Nous devrions nous reposer.

— Bonne idée, reprit-il avec un enthousiasme que démentit un léger trémolo dans sa voix. Votre lit vous attend, milady.

Il lui désigna alors une pile de fougères qu'il avait soigneusement entassées un peu plus tôt.

— C'est pour moi ? s'étonna-t-elle, écarquillant les yeux.

— Bien entendu. Pensiez-vous que j'avais préparé ça pour moi ?

Le guerrier déposa sa cape par-dessus le matelas végétal.

— À présent, venez ici et laissez-moi vous border.

Elle lui obéit avec curiosité, s'asseyant prudemment avant de s'allonger de tout son long sur le tissu.

— C'est remarquablement confortable.

— Tant mieux, répondit-il avec un sourire en saisissant les extrémités de la cape pour l'envelopper douillettement à l'intérieur. Est-ce suffisamment chaud ?

— Oui.

— Aucune brindille à des endroits gênants ?

Cette fois, Sissa ne put retenir un éclat de rire.

— Non, c'est parfait. Mais, et vous ? Vous allez geler !

— J'ai une couverture dans mon paquetage, répliqua-t-il avec un haussement d'épaules. Et puis, il ne fait pas si froid.

— Vous en êtes bien sûr ? insista-t-elle en étouffant un bâillement.

— Certain. Je ne suis peut-être pas un champion des abris, mais les lits sont ma spécialité.

Il se pencha vers elle et glissa sa paume chaude sur sa joue, contemplant son visage avec une telle intensité qu'elle crut qu'il allait à nouveau l'embrasser. Sissa retint son souffle, incapable de décider si elle voulait ou non d'un baiser, mais soudain ses lèvres effleurèrent son front, et il s'éloigna.

— Bonne nuit, Sissa.

— Bonne nuit.

Elle le regarda s'étendre près du feu.

Pourrait-elle l'autoriser à revenir ? Cette idée lui semblait terriblement risquée, sans qu'elle parvienne à comprendre pourquoi. Il ne lui demandait pas de l'aimer, n'avait pas fait de grande déclaration, et Sissa n'avait de toute façon aucune intention d'ouvrir à nouveau son cœur à qui que ce soit… du moins pour l'instant. Tout ce qu'il attendait d'elle, c'était l'autorisation de revenir.

Mais pourrait-elle le permettre ?

— Bonjour, belle endormie ! lança Danr à la cantonade.

Il boucla son baudrier autour de sa taille, contemplant non sans une certaine satisfaction le visage ensommeillé de sa fille aux loups, qu'elle s'efforçait de libérer d'une cascade de cheveux rebelles.

— Comment parvenez-vous à les emmêler de la sorte en une seule nuit ? Je vais devoir les peigner à nouveau. Bien dormi ?

— Merveilleusement bien.

Elle étira les bras au-dessus de sa tête avant d'ajouter :

— Votre lit était très confortable.

— Tant mieux.

Il s'efforça de détourner le regard, conscient qu'il aurait pu passer des heures à l'admirer. C'était la première fois qu'il installait une femme sur un matelas et se contentait ensuite de lui souhaiter une bonne nuit. Jamais non plus il n'avait embrassé quelqu'un de façon si pudique, à l'exception de sa propre mère, mais pour Sissa il l'avait fait avec chaque fibre de son être.

— C'est réellement un bel endroit, commenta-t-il en plaçant les poings sur ses hanches tout en admirant la mer et la côte d'Alba dans le lointain. Quel dommage que nous devions repartir !

Et c'était vrai. Il ressentait une véritable pointe de regret à l'idée de quitter ces lieux. Cela faisait des années qu'il ne s'était pas senti aussi serein et reposé. Leur conversation de la veille au soir lui avait donné une raison d'espérer. S'il n'était pas une cause perdue aux yeux de la fille aux loups, alors peut-être existait-il un avenir pour lui… à ses côtés. Danr s'était toujours cru incapable de s'engager auprès d'une seule femme mais, avec *elle*, tout était si différent. L'idée le séduisait… et c'était bel et bien ce qu'il voulait. Que diraient ses frères s'ils le voyaient en cet instant, en train de sourire aux mouches comme un jeune garçon énamouré ? songea-t-il avec amusement. Ils n'en croiraient pas leurs yeux. Lui-même peinait à l'accepter. Tout s'était enchaîné si vite, pourtant ses sentiments n'auraient pu être plus sincères. Le splendide éclat du jour avait levé le voile sombre qui pesait sur ses pensées, lui permettant d'entrevoir un chemin vers un meilleur avenir. Il ne pouvait pas encore avouer son amour à Sissa, pas tant qu'il demeurait sous serment, mais il en brûlait d'envie. Danr avait enfin trouvé sa place en ce monde. Une fois qu'il aurait obtenu des réponses d'Hilda et le pardon de ses frères, il pourrait revenir auprès d'elle et devenir son compagnon pour de bon. Si elle l'acceptait.

Mais l'accepterait-elle ? Elle ne l'avait pas encore autorisé à la rejoindre, toutefois elle n'avait pas refusé non plus. Un espoir fou s'était emparé de son cœur ; après tout, il avait toujours été doué pour convaincre les femmes de l'aimer. Une petite voix lui souffla que Sissa serait sans doute un défi bien plus difficile à relever que toutes ses précédentes conquêtes combinées, pourtant il était déterminé à gagner son cœur.

Danr fit rouler ses épaules, éperonné par cette nouvelle résolution. Il accomplirait sa mission, reviendrait déclarer sa flamme à la femme qu'il aimait et la persuaderait de le garder auprès d'elle.

— Allons-y ! lança-t-il en lui tendant une outre d'eau. Nous pourrons manger en route.

Elle leva les yeux vers lui, étonnée.

— Je pensais que vous regrettiez de devoir partir si tôt ?

— C'est le cas, mais nous avons une île à traverser, et j'ai une belle-mère à interroger.

— Aujourd'hui ? Et votre bras ?

— Si je peux vous empêcher de tomber du haut d'un ravin, c'est que je suis suffisamment rétabli pour me battre.

— Vous battre ? répéta Sissa, la surprise sur son visage cédant la place à l'angoisse.

— Seulement si j'y suis contraint, la rassura-t-il. Avec un peu de chance, nous n'aurons pas besoin d'en arriver à de telles extrémités. J'ai décidé de suivre votre conseil et de proposer une trêve à ma belle-mère en me rendant au village.

— N'avez-vous pas dit que Joarr vous abattrait à vue après ce que vous avez fait ? s'inquiéta la fille aux loups. Que ferez-vous s'il vous défie ?

Danr fit la grimace.

— Je ferai de mon mieux pour l'en dissuader. J'ai beaucoup réfléchi, cette nuit, à toutes les choses que vous m'avez dites au sujet d'Hilda et à vos doutes concernant son implication dans le massacre. Et je crois que vous pourriez bien avoir raison. Le jour où j'ai affronté Joarr sur la plage, elle a tenté de le retenir. Je n'ai pas compris pourquoi sur le coup, mais peut-être qu'il n'est pas trop tard pour discuter. Je dois au moins essayer.

— Mais pourquoi si tôt ? s'enquit la jeune femme, visiblement perplexe.

— Le plus tôt sera le mieux.

Danr lui sourit et jeta son baluchon sur son épaule. Plus vite il quitterait l'île, plus vite il reviendrait pour saisir sa dernière chance de trouver enfin le bonheur… avec elle.

Chapitre 16

— Vous sculptez à nouveau ?

Au son de la voix de Sissa, Danr leva la tête en souriant. Ils avaient regagné la maison ronde au crépuscule, juste à temps pour allumer un bon feu avant que l'obscurité envahisse complètement la clairière.

— Qu'en pensez-vous ? Je suis particulièrement fier de cette pièce. C'est un roi.

— Je la trouve très réussie, répondit-elle en s'asseyant sur le sol près de lui. Vous disiez pourtant ne pas avoir la patience nécessaire pour sculpter ?

— C'est vrai. Je me surprends moi-même.

— Dans ce cas, vous avez bien mérité une petite récompense, lança-t-elle gaiement en lui tendant une bouteille. Tenez, c'est pour vous.

— Qu'est-ce que c'est ? s'enquit le guerrier avec curiosité en débouchant le contenant pour en humer les effluves. De l'hydromel ?

— Oui. Les villageois m'en offrent, parfois.

Le Viking la dévisagea, incapable de décider s'il était heureux ou frustré.

— Vous êtes en train de me dire que nous avions de l'hydromel *depuis tout ce temps* et que vous ne m'en avez pas informé ?

— Vous n'êtes là que depuis quelques jours, contra-t-elle.

— Cela reste une longue période sans la moindre goutte d'hydromel !

Il vit la jeune femme lever les yeux au ciel.

— Je préfère l'eau fraîche des montagnes.

— Tant mieux ! s'exclama-t-il en portant la bouteille à ses lèvres pour en boire une longue gorgée. Cela en fera plus pour moi.

— J'ai peut-être aussi du vin, dans la grotte.

— Peut-être ?

Danr lui lança un regard exaspéré avant de prendre une autre lampée. Elle avait raison ; il avait bien mérité un petit remontant après ce bouleversant périple de deux jours. Mais plus encore, il en avait besoin… ne serait-ce que pour émousser toute impulsion qui le pousserait à rendre visite à la fille aux loups au milieu de la nuit. Il avait beau être épuisé par leurs pérégrinations, le fait de revenir ici, à quelques pieds de la maison ronde où ils avaient dormi l'un contre l'autre, lui donnait la sensation d'être extrêmement à l'étroit dans ses chausses. Il s'efforçait de ne plus penser à l'intensité de son expression cette nuit-là ni à l'exquise façon dont elle avait réagi à ses caresses… Danr était presque tenté de lui demander si elle avait pris une décision quant à sa proposition de revenir auprès d'elle, mais il craignait de ne rien obtenir de positif en la brusquant. Sans doute valait-il mieux attendre qu'il ait discuté avec Hilda, de toute façon…

La jouvencelle bâilla en étirant les jambes devant elle, puis elle bascula sur le dos en prenant appui sur les coudes.

— Les *norðrljós*[1] sont magnifiques, ce soir.

— En effet, reconnut Danr en levant la tête vers le dôme nocturne.

Les nébuleuses lumières célestes sinuaient paresseu-

1. Aurores boréales, « northern lights » (lumières du nord) en anglais.

sement à travers l'encre des cieux, formant tantôt des ponts brillants, tantôt d'éclatants tourbillons, leurs motifs en perpétuel mouvement comme si les courants marins entourant l'île se reflétaient au firmament.

— J'ai aperçu une traînée bleue tout à l'heure. Il y en a souvent, à Maerr.

— Vraiment ? répondit-elle, presque mélancolique. Je n'en ai vu que des vertes, et le spectacle est rare. Un jour, j'ai cru discerner un sillon améthyste, mais il a disparu si vite que je me demande encore si je ne l'ai pas imaginé. J'adore les contempler… C'est comme si le ciel dansait.

Elle s'interrompit, puis tourna les yeux vers lui avant d'ajouter :

— Avez-vous réfléchi à ma proposition de vous aider à parler à votre belle-mère ?

— Non, répliqua aussitôt Danr en fronçant les sourcils, catégorique. Et je ne le ferai pas.

— Vous devriez.

— Je vous l'ai dit : j'irai seul et je suggérerai une trêve. Je refuse de vous faire courir le moindre danger.

— Mais vous avez reconnu qu'elle n'était peut-être pas impliquée dans le massacre. Si c'est bien le cas, je ne risquerai rien avec elle.

— C'est justement le « peut-être » qui m'inquiète. Je ne vous entraînerai pas dans cette histoire et me rendrai au village demain, seul.

La fille aux loups lui lança un regard contrit.

— Pourquoi ne pas attendre un jour de plus ? finit-elle par demander.

Il haussa un sourcil. Visiblement, elle ne voulait pas qu'il s'en aille, et cette pensée lui réchauffait le cœur.

— Vous essayez de me retenir ici ? plaisanta-t-il.

— Non, pas du tout, répondit-elle en levant le menton pour masquer sa gêne. C'est juste qu'il y a d'autres tâches que je comptais vous confier demain. Vous avez promis de m'aider, n'est-ce pas ?

— Ah. Oui, bien sûr. Entendu. Un jour de plus. Ainsi, je pourrai fouiller cette grotte comme il se doit. S'il reste la moindre goutte à boire, je la trouverai.

— D'accord.

Le guerrier crut voir une ombre de culpabilité passer sur le visage de Sissa avant qu'elle lève brusquement l'index vers le ciel, bouche bée.

— Regardez !

— Qu'y a-t-il ? s'enquit-il en se tordant pour suivre des yeux la direction qu'elle pointait.

— Du rouge ! Là !

— Et du rose aussi ! Je n'avais jamais rien vu de pareil.

— Moi non plus. C'est extraordinaire.

Danr se tourna vers elle, le cœur gonflé de joie.

— Comment quiconque pourrait-il préférer vivre dans une forteresse ? Aucune demeure n'offre un tel spectacle ! J'ai l'impression de rêver.

— Vous ne l'admirez même pas ! rétorqua la fille aux loups, subjuguée par ce ballet luminescent.

— Oh ! mais je l'admire, répondit-il avec un sourire, fasciné par une autre vision. Croyez-moi, Sissa. Je l'admire.

À l'aube, Sissa se leva sans un bruit. La veille, elle avait offert l'hydromel à Danr dans l'intention de lui embrumer suffisamment l'esprit pour le convaincre d'accepter son plan mais, puisque cela n'avait pas fonctionné, elle avait décidé de recourir à des méthodes un peu plus retorses.

Par chance, l'alcool avait d'autres effets utiles. Le Viking dormait d'un sommeil de plomb près du feu, indifférent au monde extérieur. La jeune femme drapa ses épaules d'une fourrure, puis s'accroupit à son chevet et tendit la main vers la bourse en cuir qu'il portait toujours à son cou. Elle la souleva doucement en prenant garde de ne pas tirer sur le cordon, qu'elle trancha avec son couteau afin de lui subtiliser l'objet.

Par les étoiles ! Sissa poussa un soupir de soulagement, jeta un œil dans le contenant pour s'assurer que les trois pendentifs s'y trouvaient toujours, puis se mit en route, Tove sur les talons. Elle connaissait le chemin jusqu'au village et n'eut aucun mal à le parcourir dans la semi-obscurité, se déplaçant prestement entre les arbres tandis que le soleil entamait sa lente ascension dans les cieux. Il lui fallait se hâter ; elle devrait atteindre Hilda avant que Danr s'éveille, devine où elle était allée et décide de la rejoindre. Avec un peu de chance, il la croirait partie prendre son bain et ne remarquerait l'absence de la bourse en cuir que bien plus tard.

Sissa ressentait une pointe de culpabilité de lui avoir dérobé quelque chose d'aussi précieux et d'agir dans son dos, mais elle avait confiance en son plan. La décision, prématurée à son sens, du guerrier d'aller affronter Hilda avait fini par la convaincre d'intervenir. C'était l'option la plus sûre, bien moins dangereuse que son idée de se présenter lui-même et de risquer un combat contre Joarr s'il perdait à nouveau son sang-froid. Par ailleurs, cette décision lui revenait : si elle voulait y aller, c'était son droit. Certes, elle se mêlait d'affaires qui ne concernaient que Danr, mais ne s'était-il pas lui aussi immiscé dans *sa* vie ? Il allait bientôt découvrir qu'elle pouvait en faire autant. Sissa ne savait pas encore si elle oserait saisir cette seconde chance dont il avait parlé, ni même si c'était possible, mais toute son âme vibrait d'une seule et unique certitude : elle ne supporterait pas qu'il lui arrive malheur. Elle devait donc agir avant lui.

La jeune femme s'arrêta à l'orée de la forêt et plaça la main sur la tête de Tove pour lui intimer de rester là. Elle n'avait encore jamais pénétré dans le village, mais elle doutait que ses habitants réagissent favorablement à la présence d'un loup. Elle ignorait aussi totalement comment ils se comporteraient avec elle, mais il n'y avait qu'une façon de le savoir… Elle raffermit la pression de ses doigts autour de la bourse en cuir contenant les pendentifs et se dirigea vers les portes, seule. Les deux pans étaient encore clos mais, à en juger par l'expression incrédule sur le visage du garde posté au sommet de la palissade de bois, son arrivée n'était pas passée inaperçue.

Sissa attendit patiemment tandis que l'homme criait une flopée d'ordres par-dessus son épaule, avant de disparaître. Un instant plus tard, les larges portes s'ouvrirent en grinçant, et le garde reparut, flanqué d'un collègue. Tous deux agrippaient fermement leur lance et lui adressèrent un regard oscillant entre la menace et l'anxiété.

Sissa retint un rictus morose. Elle ne pouvait guère leur en vouloir. Son apparence terrifiait les villageois dans le meilleur des cas, alors une arrivée impromptue à l'aube devant leurs portes avait de quoi les alarmer. Mais Sissa pouvait se servir de leur peur. Mieux valait maintenir une impression de tension. Elle n'avait plus qu'à espérer qu'Hilda serait déjà debout.

Levant fièrement le menton, la jeune femme passa entre les deux gardes sans leur prêter attention, pourtant bien consciente de la pointe aiguisée de leurs lances qui suivaient le moindre de ses pas, tandis qu'elle avançait à travers le village en direction de la longère centrale. C'était là que vivait Knut, leur chef, en compagnie de sa femme, Alva, que Sissa était parvenue à soulager d'une terrible fièvre après la naissance de leur dernier enfant, l'été passé. Elle espérait que Knut nourrissait encore un peu de reconnaissance envers elle, suffisamment pour ne pas ordonner à la demi-douzaine de gardes qui l'encadraient à présent de l'embrocher comme un cochon.

Sissa atteignit finalement la longère et s'arrêta. Elle perçut l'agitation qui régnait à l'intérieur, des éclats de voix et des raclements de banc, puis Knut lui-même apparut, ses cheveux roux en bataille, comme s'il venait d'être tiré de son lit. Il fut bientôt rejoint par Alva, Joarr et une femme qu'elle n'avait jamais vue de près. L'inconnue portait une longue tresse noire striée de gris et posait sur le monde autour d'elle un regard durci par les années. Sissa en conclut qu'il devait s'agir d'Hilda, la belle-mère de Danr, qui s'était donné tant de mal pour l'empêcher de se sentir chez lui à Maerr. À l'âge et aux vêtements que portait l'étrangère, d'une qualité suffisante pour suggérer qu'elle avait fait partie d'une grande maison, Sissa ne doutait guère d'avoir affaire à la bonne personne. Pour l'instant, tout se déroulait comme prévu.

— Dame de la forêt…

Knut fit quelques pas vers elle et s'inclina respectueusement.

— Vous êtes la bienvenue chez nous.

Sissa ne lui adressa pas un regard, tournant les yeux vers Hilda avant de pencher légèrement la tête, comme pour la jauger… ou lire dans son esprit. Joarr se déplaça pour faire rempart entre elles, confirmant l'identité de la femme aux cheveux noirs. Lentement, Sissa leva la main et pointa Hilda d'un index nonchalant.

— Qu'est-ce que cela signifie ? gronda Joarr en avançant d'un pas menaçant.

Mais Knut tourna vers lui un regard courroucé.

— Recule !

— Pourquoi me désigne-t-elle du doigt ? le questionna alors Hilda, avant de tressaillir quand Sissa l'invita à approcher d'un geste de la main. Que me veut-elle ?

— Ne bouge pas, répondit Joarr en posant une énorme paume sur son bras.

— Laisse-la aller à sa rencontre, intervint Knut à voix basse. Hilda ne craint rien.

— Non. Tout ça ne me plaît pas.

— C'est le souhait de la guérisseuse.

— Ne t'inquiète pas, Joarr.

Hilda se libéra en douceur de la poigne de son époux et avança prudemment, l'air anxieux. Lorsque l'ancienne dame de Maerr fut suffisamment près, Sissa ouvrit lentement l'autre main, dévoilant les trois pendentifs en forme de flèche nichés au creux de sa paume. Hilda poussa une exclamation terrifiée et recula d'un pas, pâle comme un linge.

— Où avez-vous trouvé cela ?

Sissa ne répondit pas, se contentant de fixer son visage. Elle put y lire sa surprise et son inquiétude, un peu de peur, mais de la culpabilité… ? L'angoisse d'être démasquée ? Non, elle paraissait surtout perplexe, comme si elle ne parvenait pas à comprendre comment ces bijoux avaient pu se retrouver en possession d'une femme aussi étrange… d'un esprit de la forêt.

— Qu'est-ce que c'est ? Une menace ?

Joarr avança malgré les avertissements de Knut et se dirigea vers elle tel un ours agressif, le pas lourd et les narines frémissantes. Il examina les objets qu'elle tenait dans la paume.

— Qu'essaye-t-elle de te dire ?

— Ce sont mes pendentifs, expliqua Hilda, les yeux rivés sur les flèches. Ceux que Sigurd m'avait offerts à la naissance de mes fils. Je les reconnaîtrais entre mille, mais je ne comprends pas…

Elle saisit Joarr par la manche et lui murmura des paroles à l'oreille, trop bas pour que Sissa distingue leur sens.

— Comment les avez-vous obtenus ? intervint à nouveau Joarr avec une colère froide, le visage aussi dur que du granit. Les avez-vous volés ?

— Joarr !

La voix de Knut claqua dans l'air tel un fouet, lourde de reproches.

— Je ne te laisserai pas l'accuser de la sorte, pas dans mon village.

— Il me faut des réponses.

— Peut-être, mais elle est notre guérisseuse. La Dame de la forêt nous est précieuse, et nous lui devons le respect. Elle soigne nos malades et panse nos plaies. Elle m'a ramené ma femme, quand je la croyais perdue. Je ne te laisserai pas l'offenser.

Un pesant silence tomba sur la petite assemblée, pendant laquelle Joarr continua de la fixer d'un regard noir. Finalement, il saisit Hilda par le bras et les éloigna tous deux de Sissa.

— D'accord.

— Dame de la forêt, reprit Knut en s'adressant à elle avec un sourire fatigué. Veuillez excuser mon guerrier. Il ne souhaitait pas vous insulter… Nous cherchons seulement à comprendre. Si vous pouviez nous expliquer, ou peut-être nous montrer ce que vous désirez ?

Sissa ne répondit pas, mais adressa finalement un regard doux au chef du village, dans l'espoir de l'apaiser. Puis elle dévisagea une dernière fois Hilda, pivota sur les talons et reprit la direction des portes. *Voilà*, elle avait réussi. Sa mission était accomplie. Elle avait obtenu l'information dont Danr avait besoin et plus encore… mais elle pouvait sentir les sombres prunelles de Joarr lui brûler le dos tandis qu'elle repartait vers la forêt.

Chapitre 17

— Qu'est-ce que tu me veux ? grogna Danr en repoussant le museau humide d'Halvar, qui ne cessait de lui lécher la figure. C'est déjà l'heure du *dagmal* ? Tu sais bien que nous devons nous laver d'abord. C'est la règle.

Le guerrier bâilla à s'en décrocher la mâchoire et replia son bras valide sous sa tête, résistant à l'envie de gratter sa cicatrice qui le démangeait. Au-dessus d'eux, la couche de nuages s'était encore obscurcie, et il pouvait percevoir une légère odeur d'humidité dans l'air. De lourdes averses ne tarderaient probablement pas à tomber… C'est alors qu'il remarqua le soleil, bien plus haut dans le ciel qu'il ne l'avait imaginé. Sans doute avait-il dormi plus longtemps à cause de l'hydromel.

— Attendons que nos femmes reviennent de leur bain, qu'en dis-tu ?

Le simple fait de penser à Sissa et Tove lui tira un sourire.

— Quelles tâches a-t-elle l'intention de me confier, à ton avis ? Capturer un cerf à mains nues ? Battre un sanglier sauvage à la force de mes poings ? Ou peut-être…

Mais il s'interrompit, victime d'une soudaine et terrible impression que quelque chose n'allait pas. Ce n'était pas un danger immédiat, car la clairière était aussi paisible que d'ordinaire. Non, c'était quelque chose de plus proche, quelque chose qui le touchait, *lui*. Il porta une main à son torse, mais il lui fallut quelques instants pour comprendre ce qui avait changé… ou plutôt ce qui *manquait.*

Quoi ?

Danr farfouilla autour de lui pour s'assurer qu'il n'était pas en train de rêver, mais non… sa bourse en cuir avait bel et bien disparu. La cordelette qui la retenait également.

— Sissa ! rugit-il, parfaitement conscient qu'il était trop tard.

Elle était la seule à avoir eu l'occasion de la lui subtiliser et, hélas, il en connaissait la raison !

Il se leva aussitôt, raccrocha son épée à sa taille et traversa la clairière en trois foulées. Son cœur battait à ses oreilles et cognait contre sa cage thoracique, tel un marteau sur une enclume, tandis qu'il bondissait par-dessus pierres, branches et ruisseaux, courant à travers les arbres comme un fou furieux, Halvar sur les talons. S'il nourrissait encore le moindre doute quant à ses sentiments pour Sissa, ils lui apparaissaient à présent avec une parfaite netteté. Si la jeune femme était en danger, il combattrait jusqu'à son dernier souffle pour la sauver. Il affronterait tous les hommes du village s'il le fallait, tuerait Joarr avec un seul bras, détruirait murs et palissades… mais aucune de ces violentes images ne parvint à le libérer de la poigne glaciale de la peur qui se refermait sur son cœur.

Il courait si tumultueusement qu'il faillit la percuter de plein fouet.

La fille aux loups jetait un regard par-dessus son épaule et ne le vit pas débouler devant elle à la vitesse d'un cerf en pleine charge. Danr bondit sur le côté pour l'esquiver, trébucha et s'arrêta quelques pouces avant de basculer dans un fossé.

— Sissa ! s'exclama-t-il, écrasé par une intense vague de soulagement tandis qu'il posait les mains sur ses genoux dans une tentative pour reprendre son souffle. Vous… Où… Qu'étiez-vous… ?

— Je me suis rendue au village, murmura-t-elle en lançant un nouveau regard en arrière. Mais nous devrions nous en aller. Vite.

— Pourquoi ?

Danr se redressa aussitôt, saisit la poignée d'Aigrelame et s'apprêta à la dégainer.

— Quelqu'un vous a suivie ?

— Je n'en suis pas sûre. Peut-être pas, mais…

Elle fronça les sourcils avant d'ajouter :

— C'est juste une impression. Votre vieil ami Joarr se méfiait de moi.

— Qu'a-t-il dit ? Vous a-t-il menacée ?

— Non, le chef du village m'a défendue. Mais je n'ai pas confiance en lui.

Sissa lui toucha le bras, comme s'ils étaient en simple promenade matinale au milieu des bois.

— Venez, dit-elle, toujours à voix basse. Nous allons traverser la rivière, puis nous escaladerons le sentier de gravier en direction de la montagne, afin d'empêcher quiconque de nous pister.

— Je devrais rester et les affronter, gronda Danr en s'accroupissant, les yeux fixés sur les arbres devant lui. Je suis prêt.

— Dans quel but ? répliqua la fille aux loups d'un ton réprobateur en posant les poings sur ses hanches, l'air exaspérée. J'y suis allée pour vous empêcher de prendre des risques inutiles, Danr Sigurdsson. J'aurai perdu mon temps si vous gâchez tous mes efforts maintenant.

— Moi, gâcher vos efforts ? J'étais en route pour vous sauver ! s'exclama-t-il en rengainant son épée avec colère. Et vous n'aviez aucun droit de faire cela ! Vous m'avez volé les pendentifs.

— Je sais, mais nous nous disputerons plus tard. Comme vous le voyez, je n'ai pas besoin d'être sauvée. Tenez.

Sissa lui fourra la bourse en cuir entre les mains.

— Vous pouvez les reprendre à présent, je n'en ai plus l'utilité.

— Plus *l'utilité* ? tonna le guerrier, excédé.

— Chut ! souffla-t-elle en plaquant une paume sur sa bouche pour le faire taire. Il n'aura même pas besoin de suivre notre piste, si vous continuez à crier de la sorte. Vous allez le conduire droit sur nous. Je vous l'ai dit : nous nous querellerons plus tard.

Danr fulminait intérieurement en regardant la jeune femme reprendre sa route. Il pouvait sentir sa bouche fourmiller à l'endroit où elle l'avait touché... Il aurait voulu pester et tempêter, mais devait bien reconnaître la sagesse dc ses paroles. Il dut donc se satisfaire d'un couplet de jurons avant de la suivre avec réticence à travers la rivière, puis le long du chemin de montagne escarpé.

— Ai-je la permission de parler, à présent ? demanda-t-il lorsqu'ils changèrent de cap pour redescendre la colline, tandis qu'il fixait l'arrière de son crâne d'un regard noir.

— S'il le faut.

— Oh oui, il le faut ! gronda Danr. Qu'est-ce qui vous est passé par la tête ?

Il tendit la main vers son épaule et l'obligea à lui faire face.

— Je ne comprends pas, renchérit-il. Vous ne cessez de répéter que vous préférez vivre en sécurité dans la forêt, loin des humains, puis un matin vous vous rendez au village en prenant des risques incalculables ! Vous vous êtes mise en danger, Sissa. Pourquoi ?

Il vit le regard de la jeune femme hésiter.

— Je vous l'ai dit, je tiens à vous aider à obtenir justice pour votre famille.

— Et *je* vous ai dit que je ne voulais pas de votre aide.

— Je le sais, mais mon idée était bonne.

— Votre idée était excellente, mais je vous ai demandé de ne pas y aller. Vous auriez pu être blessée.

— Mais ce n'est pas le cas, rétorqua-t-elle en se libérant

de sa poigne. Knut a conscience que mes talents sont précieux pour son village, il ne laissera personne me faire du mal.

— Ce n'est pas de Knut que je me méfie : je ne suis pas certain que Joarr respectera ses souhaits.

Danr tendit la main vers la sienne, mû par le besoin de la toucher, de s'assurer qu'elle était bien là et en bonne santé.

— Je me suis inquiété pour vous ! S'il vous était arrivé malheur, je ne me le serais jamais pardonné !

— Je suis désolée, souffla-t-elle, sa détermination vacillante. J'espérais rentrer avant votre réveil. Je n'aurais pas dû voler vos pendentifs, mais c'était un mal nécessaire.

— Non, ça ne l'était pas ! Vous avez simplement eu de la chance que je dorme plus longtemps que d'ordinaire ce matin, sans quoi j'aurai fait irruption dans ce village avant que vous… Attendez.

Il s'interrompit brusquement, prenant conscience d'un détail.

— C'est pour cela que vous m'avez offert l'hydromel, n'est-ce pas ? Vous *vouliez* que je dorme plus longtemps ! Vous aviez tout prévu !

— Oui, avoua la fille aux loups en levant le menton, clairement impénitente.

— Vous m'avez vraiment donné l'hydromel pour me faire dormir ? Vous vous êtes jouée de moi ?

— N'exagérez pas, ce n'est pas moi qui ai versé tout cet alcool dans votre bouche.

— Vous m'avez tout de même piégé, gronda Danr à travers ses dents serrées.

Qu'elle l'ait ou non forcé à avaler l'hydromel, elle l'avait fait dans l'objectif de le tromper. Pour pouvoir agir dans son dos. Peu importait qu'elle l'ait fait pour l'aider… Tout comme le jour du massacre, il avait laissé une femme se jouer de lui. Mais aujourd'hui c'était une femme en qui il avait eu confiance… celle qu'il aimait. La trahison n'en était que cent fois plus douloureuse.

— Je vous retrouverai à la maison ronde, déclara-t-il avec amertume.

— Pourquoi ? Où allez-vous ?

— M'assurer que personne ne vous a suivie ! rétorqua-t-il en lui lançant un regard blessé.

Il vit qu'elle s'apprêtait à riposter et la coupa sans vergogne.

— Ne prononcez plus un mot. Je commence à croire que je préférais quand vous étiez muette. Faites donc vos propres choix. Je ferai les miens.

Sissa poussa un long soupir en observant Danr qui s'éloignait à grandes foulées furieuses. Quel dommage qu'il se soit réveillé avant son retour, mais elle ne pouvait rien y changer. Au moins, elle avait atteint son objectif et découvert des informations importantes qui intéresseraient sans doute le guerrier une fois que celui-ci aurait recouvré son calme.

L'ampleur de sa colère l'avait prise de court. Elle s'était attendue à des réprimandes, mais elle avait aussi cru qu'il se radoucirait en constatant qu'elle n'avait rien, voire qu'il serait soulagé qu'elle s'y soit rendue à sa place, mais le Viking n'avait pas posé la moindre question concernant Hilda ou les pendentifs. Étrangement, il avait paru plus offensé par cette histoire d'hydromel que par son intervention au village, mais ce n'était tout de même pas comme si elle avait versé un extrait de plante soporifique dans son verre… même si l'idée lui avait effleuré l'esprit. Sissa s'était simplement assurée qu'il disposait d'assez d'hydromel pour faire une longue nuit ; l'accuser de l'avoir piégé était un peu excessif.

D'un clappement de langue, elle invita Tove à la suivre. Halvar, comme toujours, avait choisi d'accompagner Danr, ce qui était probablement une bonne chose étant donné les circonstances. Si la fureur du guerrier l'aveuglait, le grand loup l'alerterait des risques potentiels et le protégerait si nécessaire. Mais, en son for intérieur, Sissa espérait que tout irait bien. Sans doute imaginait-elle des dangers qui n'existaient pas. En dépit du regard noir que Joarr lui avait lancé, il était peu probable que l'ancien barreur s'oppose à la volonté de son chef de clan, en particulier si son épouse et lui étaient des invités sous son toit.

Sissa regagna la maison ronde et se servit des restes de ragoût oublié toute la nuit au-dessus du feu. Le plat avait un léger goût de brûlé, mais c'était mieux que rien. Elle mangea quelques cuillères, puis prit une aiguille et du fil et tenta de fixer son esprit sur une tâche simple, en vain. Après s'être transpercé le doigt une dizaine de fois, elle abandonna sa couture. Peut-être avait-elle eu tort, au fond… Au sujet de l'hydromel, du moins. Peut-être était-elle allée un peu trop loin ? Danr avait effectivement dû se sentir piégé, mais elle avait agi avec les meilleures intentions. Elle, au moins, ne l'avait pas fait dans l'objectif de le blesser, comme… Sissa se mordit les lèvres et ferma les yeux en réalisant ce qu'elle avait fait. Comme la femme qui l'avait séduit et tenu à l'écart pendant que sa famille se faisait massacrer…

Elle se leva dès qu'elle perçut des bruits de pas, juste à temps pour voir Danr émerger des arbres, le visage toujours aussi rouge de colère.

— Vous m'avez piégé, l'accusa-t-il franchement, debout en face d'elle, de l'autre côté du feu de camp.

— Oui, répondit-elle sans chercher à nier.

— Vous m'avez piégé pour pouvoir agir à votre guise dans mon dos, alors que je vous avais spécifiquement demandé de ne pas vous en mêler.

— Oui, acquiesça-t-elle à nouveau en avançant d'un pas. Cela vous a fait penser à elle, n'est-ce pas ? À la femme qui vous a séduit ?

Elle vit les lèvres de Danr trembloter.

— Je n'aurais jamais cru dire cela un jour, mais oui, vous m'avez fait penser à elle.

— Dans ce cas, j'en suis désolée, ce n'était pas du tout mon intention. Je cherchais à vous aider, non à vous froisser.

— Et si quelque chose vous était arrivé ? Avez-vous pensé à ce que j'aurais pu ressentir ? Cela m'aurait blessé plus sûrement qu'un coup d'épée.

— Je…

Elle hésita.

— Je n'avais pas considéré les choses sous cet angle, finit-elle par admettre.

— Non, parce que vous êtes déterminée à tout faire toute seule, n'est-ce pas, Sissa ? À vivre seule, à agir seule…

— En quoi cela vous concerne-t-il ? gronda-t-elle en sentant la colère la gagner à son tour. Je vous l'ai dit, je prends mes propres décisions ! Vous n'êtes pas mon compagnon et, même si vous l'étiez, vous n'auriez aucun droit de décréter ce que je peux ou ne peux pas faire.

— J'en ai le droit quand ce que vous faites m'affecte personnellement !

— Non. Je vous ai autorisé à demeurer ici à condition que vous respectiez *mes* règles, vous vous rappelez ?

— Eh bien, peut-être est-il temps de changer ces règles, rétorqua le guerrier, de plus en plus furieux.

— C'est *moi* qui décide de changer ou non les règles, s'écria-t-elle en serrant les poings.

— Pas cette fois ! La confiance doit aller dans les deux sens, Sissa, et vous venez de trahir la mienne, tonna Danr en plaquant une main sur sa poitrine.

— Seulement parce que j'essayais de vous protéger de votre propre témérité. Il était hors de question que vous vous battiez !

— Il n'y a pas toujours d'autres options.

— Non, je refuse que vous vous blessiez. Je ne veux pas…

Mais Sissa s'interrompit en se mordant la lèvre, haletante et tremblante de colère.

— Quoi ? reprit le Viking en la couvant d'un regard aiguisé. Qu'est-ce que vous ne voulez pas ?

— Ce n'est rien, maugréa-t-elle en détournant la tête. Comptez-vous me demander un jour ce que j'ai découvert au sujet des pendentifs ?

— Vous avez appris quelque chose ? s'enquit-il aussitôt en se raidissant brusquement.

— Oui.

— Quoi ?

— Je ne suis pas certaine d'avoir envie de vous le dire, répliqua-t-elle en croisant ostensiblement les bras sur sa poitrine. Pas tant que vous ne cesserez pas de me hurler dessus.

— Je ne vous hurle pas dessus.

— C'est pourtant l'impression que j'ai.

— Forcément, vous avez passé cinq ans dans le silence ! lança le guerrier, agacé. Vous devez avoir l'impression que tout le monde vous hurle dessus !

— C'est *vous* qui me hurlez dessus !

— D'accord, d'accord ! s'exclama-t-il en levant les mains, la mâchoire crispée de frustration. Pardonnez-moi de vous avoir hurlé dessus.

— *Et* de vous être montré affreusement ingrat, renchérit Sissa pour enfoncer le clou.

— Je ne…

— Après tout, mon plan a fonctionné.

Elle vit Danr se mordre la lèvre et serrer les poings, comme pour se retenir de crier à nouveau. Finalement, il prit une profonde inspiration et dit :

— Je reconnaîtrai m'être un peu emporté, si vous jurez de ne plus jamais vous approcher de Joarr.

— Je n'y comptais pas ! Pourquoi le ferais-je ?

— *Et* si vous promettez de ne plus jamais vous jouer de moi de la sorte, quelle que soit la raison.

— Je vous l'ai dit, ce n'était pas mon intention. J'essayais de vous aider !

— J'en ai assez.

Il traversa la distance qui les séparait en trois longues enjambées et referma les bras sur elle.

— Qu'est-ce que…

Mais elle ne put terminer sa question, car la bouche de Danr vint recouvrir la sienne. Sissa eut un mouvement de recul instinctif, mais l'homme plaqua une main sur sa nuque et la maintint contre lui pour l'embrasser avec une tendresse et une ardeur qui balayèrent toutes ses réticences. Elle demeura immobile un instant, trop surprise pour répondre à son baiser, avant de finalement céder aux audacieux assauts de ses lèvres. Qu'il était exquis de sentir à nouveau sa langue danser avec la sienne, son corps chaud se fondre contre ses formes à travers leurs tuniques, telle une invitation à de voluptueuses étreintes… Elle se coula dans ses bras, glissant les mains le long de son dos tandis qu'il la serrait comme un noyé s'agripperait à une planche.

Mais n'étaient-ils pas en train de se disputer ? lui susurra une petite voix insidieuse. Danr l'avait déjà beaucoup trop changée, au point qu'elle s'était profondément attachée à lui, et à présent il essayait de lui imposer ses décisions…

— Non ! s'exclama-t-elle brusquement en le repoussant des deux mains sur son torse. J'étais satisfaite de ma vie avant que vous arriviez ! Je survivais. Vous ne pouvez pas vous inviter chez moi, refuser de partir, de vous taire et… *et voler mon loup* !

Elle désigna Halvar d'un grand geste du bras.

— Vous ne pouvez pas m'annoncer que vous avez fait un serment au sujet des femmes et m'embrasser malgré tout ! Et vous ne pouvez pas me dire comment vivre ma vie !

— Je sais ! Je suis désolé. Je ne voulais pas…

— Vous devez vous en aller, conclut-elle en serrant les poings. J'ai trouvé ce que vous cherchiez. Hilda est innocente.

— Quoi ?

— Elle n'est pas impliquée dans le massacre, j'en suis certaine. Vous n'aurez pas besoin de vous battre. Entrez dans le village, posez-lui vos questions et partez.

Mais Sissa vit le visage de l'homme se fermer à nouveau.

— Je n'irai nulle part.

— Quoi ?

— Je refuse de vous laisser seule ici. Vous n'êtes pas en sécurité. Il vous faut une protection.

— Cela fait des années que je me débrouille parfaitement sans l'aide de quiconque.

— Ça ne fait pas de vous quelqu'un d'indestructible, Sissa. Sans même parler du froid, il suffira d'un homme qui n'ait pas peur de vous, *un seul*, et ils viendront vous débusquer.

— Alors ils tomberont sur Tove et Halvar.

— Deux loups ne pourront rien contre des guerriers bien armés. Par ailleurs, ils ne vivront pas éternellement. Vous êtes bien trop vulnérable en demeurant ici.

— Mais c'est mon choix ! s'exclama-t-elle en le foudroyant du regard.

Lui demander la permission de rester était une chose, le lui imposer en était une bien différente !

— Je ne vous ai jamais autorisé à revenir, et encore moins à vous installer. Et qu'en est-il de votre serment ? Vous avez prétendu qu'il était plus important que votre propre vie. Comment l'accomplirez-vous si vous n'obtenez pas les réponses que vous êtes venu chercher ?

— Je l'ignore.

Il se passa nerveusement la main dans les cheveux avant de poursuivre :

— Tout ce que je sais, c'est que vous êtes devenue plus importante encore. Plus que mon serment, plus que ma vie. Sissa…

Il tendit à nouveau le bras vers elle.

— Je ne peux pas supporter l'idée qu'il puisse vous arriver quoi que ce soit. De toute mon existence, je n'avais jamais été aussi terrifié qu'aujourd'hui, je… Je vous aime.

Sissa s'écarta brusquement de lui, une sueur froide lui glaçant le dos. Elle avait conscience que les paroles de Danr auraient dû la toucher, qu'elle avait rêvé de les entendre étant enfant. Mais cette petite fille était morte depuis longtemps, et l'adulte qu'elle était devenue ne ressentait rien de plus qu'une panique grandissante.

Danr l'aimait… et elle l'aimait en retour, même si elle ne le comprenait que maintenant. C'était pour cette raison qu'elle avait pris le risque de se rendre au village à sa place… Car elle avait craint de le voir mourir, comme les autres personnes qu'elle avait aimées.

Je ne veux pas vous perdre.

C'étaient les mots qu'elle avait failli prononcer, mais tout était trop soudain, trop effrayant. Elle n'était pas prête pour une telle déclaration ni pour les sentiments qui tentaient de chambouler toute son âme. Mais il était trop tard, elle ne pourrait pas les oublier, et cette brusque prise de conscience affolait tout son être. En dépit de tous les efforts qu'elle avait déployés pour emmurer son cœur, cet homme était parvenu à se frayer un chemin jusqu'à lui. Cela la rendait encore plus vulnérable que tous les dangers qu'il venait d'énumérer, et Sissa ne supportait pas l'idée de risquer de revivre le chagrin qu'elle avait connu dans sa jeunesse. Sa seule option était de le renvoyer chez lui et de lui ordonner de ne jamais revenir…

Elle devait reprendre le contrôle de sa vie, retrouver son existence telle qu'elle avait été avant de le connaître… C'était le seul moyen de ne plus être blessée.

— Sissa, murmura-t-il, éperdu, sans jamais la quitter des yeux. Avez-vous entendu ce que j'ai dit ? Je vous aime.

— Kolga, répondit-elle en déglutissant bruyamment pour chasser l'énorme boule qui lui serrait la gorge, surprise par le ton impavide de sa voix alors qu'elle avait l'impression que son âme entière venait d'être secouée jusque dans ses fondations.

— Quoi ?

Danr haussa un sourcil, perplexe, le visage comme figé.

— C'est le nom que votre belle-mère a murmuré à l'oreille de Joarr lorsqu'elle a vu les pendentifs. Qui est Kolga ?

Chapitre 18

— Kolga est la sœur d'Hilda, mais que vient-elle faire dans cette histoire ?

— Je l'ignore, mais c'est le nom qu'elle a prononcé.

Sissa planta les dents dans sa lèvre inférieure, apparemment incapable de soutenir son regard plus longtemps.

— Kolga…

Danr fronça les sourcils. Comment avaient-ils pu passer si brusquement d'une déclaration d'amour à sa belle-tante ? C'était la première fois de sa vie que Danr prononçait ces trois petits mots… *Je vous aime*. Mais, soit Sissa ne l'avait pas entendu, trop perdue dans ses réflexions, soit elle l'avait sciemment ignoré. À en juger par son expression terrifiée, il penchait pour la seconde option. Lui qui avait cru en une dernière chance de trouver le bonheur, avec elle… Mais l'élue de son cœur semblait nauséeuse.

Quant à Kolga… Elle avait certes haï son père toute sa vie, mais aucun indice ne l'avait reliée au massacre de Maerr. Jusqu'à aujourd'hui.

— Peut-être n'avez-vous pas pourchassé la bonne personne ? murmura Sissa en se déplaçant silencieusement vers l'autre côté du feu.

— À moins qu'Hilda et elle n'aient planifié l'attaque ensemble ?

— Non, répondit la fille aux loups d'un ton catégorique.

J'ai vu son visage. Je n'y ai lu ni culpabilité ni crainte d'être démasquée.

— Vous ne le connaissez pas aussi bien que moi.

— Mais je ne suis pas non plus déterminée à l'accuser, répliqua-t-elle avec une grimace. Vous pouvez lui proposer une trêve et discuter calmement. Assurez-vous simplement que Knut soit là pour surveiller Joarr.

Danr serra les dents.

— Essayez-vous de vous débarrasser de moi ?

Il la vit hésiter un instant, puis... plus rien. Son expression était redevenue aussi vide qu'une nuit sans étoiles. Il reconnut le visage hermétique de la fille aux loups tel qu'il l'avait connue le premier jour, comme si elle s'était brusquement retranchée à l'intérieur d'elle-même, sous ses yeux.

— Oui. Vous êtes ici dans un but précis, l'oubliez-vous ? Vous ne pourrez jamais reprendre le cours de votre vie si vous ne faites pas ce que l'on attend de vous.

— Et qu'adviendra-t-il de nous ? rétorqua-t-il, craignant le pire. Je viens de vous déclarer mon amour, cela ne compte-t-il pas ?

— Je n'ai jamais voulu de votre amour. Je vous l'ai dit dès le début : je vis seule. Et je n'ai aucune intention que cela change. Vous prétendez être suffisamment rétabli, alors partez. Et allez accomplir votre serment.

Il la vit hésiter un instant avant d'ajouter :

— Laissez-moi tranquille, Viking. Et ne revenez jamais.

Sissa se cogna douloureusement le genou contre le chaudron tandis qu'elle marchait en direction de la rivière. Elle n'avait pas vraiment besoin d'eau, il ne tarderait de toute façon pas à pleuvoir à nouveau, mais il lui fallait réinstaurer de la distance entre Danr et elle. Elle lui avait ordonné de partir, et il serait plus simple de l'éviter jusqu'à ce qu'il quitte la clairière... sans quoi, elle craignait de changer d'avis.

D'un coup d'œil par-dessus son épaule, Sissa s'assura qu'il ne l'avait pas suivie. Aucun signe du guerrier. Ni de Tove ou d'Halvar, d'ailleurs. Les deux loups s'étaient éclipsés dans les ténèbres de la forêt lorsque Danr et elle avaient commencé à se quereller. Elle ne doutait pas que Tove reviendrait bientôt auprès d'elle, mais Halvar irait sans doute retrouver son nouveau favori.

Sissa se laissa choir au bord de la rivière et pressa une main sur ses yeux pour retenir ses larmes. Elle avait réagi de façon impulsive, quand elle l'avait sommé de partir, mais c'était la meilleure décision… pour tous les deux. Jamais elle n'aurait dû envisager de le laisser demeurer ici pour partager sa vie. Son existence était bien plus sûre lorsqu'elle était seule. À présent, il était trop tard pour nier qu'elle était tombée amoureuse, mais elle pouvait encore éviter de s'empêtrer davantage dans ce sentiment compliqué. Il ne lui restait plus qu'à barricader son cœur et à tenter d'oublier l'expression profondément blessée qu'elle avait lue sur le visage de Danr lorsqu'elle avait déclaré n'avoir jamais voulu de son amour. La colère était une excellente alliée dans ce genre de situation… Comment *osait*-il lui imposer ses exigences et insister pour rester la protéger ? Elle n'avait besoin ni de lui ni de personne. Sa vie était prévisible, organisée, maîtrisée, et plus vite ce guerrier en sortirait, mieux cela vaudrait. Dans un mois, tout au plus, il ne serait plus qu'un agréable souvenir.

Hélas, elle savait que son cœur se briserait à nouveau de le voir partir.

Une brindille craqua, et Sissa tourna brusquement la tête, les cheveux dressés sur la nuque, tout son corps en alerte. Bien que rien ne semblât anormal, il régnait soudain une étrange tension dans l'air. Elle eut l'intuition très nette que quelque chose, ou quelqu'un, l'observait… la traquait. Et ce n'était pas Danr. Étirant le bras pour saisir sa lance, Sissa prit brusquement conscience qu'elle l'avait laissée au camp dans sa hâte à s'éloigner du Viking. Elle était seule, sans arme et sans loup…

Lentement, elle resserra les doigts sur la poignée du chaudron, qui ferait un solide gourdin de fortune si nécessaire, puis s'accroupit, prête à fuir lorsqu'un nouveau craquement survint d'une direction différente. Elle tourna à nouveau la tête, juste à temps pour voir une main se ruer vers sa gorge, suivie d'une autre qui couvrit sa bouche. L'instinct de Sissa prit aussitôt le dessus. Elle se jeta en arrière tout en propulsant le chaudron en direction de son agresseur. À son immense satisfaction, l'homme poussa un grognement de douleur lorsque le lourd récipient de métal le cueillit au visage. Hélas, il chuta avant qu'elle puisse se défaire de sa poigne, et Sissa se retrouva entraînée avec lui. La forêt bascula plusieurs fois autour d'elle, puis un bruit sourd résonna à l'arrière de sa tête, suivi d'une terrible douleur au crâne, et le monde sombra dans les ténèbres.

Les femmes !

Danr fourrait rageusement ses quelques affaires dans un baluchon que lui avait donné Sissa.

Non, pas les femmes. *Cette femme !*

Une seule femme sur cette terre possédait un tel pouvoir sur lui, celui de le rendre à la fois fou de rage, éperdument languide et profondément désespéré… Si ça continuait, il pourrait bientôt ajouter la démence à cette liste ! Quelle frustrante ironie ! Pour la première fois de sa vie, il s'était efforcé d'adopter une conduite honorable envers une femme, de l'aider, de la protéger… de l'aimer. Et l'intéressée l'avait rejeté comme un vulgaire galet dans la mer. Ne pouvait-elle voir combien il était prêt à changer pour elle ?

D'un autre côté, sa propre conduite n'avait rien eu d'irréprochable. Il avait très mal géré la situation. Tout d'abord, il n'aurait jamais dû lui annoncer de but en blanc qu'il comptait rester ni prétendre qu'elle avait besoin de sa protection. C'était une femme forte et ingénieuse… Après tout, c'était lui qui avait imploré son aide. Lui encore qui l'avait impliquée dans une situation dangereuse. Et sa déclaration avait bel et bien enfreint les règles établies. Peut-être devrait-il aller la trouver et s'excuser ? Ramper à nouveau pour obtenir son pardon… Il pourrait aussi l'embrasser jusqu'à lui faire entendre raison ?

Non ! Danr secoua la tête pour chasser ses fantasmes et les empêcher d'obscurcir son jugement. L'embrasser ne pourrait qu'envenimer la situation… Il avait pu en constater le résultat tout à l'heure. Cela avait été plus fort que lui… Il avait voulu la serrer contre lui de toutes ses forces, mû par un puissant mélange de soulagement de la retrouver indemne et d'amour face à cette jouvencelle resplendissante et exaspérante, détentrice de toutes les qualités que Danr avait toujours rêvé de trouver chez une femme.

Mais sa merveilleuse fille aux loups ne voulait pas de son affection. Elle lui avait ordonné de partir et de ne jamais revenir.

Danr se leva et jeta son baluchon sur son épaule. Dans ce cas, sans doute valait-il mieux quitter la clairière et leur épargner des adieux difficiles.

« Ne revenez jamais. »

Les paroles de Sissa résonnaient en écho dans son esprit, et il serra la mâchoire. Pendant quelques heures ensoleillées, il avait cru possible de trouver le bonheur avec elle, de leur offrir une seconde chance, mais peut-être ne la méritait-il pas, finalement… Peut-être que perdre la seule femme qu'il ait jamais aimée et vivre sans elle le restant de ses jours était son véritable châtiment pour ses vices passés ? Si tel était le cas, la pénitence était plus douloureuse encore que tout ce qu'il avait imaginé. Toute sa vie, il avait fui l'amour afin d'éviter le chagrin et le regret qui l'accompagnaient, pourtant, sans comprendre comment, il avait fini par tomber dans le même piège que sa mère…

Danr caressa affectueusement la tête d'Halvar et lui murmura une parole d'adieu avant de chercher Tove du regard. La louve rôdait à l'orée de la clairière en gémissant, ce qui était… étrange. D'ordinaire, elle suivait Sissa comme son ombre, mais à présent elle semblait anxieuse.

— Ta maîtresse est sans doute partie marcher pour se calmer les nerfs, lança-t-il à l'intention de l'animal, tentant de les réconforter tous deux. Ne t'inquiète pas pour elle.

Il s'approcha de Tove, qui tourna vers lui un regard triste… Comme si elle l'implorait. Danr décida alors de s'assurer que tout allait bien avant de partir. La dernière fois qu'il l'avait vue, Sissa se dirigeait vers le bassin, le chaudron sous le bras, visiblement désireuse de s'éloigner de lui. Elle n'apprécierait guère qu'il l'ait suivie mais, maintenant que la main froide de l'inquiétude s'était refermée sur son cœur, il serait incapable de s'en aller sans l'avoir vue. Il prit donc la direction de la petite cascade, Tove sur les talons, et se surprit à accélérer à chaque pas, comme s'il ne pourrait jamais la retrouver assez vite. Danr eut soudain l'impression de revivre le cauchemar de la veille… En pire. Sissa ne serait jamais descendue au bassin sans arme et sans loup s'il n'avait pas été là. S'il ne l'avait pas sermonnée, s'il ne l'avait pas menacée de rester contre son gré… S'il ne lui avait pas déclaré qu'il l'aimait en plein milieu d'une terrible querelle.

Enfin, il atteignit le cours d'eau, et tout son être se figea quand il découvrit le chaudron renversé et abandonné au bord de la rivière.

— Joarr, gronda-t-il entre ses dents en remarquant dans la boue deux paires d'empreintes.

Les traces lui révélèrent tout ce qu'il avait besoin de savoir : elles se mêlaient à un endroit maculé de signes de lutte puis, plus loin, les pas les plus grands rebroussaient chemin seuls, mais plus enfoncés dans la terre, comme si le guerrier était reparti plus chargé qu'à l'arrivée.

Danr lâcha son baluchon et courut en direction de la clairière.

Chapitre 19

Des éclats de voix retentissaient autour d'elle. Sissa en prit graduellement conscience à mesure qu'elle recouvrait ses esprits. Se fiant à ses sens, elle comprit rapidement qu'elle était ligotée et étendue sur un genre de lit, mais elle demeura parfaitement immobile, écoutant la dispute qui avait lieu non loin d'elle. Bien que tentée d'ouvrir les yeux, Sissa préféra s'abstenir ; si elle était retenue captive, sans doute essayerait-on de l'interroger lorsqu'on la croirait réveillée. De toute façon, elle n'avait guère besoin de la vue pour reconnaître les personnes impliquées. Il s'agissait de Knut, Joarr, Alva et Hilda, et tous semblaient se trouver dans un état de colère ou d'inquiétude plus ou moins grand.

— Tu n'aurais jamais dû faire ça ! s'exclamait Knut, de toute évidence le plus furieux de tous.

— Mais elle avait les pendentifs d'Hilda, répondit Joarr d'un ton brusque. Ça signifie qu'elle l'a vu et qu'elle sait probablement où il se cache.

— Tu le croyais mort il y a encore un jour. Peut-être a-t-elle simplement trouvé son corps.

— Non, il est vivant, j'en suis sûr. Pourquoi serait-elle venue jusqu'ici pour accuser Hilda, s'il ne l'avait pas envoyée ? Vous pouvez compter sur Danr pour dénicher la seule femme sur cent lieues à la ronde !

— J'ignore pourquoi la Dame de la forêt s'est présentée

à nous, mais elle n'accusait pas Hilda, je l'ai vu dans son regard. Tu n'aurais jamais dû l'attaquer !

— Knut a raison, intervint alors Hilda, et Sissa capta de la gêne dans sa voix. Tu m'as dit que tu partais à la recherche de Danr, pas que tu enlèverais cette… créature.

— Je suis tombé sur elle en premier. Elle était seule, et l'occasion m'a paru trop bonne pour la laisser passer. Mais je ne l'ai pas frappée ! J'ai juste voulu l'entraver, mais elle s'est débattue comme une louve. C'est elle qui nous a fait basculer, et elle s'est cogné la tête pendant sa chute.

Sissa tressaillit. Voilà qui expliquait la douleur sourde à l'arrière de son crâne. Visiblement, Joarr l'avait transportée jusqu'au village, mais depuis quand était-elle inconsciente ? Combien de temps s'était-il écoulé depuis sa dispute avec Danr ? Ce dernier avait-il compris ce qui lui était arrivé ? Et, s'il l'avait compris, viendrait-il la chercher malgré tout ?

Sissa dut retenir un gémissement exaspéré. Évidemment qu'il viendrait ! Il avait eu l'intention de se rendre au village pour proposer une trêve, mais Sissa eut soudain la terrible intuition que son arrivée n'aurait plus rien de pacifique.

— Ce n'est pas mon combat, reprit Knut d'un ton grave. Et ce n'est pas celui de la Dame de la forêt. Je refuse que nous soyons mêlés à ta querelle.

— Vous n'aurez pas besoin de vous en mêler. Il viendra. Danr est bien des choses, mais ce n'est pas un lâche.

— Et que feras-tu alors ?

— Je l'affronterai, à la loyale. Et cette fois ce sera un combat à mort.

— Non ! s'exclama Hilda d'une voix plus forte.

— Si. Tu m'as dit que ce fou était convaincu de ton implication dans le massacre de Maerr, et tes fils aussi. Ça signifie qu'il est ici pour se venger. Je ne le laisserai pas te faire du mal.

— Si je pouvais seulement aller les voir et leur expliquer face à face…

— Sandulf *savait* que Danr venait.

— Mais si tu le tues, murmura l'ancienne dame de Maerr, sa voix se brisant de chagrin, ils ne croiront plus en mon innocence. Et ils ne me le pardonneront jamais non plus. Il doit bien y avoir un moyen plus pacifique.

— Il n'y en a pas, contra Joarr, catégorique.

— Mon seigneur ? appela quelqu'un d'autre. Un guerrier se présente à nos portes. On dirait un Viking.

— Bien ! lança Joarr d'un ton satisfait. Il est venu plus vite que je ne l'avais escompté.

Sissa se tendit et attendit patiemment que les bruits de pas précipités s'éloignent avant d'ouvrir les yeux et de se tortiller pour s'asseoir. Elle ne devait pas rester ici. Il fallait qu'elle trouve le moyen de se libérer afin d'empêcher ces deux ânes bâtés de s'entre-tuer. Joarr lui avait entravé les pieds et les mains, mais peut-être qu'en…

D'un souffle, Sissa repoussa une mèche de cheveux qui lui bloquait la vue… et découvrit qu'elle n'était pas seule dans la pièce. Hilda était assise sur un tabouret au chevet du lit et paraissait aussi surprise de constater qu'elle était réveillée qu'elle-même de la trouver là.

— Vous êtes revenue à vous !

La femme hésita un instant, puis bondit et se rua vers la porte.

— Attendez ! cria Sissa par réflexe.

Avec un peu plus de temps, elle aurait pu imaginer un moyen de communiquer avec elle sans révéler son secret, mais il était trop tard…

— Vous parlez ? s'exclama Hilda en s'arrêtant et en pivotant vers elle, doublement stupéfaite à présent. Ils m'ont dit que vous étiez muette.

— Je sais, répondit Sissa en faisant glisser ses jambes au bas du lit en ahanant. Mais nous devons *absolument* discuter, et vite.

— Je devrais appeler Knut, répliqua Hilda en jetant un œil incertain vers la porte.

— Pourquoi ? Ce n'est pas lui qui veut tuer Danr. C'est Joarr. Mais vous non plus ne tenez pas à ce qu'ils se battent, je me trompe ?

— Non.

Hilda leva les mains à ses joues et secoua la tête, l'air désemparée.

— Joarr pense pouvoir l'emporter, mais Danr est un redoutable guerrier, même avec un bras blessé, et je *sais* qu'il l'a épargné la dernière fois. Je l'ai vu hésiter. Mais il n'hésitera plus, en particulier s'il est venu pour vous sauver.

— Danr a épargné Joarr ?

Sissa sentit son cœur bondir de joie dans sa poitrine. Il ne le lui avait jamais raconté.

— Oui. Il aurait pu le tuer, à un moment, mais il ne l'a pas fait. Il ne voulait pas faire de mal à Joarr, je pouvais le voir dans ses yeux.

Hilda s'interrompit et fronça les sourcils avant d'ajouter :

— Danr me déteste, mais Joarr et lui étaient proches autrefois.

— C'est une bonne chose. À présent, dites-moi la vérité, et vite : avez-vous orchestré le meurtre de votre époux ?

— Quoi ? Non !

Même à travers la pièce, Sissa put voir les yeux de l'ancienne dame de Maerr s'embraser de colère.

— Mille fois non ! répéta-t-elle.

— C'est bien ce que je pensais, acquiesça Sissa avant de lever ses mains liées à l'intention d'Hilda. À présent, détachez-moi et empêchons-les de s'entre-tuer.

— Comment ?

— Laissez-moi parler à Danr. Je lui dirai que vous êtes innocente. Il en était déjà pratiquement convaincu et s'apprêtait à se rendre au village pour proposer une trêve.

— Vraiment ?

Hilda cligna des paupières de surprise, puis ajouta :

— Mais ça n'a plus d'importance, maintenant. Après ce que Joarr vous a infligé, nous ne pourrons plus lui faire entendre raison. Il voudra laver cet affront en votre nom.

— Je le convaincrai de ne pas avoir recours à la force.

— Pardonnez-moi, mais j'en doute, déclara Hilda en lui lançant un regard empreint d'une touche de compassion. J'ai connu Danr toute sa vie. Il est très doué pour persuader les femmes de faire des choses pour lui, mais ce n'est pas parce qu'il a réussi à vous séduire qu'il se soucie de vous ni qu'il vous écoutera. Il n'a fait que se servir de vous, comme de toutes les autres femmes.

— Vous avez tort, répliqua Sissa avec entêtement. Il n'est plus cet homme depuis le massacre, et je ne suis pas comme *toutes les autres femmes*. Je sais qu'il m'écoutera. Maintenant, détachez-moi. C'est notre seule chance !

— Comment puis-je être sûre que vous n'allez pas me piéger ? contra Hilda en s'approchant prudemment. Ils disent tous que vous êtes dangereuse.

— Ils disent aussi que je suis muette. Réfléchissez, soit je suis une sorcière, et vous ne courez aucun risque que Danr ait pu me séduire, soit je ne suis qu'une ermite qui se fait passer pour une sorcière pour avoir la paix. Ai-je réellement l'air dangereuse à vos yeux ?

— En cet instant, pas vraiment.

— Exactement ! Je m'appelle Sissa, je n'ai absolument aucun pouvoir sur les nuages, ma louve n'était qu'un bébé quand je l'ai apprivoisée, et nous sommes en train de perdre beaucoup de temps et d'énergie que nous ferions mieux de mettre à profit pour sauver ces deux imbéciles. Si vous ne vous décidez pas rapidement, l'un d'eux sera mort avant que nous ayons pu intervenir.

— Vous promettez de ne pas me faire de mal ?

— Seulement si vous faites vite !

— D'accord.

Hilda se pencha sur ses chevilles et défit les liens qui retenaient Sissa.

— Mais je connais Danr, et il n'écoutera rien, ajouta l'ancienne dame de Maerr.

— Je connais Danr mieux que vous. Il écoutera.

Sissa se leva et serra les poings, déterminée.

— Ou je lui botterai moi-même les fesses.

Danr pénétra dans le village sans qu'on lui oppose la moindre résistance. Après avoir revêtu sa cotte de mailles et ceint ses armes, il s'était assis près du feu aux côtés de Tove et d'Halvar, refoulant sa peur et sa colère pour réfléchir le plus clairement possible. Il n'était plus question de se rendre au-devant d'Hilda pour proposer une trêve. Les actions de Joarr étaient une offense délibérée, une insulte à Sissa et une déclaration de guerre. Lui et son épouse ne lui laissaient plus le choix. Il doutait d'être en capacité d'obtenir les réponses qu'il était venu chercher, désormais, mais en cet instant il s'en moquait. Tout ce qui le préoccupait était de sauver Sissa et de la ramener dans la forêt, où était sa place.

Il trouva Joarr debout devant la longère centrale du village, l'épée au clair. Un homme roux au visage fermé, sans doute son chef, Knut, se tenait à ses côtés, et plusieurs guerriers s'étaient alignés le long des murs des bâtiments proches, leurs armes au fourreau. Ainsi, ils se battraient à la loyale. Tant mieux…

— Comment va ton bras ? lança Joarr lorsqu'il s'arrêta à quelques pieds de lui.

Danr ne répondit pas, posant sa propre question.

— Elle est ici ?

— Ta Dame de la forêt ? Oui.

— Ce n'est pas *ma* dame, répliqua Danr avec ardeur. Elle n'appartient qu'à elle. Et si tu as touché à un seul de ses cheveux…

— Elle n'a rien.

— Tant mieux.

Danr dégaina Aigrelame et la tint fermement en face de lui en dépit de l'éclair de douleur qui lui parcourut aussitôt le bras.

— Parce qu'elle n'a rien à voir dans cette histoire, conclut-il.

— C'est toi qui l'as impliquée, le jour où tu l'as envoyée ici avec ces pendentifs.

— Je ne l'ai pas envoyée, gronda-t-il, blessé par l'accusation. J'ignorais qu'elle était venue.

— Dans ce cas, pourquoi l'a-t-elle fait ?

— Pour m'aider.

Danr inclina son épée, la posa à plat sur ses deux paumes… avant de la jeter au sol aux pieds de Joarr.

— À présent, libère-la et tu pourras faire de moi ton prisonnier.

— Qu'est-ce que cela signifie ? grogna Joarr en baissant les yeux vers l'arme, puis en affrontant à nouveau le regard de Danr. Quel nouveau tour prépares-tu ?

— Aucun.

— Tu demandes à échanger de place avec elle ? Et si j'ai l'intention de te tuer ? Es-tu vraiment prêt à mourir pour une femme ?

— Oui, répondit Danr sans une once d'hésitation. Ce n'est qu'une innocente. Comme Ingrid et Gilla l'étaient. Libère-la et tue-moi s'il le faut.

Joarr baissa légèrement son épée.

— Je ne veux pas te tuer, Danr, mais Hilda est innocente, elle aussi. Si tu ne peux l'accepter, alors nous devons en finir, une fois pour toutes. Quitte Skíð et ne reviens jamais, ou bats-toi… Mais nous irons jusqu'à la mort, cette fois.

— Je ne peux pas rentrer, pas tant que je n'aurai pas obtenu la vérité au sujet de ces pendentifs. Ils appartenaient à Hilda et ils ont servi à payer les assassins.

Danr haussa les épaules avant d'ajouter :

— Je suis désolé, Joarr, mais les soupçons pèsent toujours sur elle.

— Je me moque de vos soupçons ! Je sais ce que je sais.

— Tout ce que je souhaite, c'est parler avec elle.

— Penses-tu vraiment que je vais te croire, Danr ? gronda Joarr en avançant d'un pas menaçant. La dernière fois que je t'ai vu, tu pointais ton épée sur sa gorge !

— J'ai fait une terrible erreur. Je voulais l'intimider pour obtenir sa confession.

Joarr fronça les sourcils, l'air furieux, et donna un coup de pied à Aigrelame pour la renvoyer vers lui.

— Tu as toujours été un petit malin, mon garçon, mais je ne te laisserai plus l'approcher à moins de vingt pieds. Je libérerai ta dame, à condition que tu acceptes de te battre.

— Si c'est ce que tu souhaites.

Danr se pencha et récupéra son arme.

— Mais je ne tiens pas à te tuer non plus, Joarr. Combien de fois avons-nous combattu côte à côte ? Tu étais comme un père pour moi, à l'époque.

Danr ressentit à nouveau la morsure de l'amertume.

— Avant… *elle.*

— Je sais, répondit doucement Joarr, le chagrin teintant sa voix. Mais c'était il y a bien longtemps.

Ils échangèrent un regard résigné, puis Joarr plongea vers lui, l'épée pointée vers l'avant telle une lance. Danr l'esquiva prestement, puis leva Aigrelame afin de parer le coup suivant. Tournant son arme des deux mains, il poussa contre la garde de Joarr pour le forcer à reculer. Avec sa blessure, il ne tiendrait pas ce rythme bien longtemps, mais il refusait toujours de tuer le fier Joarr. S'il pouvait simplement l'assommer…

— *Arrêtez !*

Les guerriers se figèrent, leurs épées suspendues dans les airs, lorsque la voix d'Hilda résonna à travers le village tel un clairon. Mais elle n'était pas la seule, réalisa soudain Danr. Celle de Sissa avait retenti à l'unisson.

Il échangea un coup d'œil rapide avec Joarr, et ils reculèrent d'un même mouvement avant de se tourner vers les deux femmes qui les toisaient d'un air sévère, debout côte à côte à quelques pieds de là.

— Ne t'en mêle pas, Hilda, grogna Joarr. C'est entre lui et moi.

— Non, riposta aussitôt son épouse de ce ton impérieux que Danr lui connaissait si bien. Cette histoire nous concerne tous. Votre combat s'arrête ici, *maintenant*, et pour toujours.

— Sissa ? Vous allez bien ? s'inquiéta Danr en faisant un pas vers elle, mais l'arme de Joarr le retint sur place.

— Oui, mais vous devez vous aussi rengainer votre épée, Danr. Verser le sang n'accomplira rien.

— Vous parlez ? s'exclama Knut, ébahi.

— Non seulement elle parle, mais elle manie les mots comme des dagues, répondit Hilda avec un sourire.

À l'immense stupéfaction de Danr, il vit sa belle-mère tendre le bras vers Sissa et serrer sa main dans la sienne avant de lancer un regard peu amène en direction des combattants.

— Et, si vous deux souhaitez avoir la moindre chance que nous daignons remarquer votre existence à l'avenir, cessez de vous comporter comme deux ânes bâtés et rentrons. Nous avons beaucoup à nous dire.

Chapitre 20

— Que se passe-t-il ? Qu'est-ce que tout cela signifie ?

Danr lança un regard noir de l'autre côté du foyer, où Sissa se tenait calmement près d'Hilda. Bien que soulagé de la retrouver indemne, la voir main dans la main avec sa vieille ennemie le rendait fou de rage.

— Patience, Danr.

Hilda le jaugea longuement, comme si elle savait exactement quelles pensées lui traversaient l'esprit.

— Toi et moi allons discuter calmement, comme nous aurions dû le faire ce premier jour, sur la plage.

— Nous avons essayé de discuter, mais ça ne s'est pas très bien terminé, lui rappela-t-il avec aigreur.

— Je le sais et je ne te blâme pas entièrement pour cette débâcle, mais tu m'as surprise, rétorqua sa belle-mère en levant fièrement le menton. Certes, nous avons passé notre vie à nous quereller, Danr, mais Sissa dit que tu es venu sur Skíð pour poser des questions. Pas pour me tuer. Est-ce vrai ?

— Oui, admit-il en luttant contre l'envie malsaine de la contredire juste pour le plaisir. Je ne suis ici que pour t'interroger au sujet de pendentifs. Rurik et Sandulf les ont trouvés parmi les possessions des assassins. Sandulf voulait venir lui-même, mais il a dû escorter deux enfants en Eireann. J'ai donc proposé de m'en charger pour lui. Je jure que je n'avais aucune intention de te tuer ce jour-là.

— Tu étais pourtant sacrément convaincant, de mon point de vue, gronda Joarr.

— Je sais, mais je faisais semblant, je voulais seulement lui faire peur.

— Eh bien, tu as réussi, intervint Hilda avec une grimace contrite. Toutefois, si tu me croyais réellement responsable du massacre… Alors je suppose que je peux comprendre ta réaction.

— Hild…

L'ancienne dame de Maerr leva une main impérieuse, et Joarr se tut.

— Mais je le jure sur ma vie : je n'avais rien à voir avec cette attaque. Jamais je n'aurais pris le risque de blesser mes fils, encore moins Ingrid ou Gilla. Je les adorais.

— Je le sais, à présent, admit Danr en lançant un rapide regard à Sissa. Mais sur l'instant je pense que je *voulais* que tu sois coupable. Je voulais t'entendre l'avouer.

— C'est compréhensible, acquiesça-t-elle d'un ton sans surprise. Si j'avais pu te croire coupable, je n'aurais sans doute pas hésité à t'imputer ce crime. J'imagine que tu comptais également appliquer ta propre sentence ?

— Non, lança catégoriquement Danr en secouant la tête. Je t'aurais conduite devant tes fils, et ils se seraient chargés de ton châtiment. J'ai juré à Sandulf de ne te faire aucun mal, quoi que je puisse découvrir.

— Sandulf me croit donc vraiment impliquée dans cette effroyable tuerie ? s'enquit Hilda, le visage défait de chagrin.

— Je n'irais pas jusque-là, répondit Danr.

Allons bon, était-il en train de la rassurer, à présent ?

— Il n'y croit pas vraiment, mais il a identifié ces pendentifs comme étant les tiens. Il… *Nous* voulons simplement savoir comment ils sont arrivés entre les mains des assassins.

— Je me pose la même question, murmura Hilda, les sourcils froncés. Quand tu les as mentionnés la première fois, je me suis convaincue que tu parlais d'autres bijoux, mais quand Sissa me les a montrés… J'avais la nausée en songeant que des objets m'ayant appartenu avaient pu servir à payer les meurtriers d'Ingrid et Gilla. Mais ça n'a pas de sens, je ne me l'explique toujours pas.

— Sais-tu pourquoi les assassins les avaient ?

— Pas exactement…

— Qu'est-ce que tu veux dire ? demanda Danr, agacé, avec un froncement de sourcils. Soit tu le sais, soit tu l'ignores.

— Dans ce cas, je l'ignore. Ça ne peut pas être ce que je crois.

— *Qu'est-ce que tu crois ?*

Danr serra les poings pour résister à l'envie de se lever pour aller la secouer comme un marronnier.

— D'après Sissa, tu as murmuré le nom de Kolga lorsqu'elle t'a montré les bijoux, renchérit-il.

— Ou… oui.

Pendant un instant, Hilda parut sur le point d'ajouter quelque chose, mais elle se ravisa.

— Elle m'a dit qu'elle les avait donnés à Kolga après s'être disputée avec Sigurd, répondit Joarr à sa place. Qu'elle ne pouvait plus supporter de les voir.

— Ce n'est pas… l'entière vérité, souffla l'ancienne dame de Maerr d'une voix étranglée. Du moins, je les ai bien donnés à ma sœur, mais ce n'était pas à cause d'une querelle avec Sigurd. En réalité, elle m'a forcée à les lui offrir. Elle menaçait de révéler notre liaison au Jarl.

— Elle te faisait chanter ? tonna Joarr, le regard soudain plus noir qu'un ciel d'orage. Pourquoi ne m'as-tu rien dit ?

— Parce que je préférais m'occuper de cela toute seule. Ce n'était pas vraiment du chantage, mais plutôt… un arrangement.

— À mes yeux, ça ressemble fort à du chantage, rétorqua son époux, vindicatif.

— Je suis d'accord, acquiesça Danr en croisant les bras.

— Vous trouvez enfin un terrain d'entente, et c'est pour vous liguer contre moi ? s'exclama Hilda en posant les poings sur ses hanches, exaspérée. Quoi qu'il en soit, cela n'explique pas comment ces pendentifs ont pu se retrouver entre les mains des assassins, conclut-elle.

— Quelle relation votre sœur entretenait-elle avec votre mari ? l'interrogea doucement Sissa.

— Au début, elle en était éprise, répondit Hilda, l'air mal à l'aise. Elle était très en colère quand j'ai épousé Sigurd, jalouse, même. Mais c'était il y a des années.

— Était-elle amère, après cela ? insista la fille aux loups.

— Peut-être un peu. Elle détestait surtout la façon dont Sigurd se moquait de son garçon, Eithr. Mais je ne peux pas croire qu'elle ait pu orchestrer une attaque aussi lâche. Pourquoi aurait-elle fait cela ?

— Parce que c'est une vieille sorcière au cœur de pierre ? suggéra Joarr d'un ton bourru.

— Un autre point sur lequel nous sommes d'accord, acquiesça vivement Danr. Je la détestais encore plus que toi, sans vouloir te vexer, mais, si elle t'a extorqué ces pendentifs afin de les utiliser pour payer les assassins, elle savait forcément que cela permettrait de remonter jusqu'à toi.

— Ce qui signifie qu'elle t'a piégée, en conclut Joarr, une lueur carnassière embrasant à nouveau son regard.

— Non ! s'exclama Hilda en secouant la tête avec véhémence. Kolga est ma sœur. Nous n'étions pas toujours d'accord, mais elle n'aurait jamais fait une chose pareille. Et, même si elle éprouvait de la haine envers Sigurd, pourquoi tuer tous les autres ? Pourquoi s'en prendre à Ingrid et Gilla ? Elle n'avait aucune querelle avec elles.

— Peut-être pas, mais tu dois bien reconnaître que c'est celle qui a le plus profité de cet incident, déclara son mari. Quand Brandt a perdu le royaume, c'est son fils qui en a hérité.

— Mais c'est Thorfinn, son époux, qui en est devenu le régent, répliqua Hilda. Eithr est bien trop faible pour régner lui-même et…

Mais l'ancienne dame de Maerr s'interrompit soudain.

— *Thorfinn !* s'exclama-t-elle avec un claquement de doigts. Thorfinn pourrait bien être à l'origine de tout cela.

Danr échangea un regard songeur avec Joarr.

— Il aurait eu accès aux pendentifs par le biais de sa femme, s'ils étaient en sa possession, acquiesça Danr. C'est possible. Je dois prévenir Brandt.

— Brandt ? s'enquit aussitôt Hilda d'une voix plus douce. Où est-il ?

— Aux dernières nouvelles, il était en Eireann avec Alarr, et tous deux se portaient à merveille. D'ailleurs, Alarr et Sandulf sont également mariés, maintenant.

— Mariés ? répéta Hilda, stupéfaite.

— Oui, de même que Rurik, ajouta Danr en lui lançant un regard appuyé. Au cas où cela vous intéresserait.

Comme il s'en était douté, une étincelle de colère embrasa aussitôt les prunelles de sa belle-mère.

— Pourquoi me soucierais-je de Rurik ?

— Je ne sais pas, peut-être parce que vous avez vécu quatorze ans sous le même toit ?

— Ça ne fait pas de lui un membre de ma famille, siffla acrimonieusement Hilda.

— Oh ! arrêtez ça ! lança Sissa d'un ton réprobateur, telle une mère avec des enfants capricieux, avant de les gratifier d'un regard noir à tour de rôle. Cessez de vous provoquer à la moindre occasion. Cela dure depuis bien trop longtemps ! Vous…

Elle désigna Danr d'un geste exaspéré.

— Vous avez bien failli vous faire tuer pour cette stupide querelle ! Quant à vous…

Elle pointa Hilda de l'autre main.

— Vous avez mis la vie de votre époux en danger à cause de ces sornettes ! Combien d'années avez-vous passées, écrasés par le poids de ce mépris et de cette jalousie ? Et tout ça pour l'attention d'un homme qui ne semblait pas mériter la moitié de votre loyauté ! Résolvez cela entre vous ou cessez de vous plaindre, mais laissez le reste d'entre nous en dehors de ça.

— Elle n'a pas tort, commenta Joarr en se frottant la nuque, l'air à la fois gêné et soulagé que quelqu'un ait donné le fond de sa pensée.

— C'est ridicule ! s'écria Hilda, agacée, en levant le menton avec entêtement. Je n'ai jamais été jalouse de *lui*.

— Si c'était le cas, vous ne seriez pas aussi déterminée à me contredire, riposta aussitôt la fille aux loups avec son habituel aplomb. Mais, puisque vous le prenez ainsi, aucun d'entre vous ne quittera cette pièce tant que cet inepte conflit ne sera pas réglé.

Sissa se tourna vers les autres et désigna la porte d'un geste de la tête.

— Venez, sortons d'ici. J'ai besoin d'air.

— Je n'avais jamais rien entendu d'aussi grotesque, maugréa Hilda en le toisant d'un regard méprisant. Comme si je pouvais être jalouse de toi !

Danr haussa les épaules.

— Eh bien, peut-être pas de moi, mais étant donné que ma mère n'était plus là…

Il soupira.

— Sissa a peut-être raison, reprit-il. Tu sais, pour une femme qui a passé tant d'années loin des hommes, elle les comprend extraordinairement bien. J'ai toujours envié à Brandt, Alarr et Sandulf leurs places légitimes de fils du Jarl. Peut-être étais-je aussi jaloux de toi ?

— Que veux-tu dire ? s'étonna Hilda en baissant très

légèrement le menton. Sigurd vous avait reconnus, Rurik et toi.

— Mais nous n'étions que des bâtards. Des enfants non désirés. Je n'ai jamais eu le sentiment d'être… nécessaire à sa vie, pas quand il possédait déjà trois fils. Des fils bons, forts et intelligents. J'ai passé toute ma jeunesse à tenter de gagner son attention.

— Mais tu l'avais ! Il ne cessait de vanter tes exploits à qui voulait l'entendre.

— Je préférerais l'oublier, avoua amèrement Danr. Je ne suis pas fier de la façon dont je me suis comporté, mais mes… « exploits », comme tu les nommes, semblaient toujours l'amuser.

— Sans doute cela lui rappelait-il le temps qu'il avait passé avec ta mère, maugréa Hilda avec aigreur.

— Ma mère était une femme honnête, répliqua Danr avec colère, avant de rediriger celle-ci vers le souvenir de son père. Elle ne se serait jamais enfuie avec lui s'il ne lui avait pas menti de la sorte.

— Je sais, admit finalement Hilda d'une voix légèrement tremblante avant de s'asseoir d'un air las sur le banc près du foyer. La vérité, c'était que j'avais pitié d'elle, même si je la haïssais de tout mon cœur. Mais c'était injuste de ma part, car j'étais en position de force. Et je n'aurais pas dû me montrer si dure envers Rurik et toi, non plus, mais…

— Mais tu étais malheureuse, dit Danr.

— Oui. J'étais mariée à un homme que j'avais fini par mépriser. Sigurd prenait plaisir à me provoquer mais, quand il vous a installés dans *ma* maison, j'étais folle de rage. Je n'y ai vu qu'une insulte de plus… Mais je n'aurais pas dû me venger sur vous. Vous n'étiez que des enfants.

— Je n'ai rien fait pour t'aider, reconnut Danr en prenant place à côté d'elle. Je me suis mis à te provoquer également, mais tu rendais cela si facile, c'était comme si tu cherchais le conflit !

— Je n'ai jamais…

Mais elle s'interrompit et parut réfléchir à ses paroles.

— D'accord, peut-être as-tu raison. Et au fond j'étais aussi hypocrite que Sigurd.

— Comment cela ?

— Je te reprochais ton comportement avec les femmes, mais la vérité, c'est que ma relation avec Joarr a commencé bien plus tôt qu'elle n'aurait dû.

— Je suis au courant, déclara Danr, amusé.

— Quoi ? fit Hilda dans un sursaut, l'air brusquement prise en faute.

— Joarr n'a jamais été très doué pour les faux-semblants. Tu masquais bien mieux tes sentiments, mais j'ai vite compris malgré tout.

Sa belle-mère s'agita nerveusement sur le siège avant de se tourner vers lui pour le regarder droit dans les yeux.

— Dans ce cas, pourquoi n'as-tu rien dit à ton père ? Cela aurait *certainement* attiré son attention. Et tu te serais vengé de moi par la même occasion.

— Je ne sais pas, répondit-il avec un haussement d'épaules. Peut-être avais-je enfin compris que l'attention du Jarl ne valait pas de tels efforts ? Ou peut-être ai-je essayé de protéger Joarr, parce qu'il avait été comme un père pour moi, bien plus que Sigurd ? Ou peut-être ai-je eu pitié de toi ?

— Pitié de moi ? s'exclama Hilda en relevant aussitôt le menton avec indignation.

— Tu vois ? gloussa Danr. C'est trop facile !

Sa belle-mère le dévisagea un long moment.

— Tu n'es plus le Danr que j'ai connu.

— Je l'espère. Je crois que nous avons tous beaucoup changé depuis ce jour funeste à Maerr.

— Il n'y a pas que cela, le contra Hilda en secouant la tête. Tu étais différent après le massacre, certes, mais aujourd'hui une femme t'a ordonné de ranger ton épée et de parler à ta belle-mère, et tu l'as fait. Le Danr que j'ai connu n'aurait jamais consenti à une telle chose. C'était lui qui menait les dames par le bout du nez, et non l'inverse.

Elle le dévisagea à nouveau, l'air soudain perplexe.

— Et tu étais véritablement prêt à mourir pour elle, n'est-ce pas ?

— C'était entièrement ma faute si elle s'était retrouvée mêlée à cette histoire, dit-il pour se justifier. Je ne pouvais pas la laisser souffrir pour mes vices.

— Est-ce l'unique raison ?

— Non, admit-il.

Il se tut un moment, puis finit par ajouter :

— Elle est… différente.

— Ça, c'est le moins qu'on puisse dire. D'après Knut, elle vit seule dans la forêt ?

— C'était le cas, jusqu'à mon arrivée. Elle m'a trouvé mourant dans les bois et m'a sauvé, puis j'ai dû la convaincre de me laisser rester le temps que mon bras guérisse.

Hilda fit la moue en haussant un sourcil, semblant tirer des conclusions hâtives.

— J'ai réussi, grâce à mes talents de cuisinier, renchérit-il avec un sourire.

— De cuisinier, vraiment ? répéta-t-elle, l'air sceptique. Rien d'autre ? Car j'imagine que tu n'aurais eu aucun mal à circonvenir une jeune femme aussi innocente.

— Dans ce cas, laisse-moi te dire à quel point tu te fourvoies ! pouffa Danr en repensant à la vindicative Sissa. Crois-moi, elle m'aurait embroché de sa lance et jeté en pâture à ses loups, si j'avais tenté ce genre de sottises avec elle.

— Donc tu n'as pas…

— Non.

— *Toi*, tu n'as pas…

— Non !

— Je suis impressionnée… Mais pourquoi ?

— Pourquoi ? s'exclama-t-il avec un rire incrédule.

Je pensais que toi, plus encore que les autres, tu serais heureuse d'apprendre que je me suis comporté de façon honorable avec elle.

— Je le suis ! J'aime beaucoup cette Sissa. Et je crois bien que c'est la première fois que je n'ai pas envie d'étriper l'une de tes conquêtes.

— Comme je l'ai dit à Joarr, Sissa n'est pas l'une de mes conquêtes.

— En es-tu bien sûr ? s'enquit Hilda, soudain inquiète. Parce que tu n'étais pas seulement doué pour attirer les femmes dans ton lit, Danr. Tu parvenais à les faire tomber amoureuses de toi. Peut-être pas intentionnellement, mais c'était l'une des choses que je haïssais le plus dans ton comportement. Cela ne me rappelait que trop la façon dont ton père traitait les femmes quand il était jeune. La façon dont j'étais tombée amoureuse de lui et la facilité avec laquelle il s'était joué de mes sentiments.

— Pour être honnête, Hilda, je souhaiterais presque que tu aies raison, soupira Danr en sentant la douloureuse pointe du rejet lui darder le cœur. Mais c'est l'inverse qui s'est produit. Elle m'a ordonné de quitter Skíð une fois cette affaire résolue et de ne jamais revenir.

— Ah !

— Mais c'est sans doute mieux ainsi, reprit-il, comme pour se convaincre lui-même.

Puis il soupira, passant une main sur son visage.

— Je sais déjà que je ne suis pas digne d'elle. Peut-être avais-tu raison… Peut-être suis-je incapable d'aimer réellement quelqu'un.

— J'ai dit que tu étais arrogant et superficiel, le corrigea sa belle-mère, mais je n'ai jamais pensé que tu étais incapable d'amour. Tu aimais ta mère. J'ai vu combien sa mort t'avait affecté. Tu aimes tes frères, c'est évident. Je l'ai toujours su. *Et* ton père. Tu n'aurais pas été aussi soucieux d'obtenir son aval si tu ne l'avais pas aimé.

Danr acquiesça, la gorge serrée.

— Crois-tu qu'il nous a aimés en retour, malgré tout ?

— Sigurd aimait Sigurd avant tout, soupira l'ancienne dame de Maerr. Mais je pense qu'à sa façon bien à lui il t'aimait. Il a aimé chacun de ses fils.

— Merci, murmura-t-il en déglutissant avec difficulté. Sissa sera plus heureuse sans moi. Comme tu l'as dit, je suis arrogant et superficiel. J'ai hérité des pires défauts du Jarl.

— J'ai parlé sous le coup de la colère.

— Mais tu le pensais.

— À ce moment-là, oui.

— Je ne veux pas devenir ce genre d'homme. Je ne veux pas être comme mon père.

À sa grande surprise, Hilda tendit la main et lui tapota le bras.

— Quelque chose me dit que tu ne l'es plus. Peut-être aurais-tu marché dans les traces de Sigurd, si la vie à Maerr n'avait pas si brutalement changé. Et, ça me démange de l'admettre, mais je pense que tu es devenu quelqu'un de bien, finalement, Danr.

— Je crois que c'est la chose la plus aimable que tu m'aies jamais dite, s'étonna Danr.

— Ne t'y habitue pas trop, rétorqua-t-elle en arquant un sourcil avant de jeter un œil en direction de la porte. Pour en revenir à Sissa, j'émets des doutes sur sa volonté de te voir partir. Lorsqu'elle a recouvré ses esprits, elle n'a songé qu'à te protéger. La plupart des femmes se seraient inquiétées de leur propre sort, mais Sissa n'a pensé qu'à toi. Son entêtement t'a probablement sauvé la vie.

— Ce n'est pas la première fois, rétorqua Danr avec un sourire en coin. C'est devenu une sorte d'habitude.

— Cela veut peut-être dire qu'elle est faite pour toi, lui lança Hilda avec un petit coup dans les côtes.

Danr éclata de rire.

— Si seulement père pouvait nous voir ! Je n'aurais

jamais imaginé me retrouver un jour assis auprès du feu à parler d'amour avec toi !

— Moi non plus ! admit sa belle-mère, une étincelle dans le regard. Mais dis-moi, Danr : est-ce que tu l'aimes ?

— Oui.

— Dans ce cas, tu devrais le lui dire.

— Je l'ai fait. C'est pour ça qu'elle m'a ordonné de partir.

— Parce que tu lui as avoué tes sentiments ? s'enquit Hilda.

Danr fit la grimace.

— Oui, et parce qu'elle veut retrouver la vie que je lui ai volée, son existence solitaire dans la forêt.

— Elle vivait vraiment seule ? Pourquoi ?

— Son foyer a été détruit par des pillards il y a cinq ans. Elle a perdu sa famille et tous ceux qu'elle connaissait. Depuis ce jour, elle fuit le contact avec les autres. Elle ne leur fait plus confiance, et encore moins aux guerriers. Elle pense qu'elle sera plus en sécurité si elle s'isole du monde.

— Mais elle t'a quand même soigné ? Comme les gens du village, n'est-ce pas ?

— Oui. C'est une guérisseuse. Elle dit que c'est son rôle, ce qui lui donne une identité.

— Je vois. Mais pourquoi est-elle venue ici me montrer les pendentifs ?

— Pour m'aider ? suggéra Danr.

— Et pourquoi m'a-t-elle parlé ouvertement, tout à l'heure ? Elle aurait pu garder le silence, et personne n'aurait jamais découvert son secret.

— Parce que…

Danr fronça les sourcils ; il commençait à avoir l'impression de se répéter.

— Pour m'aider ?

— Exactement. Elle ne fait peut-être pas confiance aux gens, mais elle ne se comporte pas comme une femme désintéressée. Elle tenait à te sauver plus qu'elle ne tenait à préserver sa solitude.

— Dans ce cas, pourquoi me chasser ?

— Réfléchis, Danr. Elle a perdu tous ceux qu'elle aimait. Cela a dû être terriblement douloureux. Peut-être a-t-elle peur que le cauchemar ne se reproduise ? Peut-être est-ce la raison pour laquelle elle ne veut plus s'attacher à quiconque ? Si elle craignait seulement d'être blessée physiquement, elle ne serait pas venue au village à ta place et aurait été soulagée de vivre avec un guerrier capable de la défendre.

— Tu es en train de dire qu'elle m'a ordonné de partir… parce qu'elle tient à moi ?

— C'est possible.

— Mais ça n'a aucun sens ! s'exclama Danr, frustré.

— Tant de conquêtes et tu ne comprends toujours rien au beau sexe ! soupira Hilda en levant les yeux au ciel. Ça doit te paraître étrange d'être ainsi rejeté par une femme, pour une fois.

— « Étrange » n'est pas le mot que j'emploierais, grommela Danr en lui lançant un regard noir. Ce n'est pas un sentiment très agréable.

— Non, je n'en doute pas, mais je suppose que c'est un juste retour des choses. Comptes-tu réellement abandonner si facilement ?

— Je ne fais que respecter son souhait, maugréa-t-il.

— Dans ce cas, tu es vraiment un âne bâté ! s'exclama Hilda en reniflant avec mépris. Que vas-tu faire, alors ?

— Voyager jusqu'en Eireann et raconter à Brandt ce que nous avons découvert.

— Et ensuite ?

— Je l'accompagnerai pour interroger Thorfinn.

— Et quand toute cette histoire sera terminée ?

— En quoi cela te concerne-t-il ? s'enquit Danr, agacé.

Mais sa belle-mère se contenta de pincer les lèvres, l'air pensive.

— Tu sais, Joarr aimerait construire sa propre maison, peut-être un nouveau village ou une forteresse. Il aura besoin d'hommes. De guerriers.

Danr haussa les sourcils de surprise et se laissa aller contre le dossier du banc, incrédule.

— Es-tu en train de me demander de revenir ? Et de vivre ici, sur la même île que vous ?

— Je crois que oui.

Hilda semblait aussi stupéfaite que lui d'avoir suggéré une telle chose.

— Peut-être toute cette histoire m'a-t-elle fait perdre la raison, mais je t'ai causé beaucoup de tort et… je crois que j'aimerais y remédier.

— Peut-être suis-je en train de devenir fou également, mais je trouve cette proposition très tentante, admit-il en secouant la tête, amusé. L'idée d'un nouveau village me plaît mais, comme je te l'ai dit, Sissa ne veut plus de moi ici.

— Peut-être a-t-elle juste besoin de temps ? suggéra Hilda avant de se lever et de le jauger du regard. Tu sais, la fierté était une autre faiblesse de ton père. Il n'aurait jamais pris le risque d'être rejeté par une femme. Par chance, tu n'as plus envie de lui ressembler, n'est-ce pas ?

Elle lui sourit avant d'ajouter :

— Va lui parler, Danr. Essaye au moins de découvrir la vérité. Tu as droit à une seconde chance, ne la laisse pas te filer entre les doigts sans te battre.

Chapitre 21

— Puis-je me joindre à vous ?

Sissa jeta un œil par-dessus son épaule et vit Knut approcher. Elle s'était assise dehors, devant la longère, suffisamment près pour percevoir de potentiels éclats de voix et intervenir si nécessaire. Mais, à son grand soulagement, tout semblait calme à l'intérieur.

— Bien sûr.

— Vous vous appelez Sissa ?

— Oui.

— Vous êtes une Viking ?

— Oui.

— Et depuis toutes ces années vous pouviez parler ?

— Oui.

— Pourquoi ne nous avoir rien dit ? s'étonna-t-il, visiblement confus, mais le visage empreint d'une réelle bienveillance.

Sissa ne doutait pas que le chef du village aurait contraint Joarr à la relâcher, si Danr n'était pas arrivé avant. Et, maintenant qu'il avait pu constater qu'elle n'était pas muette, autant lui dire toute la vérité.

— Parce que je viens de l'autre côté de l'île, du village brûlé.

— Mais il a été détruit il y a des années, avant même notre arrivée ! s'exclama Knut, choqué.

— Oui. Je suis la seule survivante.

— Par la lune !

L'homme se frotta le menton de son épaisse paume.

— Je suis désolé, dame Sissa. Si j'avais su…

— Je ne supportais plus de vivre à proximité d'autres personnes. Les guerriers, en particulier, m'effrayaient.

Knut acquiesça, compréhensif.

— Ces hors-la-loi ont frappé à plusieurs endroits. Une demi-douzaine de villages à travers les îles ont été détruits avant que ces mécréants soient pris en chasse et capturés.

— Ils ont été capturés ?

Sissa eut l'impression que son cœur s'arrêtait.

— Et punis comme il se doit, conclut sombrement le chef du village. Plus rien de similaire ne s'est produit depuis.

— Tant mieux, souffla-t-elle, la gorge nouée, les yeux embués. Je suis soulagée.

— Je suis vraiment navré d'apprendre ce qui vous est arrivé, mais je vous promets que personne ici ne vous fera de mal ou ne laissera quelqu'un vous en faire, jura-t-il avec solennité. Si vous souhaitez vous installer parmi nous et continuer d'être notre guérisseuse, nous vous offrirons une maison. Vous serez une femme respectée, et nous veillerons à votre confort.

— Non, répondit-elle en secouant la tête, la panique la gagnant à nouveau. Je vis seule. Nous pouvons reprendre comme avant.

— Je comprends, si c'est ce que vous souhaitez.

Un silence chaleureux s'installa quand soudain Knut leva les yeux ; un sourire soulagé naquit sur les lèvres du chef lorsque Danr émergea de la longère, visiblement satisfait de ses échanges avec Hilda.

— Et vous, Danr Sigurdsson, que comptez-vous faire, à présent ?

— Je dois me rendre en Eireann et prévenir mes frères de nos découvertes.

— Si tard dans l'année ? s'inquiéta l'homme. La traversée sera rude.

— La côte n'est pas loin, et je ne peux pas me permettre d'attendre. Brandt doit savoir pour Kolga et Thorfinn.

— Dans ce cas, je vous prêterai un bateau, et un équipage vous accompagnera.

Danr le remercia d'un hochement de tête entendu, avant de poser le regard sur Sissa. Knut hésita un moment, l'air mal à l'aise.

— Je vais m'occuper des préparatifs, finit-il par dire.

— Merci.

Danr attendit que l'homme disparaisse au coin d'une maison avant de se tourner vers elle, le front plissé par l'inquiétude.

— Êtes-vous sûre que tout va bien ? s'enquit-il. Après tout ce qui vous est arrivé… Ils ne vous ont pas maltraitée ?

— Non. Je me suis cogné la tête et j'ai été ligotée, mais je ne souffre d'aucune blessure.

Elle vit ses yeux bleus se durcir.

— Rien de tout cela n'aurait dû se produire, déclara-t-il. Je suis désolé de vous avoir entraînée dans cette histoire.

— Vous ne m'y avez pas entraînée. J'ai choisi de m'impliquer.

— Je m'en veux malgré tout, mais je vous suis profondément reconnaissant. Pour tout ce que vous avez fait. Quant à toutes ces choses que je vous ai dites, sur le fait de rester… je n'aurais pas dû. Ce n'était pas ma place. Si vous souhaitez vivre seule dans la forêt, alors c'est à vous d'en décider, et non à moi. Je n'ai aucun droit de vous imposer mon opinion ou d'exiger de rester auprès de vous. J'ai simplement craint de vous perdre, mais cela non plus ne justifie en rien mon comportement.

Il tourna la tête sur le côté, et Sissa le vit crisper la mâchoire.

— Je n'avais jamais eu aussi peur de toute ma vie, mais

c'est la première fois que je ressens quelque chose de si fort pour quelqu'un, poursuivit-il. J'avais toujours fui l'amour, persuadé qu'il ne menait qu'au chagrin. Maintenant, je pense que j'attendais simplement que la bonne personne croise ma route et me trouve gisant dans une mare de sang au fond de la forêt.

Danr esquissa un sourire avant d'ajouter :

— Et je comprends, à présent, pourquoi vous jugez la solitude plus sûre. Quand j'ai cru que Joarr vous avait fait du mal… Par la lune, je ne veux plus jamais ressentir une telle terreur. Ne pas aimer est moins risqué, on évite ainsi d'être blessé. Peut-être est-ce pour cela que je me conduisais de manière si désinvolte avec les femmes… Mais je ne veux plus vivre de la sorte. Tout ce que je désire, désormais, c'est être avec vous, partager votre vie, profiter de chaque instant en ce monde, à vos côtés… J'ai conscience que vous êtes capable de vous débrouiller seule, toutefois rien ne vous y oblige. Comme vous le disiez, ce doit être votre choix. Je souhaiterais vous aider à prendre soin de vous. Il doit bien y avoir des choses pour lesquelles je pourrais vous assister… Quoi que vous attendiez de moi, je le ferai. Parce que je vous aime, Sissa. Je n'avais jamais prononcé ces mots de toute mon existence, mais pour vous je les déclame haut et fort. J'aime tout ce qui vous définit. Votre force, votre courage, votre indomptable chevelure… Même vos loups ! gloussa-t-il. Quand je suis avec vous, je me sens bien et enfin… à ma place. Si vous souhaitez toujours que je m'en aille, alors je partirai, mais, si vous acceptez de me laisser revenir, je jure d'être un compagnon aussi loyal et fidèle qu'Halvar. Je ne peux pas vous promettre d'être moins bavard, admit-il, mais je trouverai d'autres moyens de me faire pardonner.

Le guerrier s'interrompit enfin et reprit son souffle. Puis il plongea le regard dans le sien, et Sissa eut la sensation qu'il dérobait son cœur.

— Qu'en pensez-vous, Sissa ? Pourriez-vous supporter de vivre avec un homme qui vous aime ? Et qui cuisine ?

Sissa ouvrit la bouche, puis la referma. Pourrait-elle l'accepter ? *Oui.* Mais plus encore : c'était ce qu'elle désirait. L'image qu'il dépeignait était si parfaite, idyllique… mais cela ne la rendait que plus dangereusement séduisante.

— Sissa, murmura-t-il, les sourcils froncés, face à son absence de réaction. Vous m'avez dit l'autre jour que vous aviez survécu pour votre mère, parce que c'était ce qu'*elle* aurait voulu, mais pensez-vous vraiment qu'elle se soit sacrifiée pour que vous vous retranchiez, seule, au milieu de la forêt ? Ne croyez-vous pas qu'elle a donné sa vie pour vous permettre d'être un jour à nouveau heureuse et chérie ? Je vous en prie, laissez-moi une chance. Une simple chance. C'est tout ce que je demande.

Sissa se raidit lorsqu'une image de sa mère s'imposa devant ses yeux. Toutes ces années avaient fini par adoucir son chagrin, révélant un profond amour qui, au fond, était le sentiment le plus important et le plus fort de tous. Perdre ses parents aurait été plus facile si elle ne les avait pas aimés, mais alors elle aurait manqué l'une des plus merveilleuses sensations au monde. Sans cet amour, sans le souvenir de cet amour, Sissa savait qu'elle n'aurait jamais survécu. L'affection de ses parents était la raison même pour laquelle elle s'était tant battue, mais c'était Danr qui l'avait ramenée à la vie, ravivant une flamme qu'elle avait cru éteinte. Si elle le laissait partir aujourd'hui, alors le reste de son existence ne serait rien de plus que cela… de la survie. Il avait raison ; ce n'était pas l'existence que sa mère aurait souhaitée pour elle, ce n'était pas une vie digne de son sacrifice.

— Je suis vraiment un incorrigible moulin à paroles, finit par marmonner le guerrier en voyant qu'elle ne répondait toujours pas.

Il inclina tristement la tête.

— Adieu, Sissa.

— Attendez, lança-t-elle en posant une main sur son bras alors qu'il se détournait.

En dépit de toutes ses peurs, Sissa savait qu'il avait raison… et qu'elle ne pouvait pas le laisser partir.

— J'ai également mes torts. Je craignais de m'attacher à vous, car j'étais terrifiée à l'idée de vous perdre et de revivre la même épreuve que le jour où tous ceux que j'aimais ont été tués. Mais ne trouvez-vous pas illogique de repousser une personne *parce que* l'on tient à elle ? Car, finalement, on la perd malgré tout.

— Cela me semble effectivement très illogique, acquiesça le guerrier, et Sissa vit une étincelle d'espoir scintiller dans ses yeux d'azur.

Danr fit un pas prudent vers elle, comme s'il craignait qu'elle disparaisse au moindre geste brusque.

— Et je ne peux plus reprendre le cours de mon ancienne vie, poursuivit-elle. Les villageois savent que je peux parler, désormais. Les choses ne seront plus jamais comme avant.

— Je suis désolé, souffla-t-il, l'air véritablement navré.

— Je ne le suis pas.

Sissa glissa la main le long de son bras jusqu'à effleurer ses doigts des siens.

— J'en suis heureuse. Je suis heureuse de vous avoir trouvé gisant dans la forêt, Danr Sigurdsson. Et je suis heureuse que vous ne m'ayez pas laissée vous repousser. Je le suis parce que…

Elle s'interrompit et se mordit la lèvre. Sissa ne parvenait toujours pas à lui dire qu'elle l'aimait, pas encore, mais elle savait comment toucher son cœur.

— Parce que je veux que vous reveniez. Quand vous aurez accompli votre serment, revenez et devenez mon compagnon, pour de bon.

Elle sourit quand il saisit ses deux mains et les porta à

ses lèvres pour les couvrir de tendres baisers, l'air profondément bouleversé.

— Vos désirs sont des ordres, mon aimée. Mais avant tout, épousez-moi.

— Quoi ? s'exclama Sissa en écarquillant les yeux de stupeur.

— Épousez-moi. Devenez ma compagne, officiellement. Ce soir, avant mon départ.

— Ce soir ? répéta-t-elle, bouche bée. Mais je viens juste… Pourquoi tant de hâte ?

— Parce que je tiens à prouver tout ce que je vous ai dit. Je veux vous montrer que je pensais chaque mot. J'ignore combien de temps il me faudra pour gagner le pardon de mes frères, mais je tiens à faire un autre serment… envers vous. Pour que le monde entier sache que je reviendrai, même si je dois nager jusqu'ici avec un seul bras !

Il serra ses mains entre les siennes.

— Je reviendrai, conclut-il, et plus jamais je ne vous dirai comment vivre votre vie. Nous prendrons les décisions ensemble.

— D'accord, je vous épouserai.

Sissa éclata d'un rire incrédule, surprise par sa propre réponse.

— Je vous épouserai ce soir.

— Hilda ? appela-t-il aussitôt sans la quitter des yeux.

La voix de sa belle-mère ne tarda pas à se faire entendre.

— Eh bien, ravie de voir que tu as suivi mon conseil, pour une fois, répondit l'ancienne dame de Maerr en émergeant de la longère pour les rejoindre.

— Je l'ai suivi, admit-il avec un large sourire, et c'était vraiment un excellent conseil. Maintenant, dis-moi, quel conseil me donnerais-tu si je souhaitais organiser un festin nuptial ce soir ?

— Je te répondrais d'arrêter tes sottises et d'attendre demain. Il va bientôt faire nuit.

— Mais est-ce *techniquement* possible ?

— Oui, je suppose, rétorqua Hilda en haussant les épaules avant de se figer et de les regarder tour à tour, bouche bée. Tu veux dire que… ? Par les étoiles, Danr, tu ne feras donc jamais les choses à moitié !

Aussitôt, sa belle-mère tendit la main à Sissa et l'entraîna derrière elle.

— Venez, je vais vous emmener directement aux bains.

— Pardon ? Pourquoi ? demanda Sissa, éberluée.

— Parce que c'est la tradition. L'une d'entre elles, du moins. Nous n'aurons guère le temps pour la plupart des autres, mais nous ferons de notre mieux. Nous n'avons que quelques heures, tout au plus.

— Non, nous avons une heure, la corrigea Danr d'un ton ferme. Si je dois partir demain, je tiens à passer autant de temps que possible avec mon épouse avant la fin de cette journée.

Puis le guerrier tourna vers Sissa un regard d'une telle tendresse qu'elle sentit son cœur chavirer.

— Une heure, et nous serons mariés.

Mais Danr comprit bien vite qu'une heure pouvait paraître une éternité. En particulier quand un homme venait de déclarer son amour et qu'il prévoyait de repartir de façon imminente… Alors chaque précieuse seconde de perdue lui semblait plus intolérable que la précédente. Mais, à moins de prendre d'assaut la maison en bois où se trouvaient les bains du village, Danr ne pouvait rien y changer. Par ailleurs, Joarr, Knut et une demi-douzaine d'autres guerriers insistèrent pour qu'il accomplisse son propre rituel de purification : une tonifiante baignade dans le loch marin. Toutefois, il songea que l'attente en valait la peine lorsqu'il découvrit enfin Sissa dans sa tenue nuptiale. La fille aux loups lui offrit une vision si enchanteresse qu'il en eut le souffle coupé. Elle avait revêtu une robe d'un bleu profond qui tombait jusqu'à ses chevilles, doublée d'une tunique couleur paille, le tout maintenu en place sur ses épaules par deux splendides broches d'argent, reliées par un cordon de perles d'ambre qui dansaient délicatement sur sa poitrine. Sa chevelure avait été domptée, tressée et surmontée d'une couronne nuptiale en argent aux motifs de feuilles entremêlées, qui lui donnait plus que jamais l'apparence d'une reine de la forêt.

La cérémonie en elle-même fut brève, avec un simple échange d'anneaux et, à la demande de Danr, le moins d'effusions de joie possible. Depuis les terribles événements de Maerr, les mariages avaient perdu leur attrait à ses yeux, et il trouvait difficile de s'adonner à des festivités débridées après ce qu'il venait d'apprendre au sujet de Kolga et de Thorfinn. Mais, surtout, il savait combien Sissa se sentait mal à l'aise au milieu de tous ces étrangers et avait conscience qu'elle n'aurait pas apprécié d'être étreinte des dizaines de fois, aussi sincères que puissent être les vœux de bonheur des villageois. Tout au long de la cérémonie, il avait pu sentir la tension qui raidissait le corps de la jeune femme, au point de lui donner l'impression de passer l'anneau sur un morceau de bois plutôt qu'à son doigt.

— J'ai besoin d'air, murmura finalement son aimée en se penchant vers lui.

Ils étaient en plein milieu du festin, et leur absence serait sans doute remarquée, mais Danr n'en avait cure.

— Je suis là, répondit-il aussitôt en bondissant.

Il vida d'une traite le restant de sa corne nuptiale remplie d'hydromel et lui tendit la main.

— Vous partez déjà ? s'enquit Hilda en levant vers lui des yeux étonnés. La moitié des villageois sont encore en train de manger.

— Ah, mais je n'ai plus l'habitude de vivre enfermé

aussi longtemps, rétorqua-t-il gaiement. J'ai besoin d'air, chère marâtre, ajouta-t-il, lui tirant une grimace amusée.

Il fit mine de ne pas remarquer le sourire conspirateur de Joarr et inclina respectueusement la tête à l'intention de Knut.

— Mes sincères remerciements pour ce festin. Nous sommes honorés par la chaleur de votre hospitalité.

— Tout l'honneur est pour nous, répondit généreusement Knut en levant sa propre corne. Vous êtes nos invités pour aussi longtemps que vous le souhaiterez.

— Mille mercis, seigneur.

Puis Danr plaça la main dans le dos de son épouse et la guida jusqu'à l'extérieur, récupérant une paire de fourrures avant de sortir. Ils traversèrent le village, franchirent les grandes portes et gagnèrent la côte de galets au-delà de la palissade. Il faisait noir, mais les étoiles et la lune, déjà hautes dans le ciel, scintillaient paisiblement, leur éclairant le chemin.

— Vous allez mieux ? demanda-t-il en s'arrêtant au beau milieu de la plage pour lui faire face.

Son intuition lui chuchotait de ne pas la submerger d'attentions et de lui laisser le temps de se remettre de ses émotions, mais il mourait d'envie de la toucher.

— Beaucoup mieux.

Elle se tourna vers la mer et expira longuement, comme si elle avait retenu son souffle toute la soirée.

— Merci, Sissa. Je sais que ce n'était pas facile pour vous.

— Non… Il y avait tellement de gens, reconnut-elle en prenant une autre profonde inspiration avant de se pencher vers lui et de poser la tête sous son menton. Mais ce n'était pas aussi terrifiant que je le craignais.

— Tant mieux, répondit-il en plaçant une main hésitante sur sa hanche. Un mariage est toujours plus festif quand il n'est pas trop terrifiant ! ajouta-t-il avec humour.

— Tu sais ce que je veux dire, rétorqua Sissa avec un sourire doux.

— Je le sais, acquiesça-t-il, touché par la proximité que la jeune femme venait d'instaurer entre eux par ce simple tutoiement.

Il pencha la tête et déposa un baiser dans sa chevelure au parfum divin.

— Ta famille sera-t-elle contrariée que nous nous soyons mariés sans leur consentement ? Tes frères pourraient s'y opposer.

— Non, la rassura-t-il. Ne t'inquiète pas pour eux.

— Je n'ai pas de dot. Aucun bien de valeur.

— Moi non plus. En termes financiers, nous avons tous deux fait une très mauvaise affaire, mais pour ce qui est des choses qui comptent *réellement*…

Danr prit tendrement son visage entre ses mains et caressa ses joues de ses pouces, glissant les doigts dans ses cheveux avec l'impression bouleversante de tenir un trésor entre ses paumes.

— Je me considère comme l'homme le plus riche du monde.

— Le *compagnon* le plus riche du monde, le corrigea-t-elle en fermant les paupières lorsqu'il déposa un baiser entre ses yeux, un autre sur son nez, puis un dernier, d'une exquise délicatesse, sur ses lèvres.

— Sissa…

Il s'écarta doucement et pressa le front contre le sien.

— Tu sais que je ne peux toujours pas… Pas tant que…

— Que tu n'auras pas accompli ton serment, je sais.

— Oui. Mais il y a des… choses que je pourrais faire *pour* toi.

Il hésita, se demandant s'il ne ferait pas mieux de lui proposer de rentrer au village et de dormir. Après l'interminable journée qu'ils venaient de vivre, il ne voulait pas risquer de la choquer.

— Quel genre de choses ? l'interrogea-t-elle, sa curiosité éveillée.

— Eh bien, il y en a une que je rêve de faire depuis quelque temps déjà, mais il serait sans doute plus simple de te montrer. Le souhaites-tu ?

Il attendit qu'elle acquiesce avant de glisser les doigts au creux de sa paume et de l'entraîner en direction de la forêt.

— Où allons-nous ?

— Tout près.

Il la conduisit jusqu'à la lisière des bois, puis l'attira dans son étreinte et l'embrassa à nouveau.

— Il n'y a aucune raison d'avoir peur.

— Je n'ai pas peur, le rassura-t-elle, haletante, entre deux baisers enfiévrés. J'ai confiance en toi.

— J'en suis honoré.

Il la prit dans ses bras et se laissa glisser sur un lit de mousse tendre, au pied d'un pin, sur lequel il l'allongea délicatement.

— Tu peux me demander d'arrêter dès que tu le souhaites.

— Danr ?

Il lut de la confusion sur le visage de son épouse lorsqu'il remonta amoureusement le bas de sa robe jusqu'à ses hanches avant de glisser une main entre ses cuisses.

— Je croyais que tu ne pouvais pas…

— C'est le cas. Mais il s'agit d'autre chose, murmura-t-il contre sa gorge, traçant un sillon de baisers brûlants de sa poitrine jusqu'à son bas-ventre.

Sissa soupira d'aise et s'étira sous ses mains. Danr ne put retenir un grognement d'impatience. Il se faufila entre ses cuisses et laissa ses doigts vagabonder aux frontières de son jardin secret. Finalement, il se pencha et déposa un baiser au creux de son intimité tout en massant la peau sensible de son entrejambe en formant de petits cercles. Sissa se raidit aussitôt, mais n'émit aucune protestation. Puis il la sentit se détendre sous l'amoureuse dextérité de ses doigts et de sa langue, et bien vite son corps s'arqua vers les étoiles, se mouvant en harmonie avec ses caresses. La mélodie crescendo de ses gémissements trahissait la vague de plaisir qui montait en elle, jusqu'à la submerger entièrement, lui tirant un long cri de volupté qui résonna dans l'obscurité.

Danr l'attira dans son étreinte et serra contre lui son corps enfiévré, languide et tremblant.

— Sissa ? murmura-t-il au bout d'un moment, souriant lorsqu'il la sentit nicher le visage au creux de son cou avec un bâillement ensommeillé.

— Hum ?

— J'ai une faveur à te demander.

Il hésita. Après la confiance qu'elle venait de lui accorder en l'autorisant à la toucher aussi intimement, Danr éprouvait de la culpabilité à lui faire une telle requête. Mais il devait essayer.

— C'est important pour moi.

— Est-ce quelque chose qui va me déplaire ?

— Peut-être. Sans doute. Mais ce ne sera pas pour longtemps.

Sa merveilleuse fille aux loups poussa un soupir lascif.

— Si j'accepte, pourras-tu refaire… ce que tu viens de faire ?

— Avec plaisir, gloussa-t-il. Toute la nuit, si tu le désires.

Sissa recula doucement la tête pour l'observer.

— Comment se fait-il que cela ne brise pas ton serment ? N'est-ce pas une façon de s'accoupler ?

— Pas exactement.

Il la fit rouler sous lui et ajouta :

— Non pas que je ne passe pas un bon moment, mais tu n'as pas idée de la torture que je suis en train de m'infliger.

— D'accord.

Elle lui sourit paresseusement et lui entoura le cou de ses bras.

— Si tu le refais, j'accepte de t'accorder une faveur, dit-elle sur un ton amusé. De quoi s'agit-il ?

— J'aimerais que tu restes ici. Au village. Jusqu'à mon retour d'Eireann. Aïe !

Danr se retrouva projeté en arrière quand Sissa arracha les bras de son cou et lui infligea un puissant coup sur le torse.

— Attends, écoute-moi…

— Non ! Comment peux-tu me demander ça, après tout ce que tu m'as dit ?

— Je sais !

Il lui saisit la taille et la fit chuter sur ses genoux avant qu'elle puisse prendre la fuite.

— C'est pourquoi je me contente de te poser la question. C'est une requête, non une exigence. Tu es libre de refuser.

— Alors je refuse ! Tu sais que je ne suis pas à mon aise, ici. Je ne veux pas porter de beaux vêtements, manger dans une grande salle et… *parler* !

Son poing le cueillit à l'épaule, cette fois-ci, et Danr dut étouffer un grognement de douleur.

— Je veux rentrer chez moi.

— Ce ne sera pas pour longtemps.

— Tu ne sais même pas *combien* de temps tu seras parti !

— Mais je reviendrai avant d'accompagner Brandt où que ce soit, je te le promets. Comme ça, nous pourrons en reparler. Je t'en conjure, Sissa, je ne parviendrai jamais à gagner l'Eireann si je te sais seule dans la nature.

— Je vis seule dans la nature depuis trois ans, Danr !

— J'en ai conscience, grogna-t-il en la maintenant contre lui tandis qu'elle se tortillait pour se libérer. Mais je ne serai absent qu'une semaine, deux tout au plus, si le temps reste clément.

— Et si la neige vient ?

— Raison de plus pour que tu habites ici pour le moment.

— Je suis prête à affronter l'hiver.

— Ça n'en demeure pas moins dangereux pour une personne seule, aussi forte soit-elle.

— Et que fais-tu de Tove et d'Halvar ? Ils ne pourront pas vivre au village.

— Non, mais Halvar n'attend qu'une occasion pour partir et emmener sa compagne, tu le sais.

Danr effleura sa nuque d'un baiser.

— As-tu songé qu'il était peut-être temps de les libérer, Sissa ? Je ne te demanderai plus aucune autre faveur après cela. Mais, s'il te plaît, reste au village jusqu'à mon retour, pour rassurer l'âne bâté que je suis. Je t'en prie.

Chapitre 22

— Thorfinn et Kolga ?

Sandulf fut le premier à parler après un long et austère silence. Danr acquiesça sombrement, étudiant le visage de chacun de ses frères. Ils se tenaient en cercle dans les appartements privés d'Alarr ; c'était la première fois depuis plus de deux ans qu'ils étaient tous réunis dans la même pièce.

— Tu en es bien certain, Danr ? l'interrogea Brandt en croisant les bras, ses yeux disparaissant presque sous ses sourcils froncés.

— Oui. Hilda refuse d'y croire, mais plus j'y réfléchis et plus l'hypothèse me semble probable. Celui ou celle qui a orchestré cette attaque savait comment s'y prendre et connaissait nos faiblesses. Et qui avait le plus à y gagner sur le long terme ? Kolga s'est emparée de Maerr au nom de son fils, mais qui est son tuteur ?

— Son époux.

Rurik passa une main dans ses cheveux.

— Kolga a toujours été une femme froide, aigrie et exécrable, mais faire assassiner Ingrid et Gilla de façon si brutale… Pensez-vous que Thorfinn ait pu la forcer à être complice d'un tel crime ? À moins qu'il n'ait agi seul ? Si Kolga avait les pendentifs, il n'a pas dû avoir de difficulté à les récupérer.

— Que faisons-nous, à présent ? s'enquit Alarr, le regard

fixé sur Brandt. Tu sais que nous te suivrons jusqu'au bout, mon frère.

— Je vais aller interroger Thorfinn, répondit Brandt d'une voix aussi grondante et menaçante que le tonnerre. Rurik a raison. Ce genre de bassesse lui ressemble, je ne pense pas Kolga capable d'orchestrer un tel complot sans soutien. Je dois me rendre à Maerr et découvrir la vérité.

— Tu veux dire « nous » !

— Non, s'écria l'aîné. Cette fois, j'irai seul.

— Brandt…

— J'ai dit *« seul »*, conclut-il d'un ton qui ne souffrait aucun débat. Si Thorfinn est bel et bien responsable de la mort de mon aimée, alors cette histoire est entre lui et moi.

— Entendu, finit par acquiescer Alarr.

Ils échangèrent un long regard.

— Tu iras seul, ajouta-t-il, à condition que tu nous appelles si tu as besoin de notre aide. Nous accourrons, où que nous soyons.

— C'est de la folie ! s'exclama furieusement Danr en avançant d'un pas. C'est trop dangereux pour que nous laissions Brandt y aller sans escorte. Ce n'est pas seulement ton combat, c'est aussi le nôtre.

— Plus maintenant, répliqua Brandt, catégorique. Si j'échoue, vous pourrez venir mettre un terme à ce que j'aurai commencé. Mais c'est à moi de régler cela. Tu as ce que nous attendions de toi, Danr, pour toi la course s'arrête là.

— Pas tant que je n'aurai pas arrangé les choses.

— Tu ne peux pas, répondit Brandt avec compassion en secouant la tête. Personne ne le peut.

Son aîné posa une lourde main sur son épaule, et son expression s'adoucit.

— Mais tu les as grandement améliorées. Il est temps pour toi de cesser de te punir.

Danr serra la mâchoire.

— Mais je t'ai déçu. J'aurais dû être là, quand c'est arrivé.

— Mais ce n'était pas le cas, car les assassins craignaient suffisamment ton talent à l'épée pour préférer te tenir à l'écart. Et je suis soulagé qu'ils l'aient fait avec une femme plutôt qu'avec une dague. Sans cela, j'aurais perdu un frère en plus de mon père et de mon épouse.

— Et j'aurais perdu mon jumeau, renchérit Rurik en lui attrapant l'autre épaule.

— Et qui m'aurait sauvé la vie, en Strathclyde ? dit Sandulf en souriant. Nous ne te reprochons pas d'avoir survécu, mon frère.

— Vous... Vous pouvez réellement me pardonner ? s'étonna Danr en croisant leur regard tour à tour.

— Bien sûr. Quelles que soient tes fautes, tu as su te racheter, acquiesça Alarr solennellement. À présent, tu dois reprendre le cours de ta vie.

— Et... d'autres choses, gloussa Sandulf. Puisque cela signifie que tu as accompli ton serment.

— Quel serment ? l'interrogea Alarr en les étudiant tous les deux avec curiosité. Danr ? Sandulf ?

— Ce n'est pas à moi de le dire, rétorqua le benjamin en haussant les épaules avec amusement. Mais vous n'en croirez pas vos oreilles... D'ailleurs, j'y crois encore à peine moi-même. Et *personne* à Maerr ne le croira non plus.

— Quoi ? s'exclamèrent impatiemment Brandt, Alarr et Rurik.

— Plus de femmes, annonça finalement Danr en lançant un regard vengeur à Sandulf avant de s'éclaircir la gorge. J'ai juré de ne plus partager le lit d'une femme tant que je ne me serais pas racheté et que je n'aurais pas obtenu votre pardon.

— *Toi*, tu as fait un vœu de chasteté ? intervint Rurik, incrédule.

— Oui.

— Quand ?

— Après le massacre.

— Mais c'était il y a trois ans !

— Pas besoin de me le rappeler, merci.

— Et tu as tenu parole… *pendant trois ans* ?

— Puisque je te le dis !

— Tu veux vraiment me faire croire que *toi*…

Rurik marqua un temps pour l'emphase.

— *Toi*, mon frère, Danr Sigurdsson, n'as pas mis la moindre femme dans ton lit… depuis trois ans ?

— Ce n'est tout de même pas *si* improbable que ça !

Danr commençait à perdre patience.

— Et ce n'est certainement pas drôle.

— Oh ! mais ça l'est ! gloussa son jumeau.

Alarr poussa un long sifflement.

— Eh bien, on dirait que les gens peuvent changer, finalement.

— Je savais que tu y arriverais ! s'exclama Sandulf en lui envoyant une grande claque dans le dos avec un rire tonitruant. J'avais une totale confiance en toi.

— Mais, dans ce cas, que fais-tu encore ici avec nous ? ajouta Brandt qui, pour une fois, cédait lui aussi à l'hilarité générale. La moitié des servantes de cette forteresse t'ont lorgné sans vergogne à ton arrivée. Va donc t'en trouver une !

— Ou deux ! renchérit Sandulf avec enthousiasme. Mais, si Ceanna t'interroge, je nierai avoir dit cela.

— Non, répondit tranquillement Danr.

— Non ? s'exclama Alarr en haussant les sourcils. Ne me dis pas que tu as oublié comment t'y prendre, mon frère ? Je peux te donner quelques conseils, si tu le souhaites…

— Je ne veux plus de n'importe quelle femme, riposta-t-il en plantant fermement les pieds dans le sol tandis que les quatre Vikings le dévisageaient d'un air ébahi. Je n'en veux qu'une seule. *Ma* femme.

— Ta… femme ? Parles-tu d'une épouse ? l'interrogea Rurik, bouche bée.

— Oui. Son nom est Sissa, et nous nous sommes mariés

juste avant mon départ de Skíð. Elle vit avec Hilda en attendant mon retour.

— Quoi ?

Son jumeau fronça les sourcils, échangeant des regards perplexes avec leurs autres frères. Brandt fut le premier à se remettre du choc.

— Hilda ? Notre mère, Hilda ? *Ta* belle-mère ? Celle que tu détestes de tout ton cœur depuis ton enfance ? Cette Hilda-là ?

— Celle-là même.

Il haussa les épaules avant d'ajouter :

— Mais nous essayons de nous montrer moins hostiles l'un envers l'autre.

— Attends, attends, intervint à nouveau Rurik. Que je comprenne bien…

Il l'enveloppa d'un bras fraternel avant de reprendre :

— Non seulement tu t'es engagé, pour la vie, auprès d'une unique femme, mais tu tiens à retourner sur Skíð pour vivre sur la même île que notre belle-mère ?

— C'est exactement cela. Sissa et Hilda semblent bien s'entendre. Mais nous n'habiterons pas *avec* elle. Nous nous installerons dans la forêt.

— Dans la forêt ?

— Oui, Sissa possède une jolie maison ronde. C'est petit mais très douillet. Elle a aménagé une grotte, aussi. C'est une guérisseuse.

— Je vois…

Mais Rurik ne paraissait pas comprendre du tout. Il continuait d'échanger des regards confus avec les autres.

— Est-ce une beauté ? le questionna-t-il.

— Pas de façon évidente, reconnut Danr sans pouvoir retenir un sourire. La première fois que je l'ai rencontrée, elle avait de la cendre sur les joues, et ses cheveux avaient l'apparence d'un nid de paille.

— Dans ce cas, elle doit avoir de beaux arguments ?

suggéra Rurik en mimant une généreuse poitrine sur son torse.

Danr haussa les épaules, de plus en plus amusé.

— Elle dit qu'elle ressemble à un arbre. Mais je trouve qu'elle a plus l'allure d'une lance.

— Elle doit être drôlement docile, pour que tu réussisses à la convaincre de t'épouser, s'esclaffa alors son jumeau.

— Pas du tout ! répliqua Danr en sentant son sourire s'élargir jusqu'à ses oreilles. Un jour, elle m'a frappé dans les côtes avec le pommeau d'une dague, si fort que j'ai failli perdre connaissance.

— Dis-moi au moins qu'elle rit à tes plaisanteries ?

— Parfois. Elle aime mes histoires, mais le plus souvent elle préfère s'asseoir en silence avec ses loups.

— Ses loups ? ! fit Rurik dans un sursaut.

— Oui, elle en a deux. Halvar et Tove. Tu sais, Halvar me fait beaucoup penser à toi.

— Danr…

Rurik le regardait à présent avec inquiétude, comme s'il craignait que son frère n'ait reçu un coup sur le crâne.

— Tu es sûr d'avoir encore toute ta tête ?

— Je vais bien, affirma-t-il pour rassurer son jumeau avant d'éclater d'un grand rire. Pour la première fois depuis longtemps, je me sens extraordinairement bien ! Je suis amoureux, mon frère.

— Dans ce cas, j'en suis très heureux pour toi ! s'exclama Rurik avec enthousiasme. Ton épouse a l'air… intéressante. Unique.

— Oh que oui !

— Mais alors, elle et toi, vous n'avez pas…

Alarr laissa sa question en suspens.

— Pas encore.

— J'en déduis donc que tu repartiras demain matin ?

— Par le premier bateau !

— Tu n'es pas fatigué ? lança Danr lorsqu'il trouva son aîné debout à l'extérieur de la forteresse, seul dans la nuit.

Ils avaient passé la soirée à festoyer, mais la plupart des invités avaient regagné leurs chambres ou s'étaient écroulés à même le sol, trop ivres pour se relever, Alarr, Rurik et Sandulf parmi eux.

— J'ai beaucoup réfléchi.

Brandt s'exprimait d'une voix lasse.

— À propos de Kolga et de Thorfinn ? s'enquit son cadet.

— Oui. Thorfinn possède une place forte dans les Katanes. Ce sera ma prochaine destination.

— Tu sais, je suis prêt à t'accompagner si tu as besoin d'aide. Je pourrais peut-être…

— Non, l'interrompit fermement Brandt. Et ce débat est clos.

Son aîné l'évalua d'un œil critique avant d'ajouter :

— Pourquoi ne dors-tu pas ? Tu as fait un très long voyage.

— Je préfère être là à discuter avec toi.

Un rire féminin clairement destiné à séduire retentit au travers de l'embrasure de la porte, derrière eux. Brandt la désigna d'un signe de tête.

— Toujours pas intéressé ? Ton épouse n'en saurait rien.

— Non, mais *moi* je le saurais.

Brandt lui sourit d'un air approbateur.

— Elle doit être vraiment spéciale, ta guérisseuse.

— Oui. Elle a survécu seule en pleine forêt pendant des années. Je n'avais jamais rencontré une femme comme elle.

— Tu l'aimes réellement, n'est-ce pas ? fit le colosse.

— De tout mon cœur, acquiesça son cadet.

Brandt opina du chef, l'air pensif.

— Ingrid disait souvent que tu finirais par tomber amoureux.

Danr se raidit. C'était la première fois, depuis le massacre, qu'il entendait Brandt prononcer à haute voix le nom de sa défunte épouse.

— Vraiment ?

— Oui. Et que, lorsque cela t'arriverait, tu serais le plus mordu de nous tous ! Il semble qu'elle ait eu raison, une fois de plus. Elle avait un petit faible pour toi, tu sais, ajouta Brandt avec un regard vexé, qui se transforma rapidement en sourire. Elle répétait sans cesse qu'il y avait plus en toi que tu ne voulais bien l'admettre.

— J'espère ne pas l'avoir déçue, murmura Danr, ému.

— Au contraire. Tu étais le seul ici qui refusait de voir ce qu'elle voyait. Nos frères et moi, nous avions tous foi en toi.

— J'aimais beaucoup Ingrid aussi. C'était une femme belle à l'intérieur et à l'extérieur. J'aurais souffert mille morts avant de laisser qui que ce soit lui faire du mal. Si seulement j'avais été là…

— Je le sais.

Brandt leva la tête pour admirer les étoiles.

— Et je suis certain qu'elle aussi le savait. Mais elle n'aurait jamais souhaité que tu te fasses tuer pour la protéger, ce jour-là. Elle aurait voulu te voir reprendre ta vie et trouver le bonheur. La nouvelle de tes noces lui aurait apporté beaucoup de joie. Tout comme à moi. Je suis très heureux pour vous quatre. Vous avez choisi des partenaires qui vous correspondent parfaitement.

— Peut-être qu'un jour…

— Non.

La voix de Brandt se durcit comme de l'acier.

— Personne ne pourra jamais la remplacer. Tout ce que je désire désormais, c'est lui rendre justice.

Un long silence tomba sur les deux hommes avant que Brandt baisse à nouveau la tête.

— Si nous devons partir à l'aube, je ferais sans doute mieux d'aller empaqueter mes affaires.

— Nous ? s'étonna Danr.

— Skíð est sur la route des Katanes. Il est plus que temps que je rende visite à notre mère, et je ne manquerais pour rien au monde une occasion de rencontrer cette intéressante épouse qui t'a tant changé.

Il rit avant d'ajouter :

— Sandulf a raison, personne à Maerr ne voudra y croire ! Danr Sigurdsson. Amoureux.

— Ah, vous voilà !

Hilda pénétra dans la grande salle d'un air affairé, une tunique verte suspendue à son bras.

— Cette tenue vous ira à ravir.

— Pour quelle occasion ? s'enquit Sissa en levant les yeux de sa couture pour prendre l'habit et l'examiner, perplexe.

C'était du bel ouvrage. Le décolleté et les manches étaient brodés de nattes couleur d'or et d'émeraude, qui avaient sans doute exigé des heures de travail, mais c'était d'une bien trop belle qualité pour être porté en forêt. Et pas du tout pratique. Le tissu délicat ne survivrait pas à une seule de ses journées dans la nature.

— Pour tous les jours, voyons, répliqua Hilda avec un sourire patient. Et nous ferions mieux de commencer à tresser correctement vos cheveux, maintenant que vous êtes une femme mariée.

Hilda la couva d'un regard bienveillant avant d'ajouter :

— Vous devez vous faire belle pour Danr, lorsqu'il rentrera.

— Mais il sait à quoi je ressemble, lui rappela Sissa en haussant un sourcil, surprise par l'enthousiasme de l'ancienne dame de Maerr. J'ai l'impression que vous ne le détestez plus, je me trompe ?

— Non, en effet, reconnut Hilda en prenant place sur un tabouret à ses côtés. Je suis lasse de ces querelles futiles. Depuis longtemps, pour être honnête. J'ignorais simplement comment me débarrasser de cette colère. Tout ce que je désire désormais, c'est songer à l'avenir et au village que nous allons bâtir.

— Un village ?

Sissa laissa brusquement tomber la robe sur ses genoux.

— Danr ne vous en a pas parlé ? s'étonna Hilda avant de lui adresser un sourire mystérieux. Il faut dire que tout s'est un peu précipité avant son départ. Joarr veut construire un nouveau village sur l'île, non loin de celui-ci. Peut-être une forteresse.

— Non, je l'ignorais, répondit-elle.

Sissa eut beau fouiller sa mémoire, elle n'avait aucun souvenir d'avoir entendu son époux mentionner un second village, à l'exception de la nuit où ils avaient campé à l'extrémité opposée de l'île, près de son ancien foyer. Mais ce n'était alors qu'une idée en l'air comme Danr avait l'habitude d'en lancer, non ?

— Et Danr a discuté de cela avec vous ? l'interrogea-t-elle pour tenter de comprendre.

— Très brièvement, mais le projet semblait lui plaire.

— Je n'aurais jamais pensé que, tous les deux, vous souhaiteriez vivre dans le même village.

Hilda gloussa avec amusement.

— L'idée ne m'enthousiasmait guère au début, je dois l'avouer, mais tant qu'il sera un bon mari pour vous j'ai décidé que Danr ferait véritablement partie de ma famille... Ce qui fait de vous ma fille. Pour être honnête, j'ai toujours rêvé d'en avoir une ! Et j'espère que Danr et vous en aurez une ribambelle afin que je puisse prendre plaisir à m'en occuper.

— Mais une ribambelle de quoi ?

— De filles, voyons ! répondit Hilda avec bonne humeur. Et de fils, aussi. Comme il sera plaisant de vivre à nouveau avec des enfants !

— Oh !

Sissa serra les poings et les enfonça dans la tunique, sur ses genoux. Elle n'avait pas anticipé si loin. En vérité, elle n'avait pas réellement réfléchi à ce qu'elle ferait après le retour de Danr. Elle venait à peine d'accepter l'idée de partager sa vie avec lui, pas un instant elle n'avait songé à avoir des enfants !

— Mais vous aurez bien assez de temps pour tout cela, poursuivit Hilda sans réaliser combien ses paroles l'avaient troublée. Même si, tel que je connais Danr, ça ne devrait pas traîner…

— Vous voulez dire qu'il sera impatient de s'accoupler ? s'enquit la jeune femme.

— Je…

Hilda se figea, l'air parfaitement choquée.

— Ou… oui, je suppose… Heu…

L'ancienne dame de Maerr se leva en toute hâte.

— On dirait bien qu'Alva me cherche. Nous reparlerons de tout cela plus tard.

Sissa la regarda se précipiter dehors, puis fronça les sourcils en se mordant l'intérieur des joues. La tunique sur ses genoux lui parut soudain bien lourde. Hilda voulait sans doute qu'elle l'essaye, mais Sissa n'en avait pas la moindre envie. Tout ce qu'elle souhaitait à présent, c'était sortir et fuir le bruit et l'agitation de la grande salle, dont les murs lui donnaient l'impression de se refermer sur elle et d'étouffer tous ses sens. *Un village ?* Danr avait pourtant promis qu'ils prendraient les décisions ensemble. Il ne lui avait absolument rien dit au sujet d'un village mais, d'après Hilda, ils semblaient avoir déjà trouvé un accord… Leur avenir était donc tout tracé ! Ils bâtiraient une forteresse où Danr et elle pourraient vivre et faire des enfants… des bébés !

Sissa frotta ses mains soudain terriblement moites l'une contre l'autre. Sa tête commençait à tourner de façon très désagréable, mais elle avait l'impression que ce n'était plus vraiment *sa* tête. C'était comme si elle observait son corps depuis l'extérieur, sans parvenir à s'identifier à la jeune femme aux cheveux soigneusement peignés, avec sa robe de laine propre et son visage fraîchement savonné. À cette vitesse, même Danr ne la reconnaîtrait plus à son retour. S'il revenait un jour…

Sissa se leva brusquement, comme si elle espérait laisser sur le banc derrière elle le sentiment de panique qui commençait à l'envahir.

Et s'il ne revenait jamais ? Elle s'était efforcée de ne pas songer à cette éventualité, lorsque son drakkar avait quitté la côte, mais cela faisait douze jours, à présent. Il aurait dû avoir le temps d'atteindre l'Eireann et de rentrer, non ? Et si quelque chose lui était arrivé ? Et s'il avait changé d'avis et ne souhaitait plus être son époux ? Et si Hilda avait eu raison à son sujet depuis le début ?

Sissa quitta sa chaise, la tunique glissant de ses doigts sur le sol. Combien de temps était-elle censée l'attendre ? Danr n'aurait sans doute pas exigé d'elle qu'elle patiente plus de deux semaines ? Elle ne courait pas de *réel* danger en vivant seule, puisqu'elle avait survécu ainsi pendant trois ans. De toute façon, si elle partait maintenant, Danr n'en saurait rien avant son retour et, s'il se mettait en colère contre elle, cela n'aurait plus d'importance, car il ne pourrait plus la forcer à rentrer au village. À en croire Hilda, il avait de toute façon prévu de rompre sa promesse au sujet de l'endroit où ils allaient vivre, alors pourquoi ne briserait-elle pas la sienne ? Elle avait joué le jeu aussi longtemps qu'elle en avait été capable, mais rien ne l'obligeait à rester. S'il attendait d'elle qu'elle obéisse docilement à toutes ses requêtes, alors il aurait mieux fait d'épouser une autre de ses « conquêtes ».

Cette simple pensée renforça sa décision. Elle avait fait une erreur en acceptant cette faveur. Et en convolant aussi, peut-être. Sissa savait qu'elle n'était pas faite pour vivre dans un village, au milieu d'autres humains. Elle n'était heureuse que lorsqu'elle était seule et qu'elle ne comptait que sur elle-même.

La forêt était son foyer, c'était là-bas que se trouvait sa place. Il était plus que temps qu'elle rentre chez elle.

Chapitre 23

Île de Skíð

Danr sauta de la proue du drakkar et atterrit sur les galets de la plage. Le voyage du retour leur avait pris plus de temps qu'il ne l'avait escompté, car une tempête les avait bloqués le long du rivage avant de les pousser trop loin au sud. Mais il était enfin de retour, les pieds fermement plantés dans le sol, prêt à s'enraciner dans le seul endroit du monde où il s'était jamais senti chez lui.

Il pleuvait. *Évidemment*. Mais Danr avait la sensation d'être un millier de fois plus léger et heureux qu'à son départ. Il était revenu et avait bien l'intention de rester. Auprès de sa femme.

Un profond sentiment de bien-être s'empara de lui, et il ferma les yeux, inspirant l'air iodé avec délice. Cette indescriptible euphorie ne dura que quelques instants car, lorsqu'il rouvrit les paupières, il vit Hilda traverser la plage en courant pour se précipiter vers leur bateau. Elle semblait à la fois paniquée et soulagée par son arrivée.

— Que s'est-il passé ? demanda-t-il aussitôt en la saisissant par les épaules. Où est Sissa ?

— Je l'ignore. Elle s'est enfuie et… Brandt ?

— Mère.

Le froncement de sourcils habituel de son aîné se

transforma en expression furieuse à la vue de Joarr qui les rejoignait à grandes enjambées.

— Comment ça, elle s'est enfuie ?

Danr resserra sa poigne sur les épaules de sa belle-mère. Quoi qu'elle ait à dire à Brandt, cela pouvait attendre.

— Que s'est-il passé ?

— Je n'en sais rien. Je lui ai offert une robe, et nous avons discuté de l'avenir, et l'instant d'après elle était partie. D'après les gardes, elle a simplement franchi les portes et disparu.

— Comment ? Mais quand ?

— Il y a deux jours.

— Deux jours ?

Danr sentit l'incompréhension et l'inquiétude s'emparer de lui. Pourquoi avait-elle fui ? Elle lui avait pourtant promis ! S'était-elle à nouveau jouée de lui ? Non. Il rejeta cette idée aussi vite qu'elle lui était venue. Si elle n'avait pas eu l'intention de rester depuis le début, elle serait partie immédiatement, dès son navire hors de vue. Il devait y avoir une autre raison… Par chance, cela ne faisait que deux jours. Elle n'avait pas pu aller loin.

— Elle a simplement dû regagner sa maison ronde, répondit-il pour se rassurer.

— Nous avons fouillé la forêt, intervint alors Joarr, l'air sombre. Nous avons trouvé la maison ronde, mais il n'y avait personne. Apparemment, l'endroit est désert depuis un moment.

— Et Halvar ? Et Tove ?

Mais, comme tous l'observaient avec incompréhension, il gesticula avec impatience.

— Ses loups ! Les avez-vous aperçus ?

— Pas le bout d'une oreille, répondit Joarr.

Danr contempla la lisière de la forêt en sentant la froide poigne de la peur se refermer une fois de plus sur son cœur, lui tirant un frisson glacé qui n'augurait rien de bon. Où pouvait-elle bien être ? Il espérait qu'au moins Halvar et Tove étaient avec elle pour la protéger… Mais peut-être étaient-ils partis vivre leur vie lorsqu'elle avait accepté de s'installer au village, comme Danr s'en était douté. Il sentit son estomac se nouer à cette idée.

— Je ne comprends pas ce qui s'est passé, gémit Hilda en touchant sa manche. Elle ne parlait pas beaucoup, mais tout semblait aller bien. Je suis désolée.

— Tu as dit que vous discutiez de l'avenir avant qu'elle disparaisse. De quoi, exactement ?

— Du village que nous allions bâtir.

— Tu… Tu as mentionné tes projets d'un nouveau village ? s'inquiéta aussitôt Danr, craignant le pire. M'as-tu impliqué dans cette histoire ?

— Je lui ai simplement expliqué que l'idée te plaisait.

Sa belle-mère se mordit la lèvre avant d'ajouter :

— Mais… J'ai peur d'avoir sous-entendu davantage. Je lui ai dit que ce serait un bel endroit pour élever des enfants.

— Des enfants ? répéta son beau-fils, consterné.

— Oui, acquiesça Hilda, visiblement accablée. Oh non, tu crois que je l'ai effrayée ?

Oui ! hurla-t-il intérieurement en se mordant la langue. Mais, au lieu de cela, il lui serra les épaules d'un geste qu'il voulait rassurant. Un geste qui lui aurait paru impensable à peine deux semaines plus tôt, mais aujourd'hui ils partageaient la même inquiétude sincère. Et Danr était tout aussi coupable qu'elle ; il aurait dû demander à Hilda de ne pas mentionner ce nouveau village. Après tout, il avait promis à Sissa de prendre les décisions avec elle. Sans doute avait-elle aussitôt cru qu'il avait recommencé à agir dans son dos, à lui imposer ses choix. La panique lui serrait la gorge, mais il s'efforça de la refouler en prenant une profonde inspiration.

— Je dois partir à sa recherche. Elle a peut-être suivi la côte.

— C'est aussi ce que nous nous sommes dit, déclara Joarr d'un ton lugubre. Nous avons fouillé toute la zone, en vain.

— Êtes-vous allés à l'est, à travers le col de montagne ? s'enquit Danr.

— Vers l'extrémité opposée de l'île ? Non. Pourquoi se rendrait-elle là-bas ?

— C'est le seul endroit auquel je puisse penser, répondit le guerrier, le cœur bondissant à cette idée. J'ai besoin d'un cheval. J'irai bien plus vite qu'à pied.

— Il y aura bientôt une autre tempête, le prévint Joarr en désignant l'horizon.

— C'est précisément pour ça que je dois la retrouver au plus vite.

Danr n'avait pas oublié les chemins traîtres de la crête, et il frémit d'horreur.

— Elle pourrait être piégée quelque part, ou blessée.

— Sissa sait se débrouiller dans la nature, lui rappela l'ancien barreur.

— J'en ai conscience, acquiesça-t-il, mais je ne peux pas rester ici les bras ballants.

— Dans ce cas, je vais t'accompagner, intervint Brandt d'un ton bourru avant d'adresser un regard sombre à sa mère. Nous parlerons plus tard. Pour l'instant, nous avons besoin de vivres et de montures.

— Je m'en charge, grogna Joarr en opinant du chef.

— Faites vite ! lança Danr qui courait déjà en direction du village. Nous devons partir sans délai !

Sissa leva la tête et examina le morceau de charpente pourrissant qui recouvrait son corps, au cas où elle aurait manqué un moyen évident de s'en dégager, avant de le laisser retomber avec abattement. Cela ne servirait à rien. Ses bras et ses jambes étaient coincés sous l'amas de bois, et elle avait beau se tortiller dans tous les sens, elle ne parvenait pas à se dégager. L'étagère qu'elle avait tenté d'atteindre avait cédé sous ses doigts, entraînant un morceau du mur et du toit dans sa chute. Par chance, les poutres avaient manqué sa tête et retenaient une partie du poids de la structure, la maintenant piégée au sol sans l'écraser complètement. A priori, elle ne ressentait aucune blessure mais, malgré tous ses efforts, impossible de repousser l'amas de décombres qui la recouvrait du cou jusqu'aux pieds.

Sissa soupira. Elle n'avait même pas eu l'intention de venir ici ; en arrivant dans sa clairière, elle avait pris conscience d'avoir réagi de façon excessive. Il n'y avait aucune preuve que Danr lui avait menti. Sans doute avait-il simplement discuté avec Hilda de *l'idée* de bâtir un nouveau village. Jamais il ne l'aurait forcée à y vivre. Ce n'était qu'une option parmi tant d'autres et, à mesure qu'elle marchait, Sissa avait fini par comprendre que ce n'était peut-être pas une si mauvaise idée. Peut-être était-il temps pour elle de faire l'effort de recommencer à s'intégrer à une communauté ? Mais, si tel était le cas, il lui restait une chose à faire avant d'accepter.

C'était la raison pour laquelle elle était venue ici, seule et sans prévenir quiconque, ce qui, avec du recul, lui apparaissait à présent comme une grave erreur. Quelle ironie ! Elle avait fait ce dernier pèlerinage sur le lieu de son enfance dans le but de dire adieu à son passé, et voilà qu'elle se retrouvait brutalement piégée sous son poids. Hélas, toute cette situation n'avait rien de cocasse…

— Je sais. Je n'aurais pas dû venir.

Sissa tourna la tête pour observer Tove, allongée à côté d'elle, et Halvar, quelques pieds plus loin.

— Mais je suis heureuse que vous soyez là, tous les deux.

Ce qui n'était pas peu dire. La faim et la terrible sécheresse dans sa gorge étaient déjà pénibles, mais cette dernière nuit passée dans le noir complet aurait été parfaitement intolérable sans leur présence.

— J'aurais dû prévenir Hilda, poursuivit-elle avec regret.

J'ai eu peur qu'elle tente de me dissuader de venir. C'était idiot, je sais… mais j'avais l'intention de rentrer au village, ensuite. Vous me croyez, n'est-ce pas ?

Sissa poussa un profond soupir avant de lever les yeux vers le ciel où de nouveaux nuages noirs s'amassaient, menaçant de l'engloutir sous une averse… ou pire. La température avait déjà commencé à chuter, et Sissa grelottait en dépit de son épaisse cape de fourrure. Chacune de ses inspirations lui donnait l'impression d'emplir ses poumons de glace. Bientôt, elle finirait noyée sous la pluie ou ensevelie sous la neige. Comme Danr, lorsqu'elle l'avait trouvé la première fois, songea-t-elle avec une nostalgie qui lui étreignit le cœur. Où était-il, en ce moment ? Sans doute toujours en Eireann, ou peut-être était-il sur le chemin du retour… bien trop loin pour pouvoir la sauver. Quand il regagnerait Skíð, les villageois lui diraient qu'elle était partie, sans offrir le moindre indice sur ses raisons ou sa destination. Il la chercherait bien sûr, mais s'il pensait qu'elle s'était à nouveau jouée de lui ? Et comment pourrait-elle l'en blâmer ? Tout ce qu'il saurait de façon certaine, c'était qu'elle avait rompu sa promesse et qu'elle était partie.

— Tu dois ralentir ! hurla Brandt dans son dos.

— Je ne peux pas !

Allongé sur l'encolure de sa monture pour l'inciter à maintenir l'allure, Danr gardait les yeux fixés droit devant lui, l'air glacé lui fouettant le visage tandis qu'il traversait une nouvelle vallée dans un tonnerre de sabots.

— Il le faut ! ordonna son aîné. Sur un terrain pareil, ton cheval risque de trébucher, et alors nous devrons la retrouver à pied.

Brandt le rattrapa et tira sur la bride de son hongre pour le forcer à réduire sa vitesse.

— Je sais ce que tu ressens, mon frère, crois-moi, mais

tu dois garder l'esprit clair. Tu ne pourras pas l'aider si tu te romps le cou ou que tu épuises ta monture.

Danr serra les dents, résistant à l'urgence de talonner à nouveau l'animal.

— Ce n'est pas si simple. Je dois juste…

— *Je sais.*

Danr tourna la tête vers son frère en percevant la douleur dans sa voix. Pour la toute première fois, il comprenait ce que Brandt avait enduré ce jour-là, à galoper à bride abattue dans l'espoir de sauver son épouse… et combien il devait être pénible pour lui de revivre ces mêmes événements.

— Je suis désolé. Je n'aurais pas dû te laisser venir.

— Tu n'aurais pas pu m'en empêcher. Où allons-nous exactement ?

— À son ancien village. Il a été complètement détruit par des pillards, il y a cinq ans, mais il lui arrive de s'y rendre, lorsqu'elle a le vague à l'âme. C'est le seul endroit qui me soit venu à l'esprit.

— C'est encore loin ? s'enquit Brandt, le visage soucieux.

— Trop loin. Et nous serons trempés avant d'arriver.

— La pluie ne me dérange pas.

Mais Brandt désigna le ciel dans leur dos, et Danr aperçut des éclairs qui zébraient l'horizon.

— C'est surtout *ça* qui m'inquiète. Nous devrons bientôt trouver un abri.

— Non, contra Danr en serrant la mâchoire. Ce n'est pas une tempête qui m'arrêtera. Je la traverserai, si je le dois.

— Je te crois, mon frère.

Brandt soutint son regard pendant quelques secondes, puis il hocha la tête.

— Allons-y, dans ce cas.

Chapitre 24

Les premières gouttes s'étaient abattues en milieu d'après-midi, d'après les estimations de Sissa. La bruine s'était rapidement transformée en déluge, au point de tremper entièrement sa fourrure avant de commencer à lui glacer la peau. Elle frissonna violemment. Qu'avait dit Danr ? Que la pluie ne s'arrêtait jamais sur Skíð ? Pourtant, le temps s'était avéré bien plus clément pendant les quelques jours où il avait séjourné chez elle, comme si sa présence avait suffi à ramener le soleil dans sa vie. Cela pouvait paraître candide, mais c'était bel et bien réel. Son arrivée avait illuminé ses journées. Et, maintenant qu'il était parti, les nuages avaient décidé de revenir à la charge et semblaient déterminés à rattraper leur retard.

Une goutte de pluie lui tomba dans l'œil, et Sissa tressaillit, détournant la tête pour garder un côté de son visage au sec. À côté d'elle, Tove geignit, comme si elle aussi se sentait impuissante. Au moins, la louve allait bien. Sissa sourit et lui murmura une parole de réconfort. C'était son unique consolation : si le pire survenait, Tove survivrait. Halvar prendrait soin d'elle. Elle jeta un coup d'œil au mâle, surprise de le voir relever la tête, puis bondir soudainement.

— Qu'y a-t-il ?

Sissa s'efforça de ne pas avoir trop d'espoir. Sans doute avait-il flairé une loutre ou un cerf… Elle tendit l'oreille.

Une loutre ou un cerf doué de la parole, apparemment ! Si elle n'était pas en train de sombrer dans la folie, alors c'étaient bel et bien des cris qu'elle entendait au loin.

— Sissa ?

Sissa sentit son cœur bondir de joie lorsqu'elle reconnut la voix de Danr.

— Je suis là ! appela-t-elle à pleins poumons, mais elle avait la bouche si sèche qu'elle sut que ce maigre coassement ne suffirait pas.

Heureusement, Halvar hurla pour elle, de toute la puissance de son chant de loup, et guida Danr jusqu'à eux. Sissa attendit, retenant son souffle, priant pour ne pas être en train de rêver. Elle eut l'impression qu'une éternité s'était écoulée lorsqu'elle perçut enfin des bruits de pas. Danr apparut soudain dans la maison délabrée.

— Sissa…

Le guerrier sauta par-dessus le tas de planches pour l'atteindre.

— Que s'est-il passé ? Tu es blessée ?

— Plus tard, les questions, lança un autre homme qui lui emboîtait le pas, un géant aux cheveux noirs et aux yeux bleus familiers. Sortons-la d'abord de ce guêpier.

— Non, attendez, intervint Sissa, le cœur battant la chamade tandis qu'elle plongeait le regard dans celui de Danr. Je t'aime. J'aurais dû te le dire avant ton départ.

— Tu m'aimes ? répéta-t-il, soudain figé.

— Plus encore que le jour où tu as embarqué.

— Allez, aide-moi à soulever ça ! gronda l'autre homme en désignant d'un geste impatient la poutre au sommet de la pile. À trois.

— Moi aussi, je t'aime plus encore, répondit Danr avant d'ajouter d'un ton d'excuse : mais ça risque de faire mal.

— Peu importe. Libérez-moi.

— Un, deux…

Les deux colosses eurent tôt fait de se débarrasser de la

première poutre, puis des autres planches, comme si elles ne pesaient pas plus lourd que des brindilles.

— Sens-tu encore tes jambes ? s'inquiéta Danr en se penchant pour tâter délicatement ses chevilles.

— Oui.

Avec un effort, Sissa se redressa sur les coudes.

— J'étais seulement coincée. Je ne crois pas avoir quoi que ce soit de cassé.

— Nous allons te sortir de là, promit son époux.

— L'un des autres bâtiments semble raisonnablement solide, intervint le géant, les sourcils toujours froncés. Ce n'est pas l'idéal, à en juger par ce qui est arrivé ici, mais nous avons besoin d'un abri. Allons-y.

Il s'apprêtait à sortir, mais s'interrompit en voyant les deux énormes loups l'observer avec de grands yeux jaunes.

— Heu…

— Ils ne te feront rien, assura Danr en passant les bras sous les épaules et les genoux de Sissa. Ils savent que tu es l'un des nôtres.

— Si tu le dis, maugréa le géant.

— Tiens-toi bien à moi, murmura son mari à l'oreille de Sissa en la serrant contre lui avant de la transporter à travers les ruines de son ancien village.

La pluie se déversait à torrents, à présent, les trempant jusqu'à la moelle. Elle qui avait cru ne pas pouvoir se mouiller davantage ! Mais en cet instant elle s'en moquait. Le simple fait de revoir Danr lui donnait l'impression d'être en plein rêve.

— Que fais-tu ici ? demanda-t-elle d'une voix à la fois effarée et émerveillée.

— Qu'est-ce que *je* fais ici ? s'exclama-t-il en lui lançant une œillade exaspérée. Qu'est-ce que *tu* fais ici ? Tu avais promis de rester avec Hilda.

— Je sais, mais tu étais parti depuis si longtemps.

— Deux semaines.

— Cela m'a paru une éternité, admit Sissa en se mordant la lèvre. Mais j'avais l'intention de revenir. Je ne t'ai pas joué de mauvais tour, je te le jure.

— Je te crois.

Il la déposa par terre dès qu'ils furent à l'intérieur d'une longère encore debout et apparemment solide, tandis que l'autre homme en examinait les chevrons.

— Ça n'a plus d'importance, à présent, soupira Danr. Mais à quoi pensais-tu ? Tu n'aurais pas dû venir ici toute seule, sans prévenir quiconque. Tu n'es plus obligée de ne compter que sur toi-même, Sissa.

— Je sais. Je suis désolée.

— Désolée ?

Danr retira sa cape et en drapa les épaules de Sissa. Le tissu était encore sec et chaud à l'intérieur.

— Être désolée ne suffira pas, cette fois. Tiens, bois ça.

Danr lui tendit une outre d'ale.

— Et ne va pas croire que…

— Êtes-vous l'un de ses frères ? le coupa alors Sissa en se tournant vers l'autre homme, peu désireuse d'essuyer une réprimande en public.

— Je suis Brandt.

— Oh ! celui qui a menacé de lui trancher la langue ?

— Celui-là même, répondit-il, les lèvres tressaillant d'un pouce. Bien que la menace n'ait jamais vraiment fonctionné avec lui.

— Je sais. Je m'appelle Sissa.

— Ma nouvelle sœur, à ce que j'ai cru comprendre, acquiesça-t-il en l'examinant avec intérêt. Laissez-le brasser un peu d'air, lui conseilla-t-il alors. Il était affreusement inquiet pour vous. Il a bien failli nous tuer tous les deux, plus les chevaux, dans sa hâte d'arriver.

— Vraiment ?

— Évidemment, qu'est-ce que tu croyais ? gronda Danr, ostensiblement fâché à présent. Hilda nous a dit que tu avais quitté le village, et Joarr n'a pas trouvé le moindre signe de toi dans la forêt. J'ai eu peur que tu sois retournée sur la crête.

L'angoisse déforma soudain ses traits.

— Si nous n'étions pas arrivés à temps…

— Je vais aller chercher de quoi faire un feu, intervint alors Brandt d'un ton bourru en quittant leur refuge.

— Je suis *vraiment* désolée, dit à nouveau Sissa en prenant la main de Danr dans la sienne. Je n'aurais pas dû m'en aller.

— Non, tu n'aurais pas dû. Était-ce si difficile de vivre au village ?

Sissa fit la grimace.

— Ça n'avait rien de facile, mais quand Hilda a parlé de bâtir une nouvelle maison et d'avoir des enfants…

Elle déglutit bruyamment.

— J'ai paniqué. J'ai cru que tu m'avais peut-être menti sur ma liberté de choisir où nous vivrons. C'est pour ça que j'ai regagné la forêt, mais une fois arrivée j'ai décidé de te faire confiance. J'allais rentrer au village, mais j'ai ressenti le besoin de venir ici d'abord.

La colère dans le regard de Danr s'adoucit.

— Pourquoi ?

— Pour récupérer quelque chose.

Sissa plongea la main dans sa cape et en tira une figurine de *tafl* en bois.

— Mon père avait sculpté ce roi quand j'étais une petite fille. Toutes les choses que j'ai prises ici appartenaient à d'autres habitants de mon village. Je n'avais jamais rien emporté qui vienne de ma propre maison. Me rappeler mes parents était trop douloureux.

— Alors pourquoi aujourd'hui ?

— Parce que je veux aller de l'avant, reconnut-elle, et tu n'arrêtais pas de dire qu'il nous fallait un jeu. Je me suis dit que nous pourrions ajouter cette pièce à celles que tu avais déjà sculptées.

Un coup de tonnerre retentit au loin et tira une grimace à la jeune femme.

— Mais j'admets que ce n'était finalement pas le meilleur moment pour venir.

— Au moins, je t'ai retrouvée. Je n'avais jamais eu aussi peur qu'au cours de ces quelques dernières heures. Pas même le jour du massacre, à Maerr.

Danr prit délicatement son visage entre ses mains et déposa un baiser sur son front en la serrant contre lui.

— M'aimes-tu vraiment ? murmura-t-il contre sa peau.

— Oui, acquiesça-t-elle en nichant le nez dans son cou. Suffisamment pour vivre dans un village, si c'est ce que tu souhaites.

— Qui a dit que ça l'était ?

— Personne, mais…

— Je te l'ai promis, l'interrompit Danr avec tendresse, nous prendrons les décisions ensemble et nous vivrons là où tu le voudras… Dans un arbre, dans une grotte ou…

— Ici, conclut Sissa avec un sourire.

— Ici ? répéta-t-il en jetant un œil à la maison délabrée.

— Enfin, pas ici exactement, mais pas loin. Tu as dit que c'était un endroit idéal pour un village. Nous pourrions bâtir notre propre longère.

— Je bâtirai dix longères si c'est vraiment ce que tu souhaites ! s'exclama Danr avec un sourire joyeux. Et nous n'aurons qu'à retourner dans la forêt chaque fois qu'Hilda et moi aurons envie de nous entre-tuer.

— Tu veux dire tous les quatre matins ? répondit Sissa en éclatant de rire. J'adore cette idée !

— Sissa…

Elle vit le regard du guerrier s'assombrir de désir. De l'index, il lui souleva le menton, inclinant légèrement sa tête pour effleurer ses lèvres des siennes…

— Hum, hum.

Brandt se racla bruyamment la gorge en entrant dans la bâtisse, les bras chargés de branches qu'il déposa sans douceur dans le vieil âtre.

— Ce sont les plus sèches que j'ai pu trouver, ce qui ne veut pas dire grand-chose, admit-il. Espérons qu'elles prennent.

Le regard du géant scintilla d'amusement avant qu'il ajoute :

— Enfin, s'il ne fait pas déjà suffisamment chaud dans cette maison ?

Par chance, après quelques minutes de vains essais, une petite flamme prit vie dans le foyer, et Brandt poussa un grognement satisfait.

— Viens, ordonna gentiment Danr à son épouse, il faut que tu marches un peu, pour que le sang circule dans tes jambes.

Il la saisit par les épaules et l'aida à se mettre debout.

— Je sais, acquiesça-t-elle en se levant et en pliant plusieurs fois les orteils. Mais je me sens bien.

— Tu en es certaine ? s'enquit le guerrier, visiblement inquiet. Je devrais peut-être t'examiner ?

— Je vais bien, vraiment, assura Sissa avec un sourire confiant, surprise d'entendre un gloussement rauque de l'autre côté du feu.

— Mais tu dois avoir faim, répliqua aussitôt Danr en lançant un regard noir à son frère avant de saisir son paquetage pour en tirer un morceau de pain. Tiens. Mange ça.

Dix minutes plus tard, ils étaient tous rassemblés autour de l'âtre et écoutaient la pluie fouetter le toit de la bâtisse.

— Dire que je trouvais le climat de Maerr impitoyable, bougonna Brandt en jetant un œil dehors. Mais cette île pourrait bien être pire.

— Allez-vous y retourner ? l'interrogea Sissa en le

dévisageant avec intérêt. Maintenant que Danr vous a raconté ce que nous avons découvert au sujet de votre tante.

— Je finirai par rentrer à Maerr, oui. Mais d'abord, je vais me rendre dans les Katanes, pour rendre visite à son époux. Il possède une forteresse là-bas.

— Vous pensez donc qu'il est impliqué ? demanda-t-elle.

Brandt acquiesça avant de porter une outre d'ale à ses lèvres.

— Nous avons fait le tour de toutes les autres possibilités. Cette hypothèse est la seule qui ait du sens. Je dois faire le voyage avant que l'hiver s'installe pour de bon.

— « Je » ? s'étonna Sissa. Vous comptez vous y rendre seul ?

Elle coula une œillade pleine d'espoir à Danr, qui enveloppa ses épaules de son bras.

— Je ne repars pas, lui confirma-t-il avec un sourire. Mes frères m'ont pardonné.

— Alors ton serment…

— … est accompli.

Son époux la contempla d'un regard enfiévré qui fit bondir son cœur dans sa poitrine.

— Je reste, pour de bon.

— Est-ce que ça veut dire qu'on peut s'accoupler, maintenant ?

Un toussotement étranglé lui répondit de l'autre côté du feu.

— Tu vieillis, mon frère, lança Danr en souriant jusqu'aux oreilles, sans jamais lâcher le visage de sa femme du regard. On dirait que tu ne tiens plus ton ale.

— Je vais aller m'assurer que les chevaux vont bien.

Brandt se leva prestement, marmonnant ce qui ressemblait à un chapelet de noms d'oiseaux destinés à son cadet.

— Je reviens dans une heure. Pas une de plus, c'est clair ?

— Comme de l'eau de roche. Prends l'ale.

— Comme si j'allais te la laisser, maugréa son aîné.

— Mais il pleut encore, protesta Sissa lorsque le géant disparut à travers le trou dans le mur. Et la tempête ?

— Ne t'en fais pas pour lui, la rassura Danr, visiblement indifférent au sort de son frère. Il se trouvera un abri un peu plus loin.

— Mais…

D'un tendre baiser, son époux lui ôta toute volonté de répliquer.

— Mais rien du tout, mon aimée, murmura-t-il contre ses lèvres après l'avoir embrassée à lui en faire perdre la tête. Tout homme a ses limites, et je ne peux plus me retenir de te toucher.

— Moi non plus, admit Sissa dans un souffle, lui offrant un sourire d'assentiment avant de laisser courir ses paumes sur les bras et les larges épaules du guerrier.

Aussitôt, toute préoccupation pour Brandt déserta son esprit, et elle autorisa son mari à l'allonger tendrement sur sa cape. Un grondement sourd s'éleva de la gorge de Danr quand il captura à nouveau ses lèvres, et Sissa sentit un frisson familier la parcourir, partant de son bas-ventre pour se répandre jusque dans la moindre fibre de son corps, lui embrasant les sangs, chacune de ses terminaisons nerveuses brusquement à vif.

— Je devrais vraiment examiner tes jambes, murmura son guerrier avec un sourire dans la voix tandis qu'il glissait une main sous sa tunique pour caresser sa peau brûlante. Hum, c'est bien ce que je craignais. Elles ont besoin de mes soins.

Sissa bascula la tête en arrière et ferma les yeux, succombant au délice de le sentir se pencher sur elle pour déposer une traînée d'ardents baisers sur ses chevilles, avant de remonter lentement jusqu'à ses cuisses. Elle frémit quand son pouls s'accéléra et arqua le dos lorsque la langue de son mari vint jouer délicatement aux portes de son jardin secret, lui offrant une exquise torture.

— Danr, gémit-elle, frustrée.

Et, alors qu'elle croyait ne plus pouvoir supporter une telle tension un instant de plus, le guerrier se redressa.

— Nous devons t'ôter ces vêtements trempés. Attends, je vais t'aider.

Joignant le geste à la parole, il fit glisser la tunique de Sissa par-dessus sa tête.

— Là. C'est *beaucoup* mieux.

— Mais il fait froid…

— Pas pour longtemps, la rassura aussitôt son époux d'un sourire, se débarrassant de ses propres habits plus vite qu'elle ne l'avait cru possible. Aie confiance.

— J'ai confiance.

Danr se coucha sur elle, et Sissa poussa un profond soupir d'aise au contact de son corps brûlant contre le sien. C'était une sensation divine, et la jeune femme enveloppa son bassin de ses jambes pour l'attirer plus près encore.

— Sissa…

Son guerrier glissa une main sur ses reins tandis que, de l'autre, il jouait avec les pétales humides de son intimité.

— Je veux que tu sois prête.

— Je le suis.

Pressant les paumes contre son torse, elle les laissa courir le long de chaque sillon musculeux.

— L'attente a été longue, pour moi aussi, ajouta-t-elle en haussant un sourcil.

Danr lui répondit d'un grognement semblable à un petit rire étranglé, puis il plongea le visage dans son cou et y déposa de doux baisers, appuyant lentement mais fermement contre les portes de son jardin secret. Instinctivement, Sissa leva le bassin, ajustant l'angle pour mieux accueillir son amant, puis…

Elle poussa une exclamation de surprise lorsqu'il la pénétra, se figeant en sentant ses muscles intérieurs protester. Une sensation de douleur la brûla, tant et si bien qu'elle faillit changer d'avis, puis le plaisir revint graduellement, encore plus intense qu'avant. Danr, aussi immobile qu'elle, attendait patiemment qu'elle lui donne la permission de continuer. Sissa leva le visage vers lui et caressa sa langue de la sienne en basculant les hanches d'avant en arrière. Son époux l'imita, et ils se murent à l'unisson, presque paresseusement au début, avant d'adopter un rythme plus long, plus intense, Danr s'enfonçant profondément en elle à chaque nouvel assaut. Sissa sentit son corps se délasser, puis se tendre à nouveau, mais d'une façon bien différente. À mesure qu'ils augmentaient la cadence, une intolérable pression naquit en elle, grandissante, projetant des ondes d'un plaisir ardent dans ses veines. Puis, brusquement, tous ses muscles se raidirent, et son bas-ventre se contracta en un point précis, source d'une douloureuse volupté qui retomba sur elle avec la puissance d'un raz-de-marée. Une vague d'incandescente euphorie, accompagnée de longs spasmes de jouissance, balaya toute pensée rationnelle, parcourut son corps d'une houle torride et lui tira un cri d'extase.

— *Danr !* gémit-elle, son guerrier se joignant à elle dans un grondement guttural tandis qu'il se raidissait contre elle, vibrant de plaisir sous sa peau.

Sissa ferma les yeux, pantelante, et laissa son cœur affolé tenter de retrouver un rythme normal, son époux allongé sur elle. Il ne s'était pas trompé sur un point : elle n'avait plus froid du tout ! Au contraire, son corps était couvert d'une fine couche de sueur.

— Oh ! marmonna Danr d'une voix étouffée contre son épaule. *Voilà* qui valait la peine d'attendre. T'ai-je fait mal ?

Il s'apprêta à se dégager, mais Sissa resserra l'étreinte de ses bras et de ses jambes autour de lui, le maintenant contre elle pour avoir le loisir de caresser paresseusement son dos.

— Sissa ?

Elle ouvrit un œil et découvrit son visage à quelques pouces du sien, l'air si anxieux qu'elle faillit éclater de rire.

— Pourquoi parles-tu encore, Viking ?

Elle lui sourit langoureusement.

— Parce qu'il y a des choses qu'un homme a besoin de savoir, en particulier lorsqu'il vient de faire l'amour avec une femme. Pour la première fois.

— J'ai eu mal au début, soupira-t-elle avec délice. Mais c'est passé.

— Et après ?

— À ton avis ? gloussa Sissa, amusée. C'était encore meilleur que tout ce que j'avais imaginé.

Arquant un sourcil, elle ajouta :

— Et mon imagination a beaucoup travaillé après notre nuit de noces. Mais c'était parfaitement divin.

— Vraiment ?

Danr sourit jusqu'aux oreilles avant de rouler sur le dos en l'entraînant avec lui.

— Tant mieux. Parce que j'ai eu beaucoup de mal à me retenir.

— Tu… Tu t'es retenu ? s'exclama Sissa, ébahie.

— Tu ne sais pas à quel point ! Mais tu n'auras pas autant de chance la prochaine fois.

— Et quand sera cette prochaine fois ? s'enquit-elle avec impatience.

— Idéalement, je te demanderais de m'accorder quelques minutes, mais je crains que ce ne soit douloureux pour toi pendant encore plusieurs heures.

— Et ton frère ne va pas tarder à revenir…

— Aussi. Dans ce cas, je vais m'efforcer de rester sage quelque temps. Mais bientôt… *Très* bientôt. J'ai trois années à rattraper, et cela n'était qu'un agréable avant-goût.

Chapitre 25

— Adieu, mon frère. Et bonne chance.

Debout sur la jetée en bois du loch marin, Danr attira Brandt dans une étreinte d'ours. Cela faisait deux jours qu'ils étaient rentrés au village avec une Sissa secouée mais indemne, au profond soulagement de tous les habitants, et plus particulièrement d'Hilda. À présent, le drakkar de Knut et une poignée de ses hommes attendaient de transporter Brandt jusqu'aux Katanes, sur le continent.

— Essaye de ne pas t'énerver.

— Je ne te promets rien, répondit Brandt, un éclat d'acier dans le regard.

Danr eut alors la sensation que l'esprit de son aîné était déjà ailleurs, tourné vers son voyage en Alba et sa quête de justice pour la mort d'Ingrid.

— Mais je ferai mon possible.

— Tu es certain d'avoir pris la bonne décision ? Je n'aime pas l'idée que tu y ailles seul. Si tu as besoin de moi…

— Je sais, je sais, je t'envoie un message, et tu viendras. Tu me l'as déjà répété cent fois, et je t'en suis reconnaissant. J'ai peut-être passé la majeure partie de nos vies à te dire de la boucler, mais ta voix m'a manqué, ces dernières années. Je suis contente de retrouver ce bon vieux Danr.

— Même si je ne suis plus tout à fait le même, affirma son cadet.

— Un meilleur Danr, dans ce cas.

Le ton bourru de Brandt s'adoucit légèrement, et l'ombre d'un sourire plana sur ses lèvres.

— Et je crois bien n'avoir jamais rencontré une ép… une *compagne* aussi capable de te garder dans le droit chemin. Tu as trouvé celle qu'il te fallait, mon frère.

— Je sais, acquiesça Danr avec enjouement. Et je pense que je suis celui qu'il lui fallait. Ne t'en fais pas, je n'ai aucune intention d'aller voir ailleurs.

— Je suis ravie de l'entendre, lança une voix féminine dans leur dos.

Brandt inclina la tête en direction de Sissa, qui remontait le ponton pour les rejoindre.

— Je vous demanderais bien de prendre soin de lui, lui répondit le géant, mais quelque chose me dit que ce n'est pas nécessaire. Je vous recommanderai donc plutôt de ne plus vous aventurer seule dans ces ruines.

— Promis, assura la fille aux loups avec un sourire. Nous prendrons soin l'un de l'autre.

Brandt acquiesça avec sagesse.

— C'est ainsi qu'un couple doit fonctionner. Vous pouvez tous les deux vous tourner vers l'avenir, désormais. Laissez-moi me charger du passé.

— Brandt…

Danr sentit sa gorge se serrer.

— L'heure n'est plus aux palabres, le coupa son aîné, la voix étrangement rauque, elle aussi. Je t'ai pardonné et je t'ai dit d'être heureux. C'est un ordre, et non une requête. Ne l'oublie jamais, quoi qu'il puisse m'arriver.

— Merci, mon frère.

— Oh ! et peux-tu me rendre un dernier service ?

— Tout ce que tu voudras.

Brandt lança un long regard en direction de la plage, d'où Hilda les observait aux côtés de Joarr.

— Veille sur ma mère. De suffisamment loin pour ne pas vous étriper, bien sûr.

— Avez-vous pu vous réconcilier ? s'enquit Danr.

— En quelque sorte. Nous avons parlé, et je leur ai donné ma bénédiction. Au moins, je sais que Joarr la traitera mieux que père ne l'a fait toutes ces années.

— Ce ne sera pas difficile, fit remarquer son cadet avec aigreur.

— Non, probablement pas. Je me demande tout de même si cette île sera suffisamment grande pour vous deux. Essayez juste de ne pas vous entre-tuer en mon absence.

— J'y veillerai, plaisanta Sissa en donnant un petit coup dans les côtes de son époux.

— Je ferai de mon mieux, promit Danr avec un rire. Bon vent, mon frère.

Ils s'embrassèrent une dernière fois, puis Brandt leva une main en direction d'Hilda et se hissa à bord du drakkar.

— Et voilà, souffla Sissa en glissant un bras autour de la taille de Danr et en posant la tête contre son épaule tandis qu'une dizaine de rames plongeaient dans l'eau cristalline, entraînant lentement le drakkar vers le large. Que dirais-tu de suivre ses bons conseils ?

— Tu veux dire nous tourner vers l'avenir et être heureux ?

— Je trouve son idée excellente, pas toi ? le taquina-t-elle.

Son compagnon prit sa main et la porta à ses lèvres, y déposant de doux baisers.

— C'est toi et moi, désormais. Quoi que nous décidions, où que nous allions, à partir d'aujourd'hui, nous le ferons ensemble.

— Ensemble.

Sissa se nicha contre son torse et leva un regard perplexe vers lui.

— Pourquoi ne lui as-tu pas parlé de notre projet de bâtir un nouveau village ?

— Dire à Brandt que j'envisage de vivre dans le même

village qu'Hilda ? gloussa Danr. Il se serait senti obligé de rester pour nous surveiller ! Il ne croira jamais que ça peut marcher. D'ailleurs, je n'en suis pas convaincu moi-même !

Il secoua la tête avant d'ajouter :

— Je dois être fou, mais j'ai toujours pensé que l'amour n'était qu'une autre forme de démence.

— Et aujourd'hui ?

— Aujourd'hui, j'en suis persuadé ! s'esclaffa-t-il. Mais je sais aussi à quel point ça en vaut la peine.

— Nous ne pourrons rien construire avant le printemps, de toute façon, lui rappela-t-elle avant de le serrer contre sa poitrine. Ce qui veut dire que nous devrons passer tout l'hiver en tête à tête dans la clairière... Nous pourrions bien être coincés dans la forêt pendant des mois.

— Si tu t'attends à ce que j'émette une objection, tu risques de patienter un moment. J'adore cette idée !

Il glissa une main sur ses reins et poursuivit :

— Je suis sûr que nous trouverons un moyen efficace de passer le temps et de nous tenir chaud.

— J'y compte bien ! Si je ne m'abuse, tu m'as dit un jour que tes mains étaient célèbres, à Maerr. Sans parler de ta langue.

Danr haussa un sourcil.

— Et, si *je* ne m'abuse, tu as failli me poignarder pour ces paroles malheureuses !

— Les temps changent, répliqua-t-elle sans gêne. À présent, je compte bien m'assurer que ta réputation n'est pas usurpée !

Avec un regard taquin, elle ajouta :

— Pouvons-nous regagner la forêt, maintenant ?

— Dès demain, si tu le souhaites. Alors ce ne sera plus que toi, moi et une maison ronde extraordinairement douillette.

Il la guida vers la plage.

— Et un couple de loups, lui rappela-t-elle. Tu sais,

quand je suis retournée à la clairière, après deux semaines au village, Tove et Halvar s'y trouvaient toujours. Je ne pense pas qu'ils aient l'intention de nous quitter, en fin de compte.

— Excellent ! lança Danr, heureux de l'apprendre. Nous sommes donc une vraie famille.

Ils approchèrent de Joarr et Hilda, cette dernière affichant une mine particulièrement morose.

— J'espérais que Brandt resterait parmi nous plus longtemps, dit-elle.

— Il veut atteindre les Katanes avant que l'hiver s'installe.

Danr jeta un œil par-dessus son épaule en direction du drakkar qui venait de contourner la digue naturelle du loch marin.

— S'il avait prolongé son séjour, il aurait été contraint d'attendre le printemps prochain, conclut le guerrier.

— A-t-il dormi un peu la nuit dernière ? s'enquit sa belle-mère, inquiète. Vous avez discuté jusque tard.

— *Trop* tard, reconnut Danr en bâillant. Je crois qu'il ne dort plus beaucoup, désormais.

— Non… Si seulement j'avais pu dire ou faire quelque chose pour le réconforter, mais j'ai l'impression qu'il croule sous le poids de tous ses fardeaux.

— Comment l'en blâmer, après tout ce qui s'est passé ? renchérit Joarr d'un ton lugubre. Il a perdu la femme qu'il aimait, l'enfant qu'elle portait et tout son héritage. J'espère qu'il trouvera le moyen de récupérer son royaume, mais je ne vois pas comment.

— Je l'espère également, acquiesça Sissa. Il a besoin de retrouver la paix.

— Si quelqu'un *peut* y arriver, c'est bien Brandt, affirma Danr en lançant un regard encourageant à Hilda dans l'espoir de la réconforter. Tu sais qu'il a toujours été aussi fort et entêté qu'un bœuf. Je me demande de qui il tient ça, d'ailleurs…

— Hum, lui répondit-elle avec une moue méfiante. Ton

père était particulièrement opiniâtre. Et je crains qu'un autre de ses fils n'ait hérité de ce vilain défaut, Danr Sigurdsson.

— Tu as raison.

Il patienta un instant avant d'ajouter d'un ton délibérément désinvolte :

— Au fait, Brandt m'a demandé de veiller sur toi.

— Quoi ? s'exclama Hilda en écarquillant les yeux. Joarr saura parfaitement s'en charger, merci.

— Ah, mais tout de même, insista Danr en tâchant de masquer son amusement grandissant. Je le lui ai promis. Cela veut dire qu'à partir d'aujourd'hui je serai ton ombre. Je te suivrai partout. Je ne te lâcherai pas du regard. Et, chaque fois que tu trébucheras, je serai là pour te rattraper…

— Certainement pas ! Comme si j'avais besoin de toi !

— Une promesse est une promesse, *belle-maman.*

— Oh ! gronda Hilda d'un air indigné. Je crois que je préférais encore « marâtre » !

Cette fois-ci, Danr ne put retenir un sourire mutin, ce qui tira un grognement exaspéré à Joarr.

— Est-ce ainsi que ça va se passer désormais ? Comptez-vous vous chamailler à longueur de journée comme deux enfants ? Si c'est le cas, peut-être devrions-nous bâtir *deux* villages. Aussi éloignés l'un de l'autre que possible.

— Nous ne nous chamaillons pas, intervint l'ancienne dame de Maerr.

Et, à la grande surprise de Danr, Hilda lui adressa un sourire complice avant d'ajouter à l'intention de son mari :

— Nous nous amusons follement.

— Les étoiles nous viennent en aide…

— Ne t'en fais pas, Joarr, le rassura Danr en glissant les doigts au creux de la paume de Sissa. Nous allons retourner passer l'hiver dans la forêt. Vous n'aurez pas à me supporter pendant un bon moment, mais si vous avez *vraiment* besoin d'aide…

Il s'interrompit, peinant à croire ce qu'il s'apprêtait à dire :

— Vous savez où me trouver.
— Merci.
Hilda paraissait aussi surprise que lui.
— Et quand comptez-vous repartir ?
— Demain.
— Demain ? s'exclama sa belle-mère. Dans ce cas, nous devrions commencer à discuter de nos plans pour le village dès maintenant. Je tiens à visiter le site que vous avez repéré, et Knut a déjà promis de nous aider. Nous aurons besoin de plusieurs longères, d'une forge, d'une hutte de séchage pour la viande et le poisson, d'écuries, bien sûr d'une palissade…
— Plus tard, protesta Danr avant qu'elle laisse son enthousiasme l'emporter. Je suis trop fatigué pour discuter sérieusement. Il vaut mieux que je retourne me coucher. Brandt est peut-être capable de survivre sans dormir, mais ce n'est pas mon cas.
Puis il tira sur la manche de sa femme.
— Tu m'accompagnes ?
— Souhaites-tu que l'on s'accouple à nouveau ? lui demanda-t-elle avec une étincelle de curiosité dans le regard. Comme ce matin ?
— Ce n'était pas ce que je suggérais, répliqua Danr en s'efforçant de ne pas rire lorsque Hilda se mit à tousser. Mais maintenant que tu le dis…
— Vous avez *tous les deux* l'air fatigués, renchérit Joarr en volant à sa rescousse, sans parvenir à masquer son hilarité, cette fois. Vous devriez retourner vous coucher.
— Excellente idée ! acquiesça Danr avec un sourire en coin. Si tu veux bien nous excuser, belle-maman…
— Allons-nous nous accoupler, oui ou non ? demanda à nouveau Sissa tandis qu'ils retraversaient le village en direction de la longère.
— Oui ! s'exclama Danr sans pouvoir retenir un grand éclat de rire, cette fois. Mais tu devrais sans doute arrêter

d'appeler ça ainsi, ou Hilda risque de s'étouffer à force de tousser. Je ne m'en serais pas soucié hier encore, mais j'ai promis de veiller sur elle.

— Oh !

Sissa parut perplexe.

— Comment veux-tu que j'appelle ça, alors ?

— Nous devrions peut-être définir un genre de code secret, suggéra le guerrier en l'attirant dans leur chambre privée avant de fermer la porte derrière eux. Comme…

— Jouer au *tafl* ?

— C'est parfait ! convint Danr en saisissant les hanches de sa femme à deux mains pour l'écraser contre son bassin. Quand nous rentrerons chez nous, nous jouerons au *tafl* tous les soirs. Plusieurs fois. Toute la nuit. Dans toutes les variantes auxquelles je pourrai songer. Sauf quand nous jouerons *vraiment* au *tafl*.

Danr s'interrompit, fronçant les sourcils.

— Hum, je me demande si on ne risque pas de s'embrouiller. Peut-être devrait-on appeler ça…

— Tu parles trop, Viking, le coupa Sissa en posant un index sur sa bouche. Tu as toujours été trop bavard.

— Il n'y a qu'un seul moyen de me faire taire !

— Je sais, répondit simplement Sissa en remplaçant son doigt par ses lèvres. Et je ne veux plus entendre le moindre mot pendant au moins la prochaine heure…

Printemps, an 878

— Danr !

Sissa se tenait à l'entrée de la grotte et lui adressa des signes frénétiques lorsqu'il émergea des arbres.

— Qu'y a-t-il ? Que s'est-il passé ?

Il se précipita aussitôt vers elle.

— J'aidais Joarr avec l'un des toits, mais ça nous a pris plus longtemps que prévu. Ça a commencé ?

— Oui ! s'exclama Sissa en se tordant les mains lorsqu'un hurlement sourd résonna à l'intérieur. Je ne sais pas quoi faire !

— *Elle* le sait, ne t'en fais pas. Elle a juste besoin de toi à ses côtés.

Danr jeta un regard en direction d'Halvar qui trottait de gauche et de droite en gémissant.

— En attendant, je vais m'occuper de lui.

— Oui, d'accord.

Elle pressa brièvement le front contre celui de son mari et s'empressa de disparaître à nouveau dans la grotte. À l'intérieur, elle s'accroupit à bonne distance de Tove afin que la louve puisse la voir sans être dérangée. La pauvre tournait et se tortillait sur elle-même, visiblement gênée, mais sans faire de bruit à l'exception d'un occasionnel geignement.

Le temps s'écoula si lentement que Sissa eut l'impression que la journée s'était figée… Jusqu'à ce que, finalement, quatre louveteaux se présentent sous la forme de petits corps roses nichés contre le flanc de Tove.

— Quatre ! déclara Sissa en rejoignant son époux à l'extérieur, épuisée mais triomphante.

— Mâles ou femelles ? l'interrogea Danr en se levant du rocher sur lequel il s'était installé.

— Deux de chaque, je crois. Ils ont les yeux clos, mais ils bougent et ont tous l'air en bonne santé.

— Deux de chaque, répéta son mari en passant une main sur son menton. Erika et Bersa pour les femelles, bien entendu.

— Tu veux leur donner des noms ? s'étonna Sissa.

— Bien sûr. Es-tu sincèrement en train de me dire que tu n'avais pas réfléchi à ça ? s'exclama-t-il en haussant un sourcil. Nous pourrions nommer l'un des mâles Rurik. J'adorerais voir la tête de mon frère quand il l'apprendra.

— D'accord, et l'autre pourrait s'appeler Frode.

— Frode ?

— C'était le nom de mon père, avoua Sissa avec affection.

— Dans ce cas, va pour Frode ! Si tu en es bien certaine ?

— Je le suis ! Vous êtes ma nouvelle famille, mais je ne veux pas oublier celle qui m'a élevée.

— Erika, Bersa, Rurik et Frode, répéta Danr avec un sourire plein d'amour. Je suis aussi fier que si je venais de devenir papa !

Sissa éclata de rire avant de lever les yeux au ciel.

— Ne dis pas ça à Hilda ou elle risque de se faire des idées. Elle passe son temps à scruter mon ventre, chaque fois qu'elle me voit.

— Vraiment ? s'étonna Danr en baissant le regard.

— Ah non, tu ne vas pas l'imiter ! Je ne suis pas particulièrement impatiente de mettre bas moi-même, après avoir assisté à ça.

— Heu… On dit plutôt « mettre au monde » pour un bébé, la corrigea Danr avec amusement. Et puis, je serai avec toi, je te tiendrai la main et je te parlerai tout du long.

— Justement ! Il n'y a aucune raison de se presser…

Sissa s'étira les bras au-dessus de la tête et poussa un long soupir.

— Même si j'adore jouer au *tafl,* j'aimerais que les choses demeurent ainsi quelque temps.

— À propos de choses qui changent, intervint Danr en fronçant les sourcils. Joarr m'a dit qu'un message de Brandt était arrivé ce matin.

— Oh !

Sissa retint son souffle.

— Que s'est-il passé ?

— C'est un appel au rassemblement, annonça-t-il.

— Un appel ? répéta sa femme avant de croiser les bras

d'un air déterminé. Danr Sigurdsson, sache que tu n'iras nulle part sans moi.

— Je me doutais que tu dirais ça.

Danr glissa les mains autour des hanches de Sissa, l'attira contre lui et plongea le regard dans le sien.

— Dans ce cas, toi et moi partons pour Maerr.

Rappel historique

L'île de Skye est la deuxième plus grande île d'Écosse. Située au large de la côte nord-ouest, elle regroupe certaines des formations géologiques les plus remarquables du monde. Les Vikings l'appelaient Skíð, l'île brumeuse, ou Skýey, l'île aux nuages, probablement en référence au climat de la chaîne de montagnes du Cuillin noir et du Cuillin rouge, qui domine le paysage.

D'après le *Livre de Kells*[1], le premier raid viking sur l'île de Skye remonterait à l'an 794. Les premiers colons vikings, quant à eux, s'y seraient installés à la fin des années 800, période à laquelle se situe notre histoire.

Toutefois, au cours de mes recherches sur les ethnies qui peuplaient l'île de Skye au IXe siècle, je me suis heurtée à la nébulosité des informations fournies par les historiens. Bien que des preuves tangibles, comme des pierres gravées et des *brochs*[2], suggèrent que les premiers habitants de l'île étaient pictes, d'aucuns jugent probable qu'à cette époque la population de Skye avait adopté la langue gaélique et intégré la confédération du *Dál Riada*[3]. Les autochtones auraient

1. Manuscrit réalisé par des moines celtiques.

2. Tours coniques creuses de la fin de l'âge du fer britannique.

3. Royaume gaël comprenant une partie du nord-est de l'Irlande et de l'ouest de l'Écosse de chaque côté du canal du Nord.

alors eu davantage en commun avec les Gaëls qu'avec les Scots. L'ancienne romance irlandaise *Scéla Cano meic Gartnáin*, par exemple, met en scène des familles rivales sur l'île de Skye. Pour cette raison, j'ai choisi de désigner le peuple indigène comme les Gaëls, tout en concentrant mon histoire sur les Vikings.

Les Orcades étaient, à l'époque, le centre de la puissance viking en Écosse, mais la découverte en 2011 d'un port, avec un canal et un quai en pierre, sur la péninsule de Rubha an Dùnain, laisse à penser que Skye aurait pu être un point névralgique de leur territoire, plus important qu'on ne le croyait jusqu'alors.

Quelle que soit la réalité, Skye a fait partie des terres vikings pendant les quatre siècles suivants, jusqu'à la bataille de Largs, en 1263, qui a finalement rendu l'île au royaume d'Écosse.

Écrire ce roman m'aura beaucoup amusée, mais aussi un peu intimidée, puisqu'il fait partie d'une série rédigée en coopération avec Michelle Willingham, Harper St. George, Michelle Styles et Terri Brisbin. Nous avons conçu ensemble la trame scénaristique, puis avons développé nos propres histoires indépendamment. C'est la première fois que je m'essaye à ce genre de travail collaboratif.

J'espère que nos lecteurs apprécieront la série autant que nous avons eu plaisir à l'imaginer pour eux. À vous, qui nous lisez, un immense merci !

Vous avez aimé ?
Découvrez prochainement la suite de votre série
« Les guerriers d'Odin »,
dans votre collection Les Historiques.

Retrouvez prochainement, dans votre collection Les Historiques

La rivale du Viking, de Terri Brisbin - N°918

SÉRIE : LES GUERRIERS D'ODIN - TOME 5

ÉCOSSE, AN 877

Fuir. Katla n'a qu'une idée en tête : échapper au mariage qu'on lui impose avec un homme brutal. Hélas, au château de Wik dont elle est l'héritière, elle ne peut faire confiance à personne –et surtout pas aux partisans de son père, le seigneur des lieux. Alors qu'elle se croit condamnée au malheur, Katla voit l'espoir renaître en elle. Ce viking qui vient tout juste d'être fait prisonnier dans les geôles du donjon, et dont elle est chargée de panser les blessures, pourrait-il être son allié ? Parce qu'il voue une haine farouche à sa famille, Brandt Sigurdsson n'est-il pas le seul capable de l'arracher à son existence misérable ? Si elle est tentée de le croire, Katla hésite cependant à lier son destin à cet homme aussi séduisant que dangereux…

Le retour d'un Seigneur, de Sarah Mallory - N°919

SÉRIE : PASSIONS ÉCOSSAISES - TOME 1

ÉCOSSE, XVIIIE SIÈCLE

Après dix ans passés dans la haute société anglaise et les salons huppés d'Europe, Logan Rathmore est de retour dans son Écosse natale, en pleine guerre des clans. Nouveau laird d'Ardvarrick, il a le devoir de rétablir la paix avec le clan voisin, ennemi du sien. Tandis qu'il cherche comment amadouer ses adversaires, il fait la rencontre d'Ailsa, une harpiste à la flamboyante chevelure rousse et à la voix enchanteresse. Aussitôt, la belle fait naître en lui des sentiments aussi intenses qu'interdits. En effet, une liaison avec la musicienne pourrait lui valoir les foudres de ses rivaux et compromettre la paix…

Une princesse pour trophée, de Carol Townend - N°920

Enfermée depuis toujours dans son luxueux palais de Grenade, la princesse Zorahaida n'aspire qu'à une chose : la liberté. À quoi bon vivre dans l'opulence, si c'est pour errer dans la solitude et l'ennui ? Alors qu'elle s'était presque résignée à un destin de recluse, un valeureux chevalier vient bousculer ses certitudes. Vainqueur du grand tournoi organisé dans le royaume, Jasim ibn Ismail réclame à présent sa main à son père le sultan ! Mais que se cache-t-il derrière cette demande en mariage ? Si Zorahaida veut croire à la promesse d'une vie nouvelle au côté de cet homme qui fait battre son cœur, elle redoute de n'être pour lui jamais rien d'autre qu'un trophée…

Le secret du duc de Newlyn, de Bronwyn Scott - N°921

SÉRIE : SEIGNEURS DE CORNOUAILLES - TOME 4

Londres, XIXe siècle

Vennor Penlerick mène une double vie. Duc de Newlyn le jour, il enquête la nuit sur le meurtre de ses parents. Ce secret, personne ne doit le découvrir, et surtout pas Marianne, sa meilleure amie journaliste, qui s'intéresse d'un peu trop près à l'affaire sans savoir qu'il en est l'un des protagonistes. Tandis que ses recherches le mènent à l'une des plus dangereuses organisations criminelles du pays, Vennor comprend qu'il doit redoubler de vigilance. Parce que la menace gronde dans chaque ruelle de Londres, il lui faut protéger Marianne. Et, pour cela, ne jamais lui révéler sa véritable identité...

L'enfant du Viking, d'Harper St. George - N°922

SÉRIE : LES GUERRIERS DU NORD - TOME 2

Danemark, IXe siècle

Kadlin est sous le choc quand elle reconnaît l'homme qu'on lui envoie en convalescence : il s'agit de Gunnar, son amour d'enfance, ce guerrier grand et fort, blessé au combat... À sa vue, elle sent monter en elle les émotions les plus vives. Pourtant, aujourd'hui veuve, Kadlin n'aspire qu'à une vie tranquille et n'a aucune intention de souffrir à nouveau. Car comment faire confiance à cet homme qui a disparu pendant deux ans, après avoir partagé une nuit intense avec elle ? Elle mettra tout en oeuvre pour ne plus céder à la passion et, surtout, pour que Gunnar ne devine pas son secret...

La prisonnière du Highlander, de Nicole Locke - N°923

Écosse, XIIIe siècle

Si elle veut éviter à sa famille d'être exclue de son clan, Mairead n'a pas le choix : elle doit retrouver le voleur qui a lâchement assassiné son frère, et récupérer la précieuse dague qu'il lui a dérobée. Armée de tout son courage, elle s'introduit la nuit dans l'auberge de l'assassin, le cœur battant à tout rompre. Mais rien ne se passe comme prévu... C'est un inconnu qui, sous ses yeux, met le voleur en fuite et récupère son butin. D'abord soulagée, Mairead découvre avec stupéfaction que cet homme intimidant est un Highlander d'un clan ennemi du sien. Loin de l'aider, le puissant Caird refuse alors de lui remettre la dague... et de la laisser repartir.

Aliénor

Authentique. Exquise. Intrépide.

Portée par des auteurs français,
Aliénor vous propose de vous glisser
dans les pas d'héroïnes
de caractère, le temps d'une
excursion dans les régions françaises
qui ont forgé notre Histoire !

2 romances inédites à découvrir tous les deux mois.